DIE ZWEITE NACHT

Roman

Roman Porter

DIE ZWEITE NACHT

Roman

Verlag Johannes Petri

Abbildung auf dem Umschlag: Albert Welti, *Haus der Träume* (1. Fassung), 1897, Museum zu Allerheiligen, Schaffhausen, Legat Nachkommen Albert Welti

MIX
Aus verantwortungsvollen Quellen
FSC® C068066

Umschlaggestaltung: Thomas Lutz
Lektorat: Nana Badenberg
Gesetzt aus der Bembo
Gesamtherstellung: Schwabe AG, Druckerei, Muttenz/Basel, Schweiz
Printed in Switzerland
ISBN 978-3-03784-020-7

www.verlag-johannes-petri.ch

Da mein jetziges Leben
eine Aufeinanderfolge von Enttäuschungen ist,
bitte ich das Schicksal nur noch um die Gunst,
mir nach jeder Desillusionierung neue Illusionen zu gewähren.

Miguel Torga

Für die engagierte Lektüre, die kritischen Nachfragen und produktiven Anregungen dankt der Autor J.J., K.E., M.L. und M.U.

Prolog

In einer heißen Sommernacht klopfe ich an die Türe von Ernestos Zimmer. Ich lausche einen Moment vergeblich auf eine Antwort, drücke dann behutsam den Griff nach unten und betrete den Raum.

Es riecht nach kaltem Rauch und Schweiß. Der Vorhang bewegt sich leicht vor dem geöffneten Fenster. Eine kleine, mit einem Tuch abgedeckte Tischlampe erhellt schwach das spärlich möblierte Zimmer. Nur das Summen einer verirrten Fliege unterbricht für Augenblicke die Stille. Auf einem Hocker liegt eine vergilbte Fotografie in einem Holzrahmen; sie zeigt einen stattlichen jungen Mann und eine etwa zwanzigjährige hübsche Frau, die beide ungelenk auf einer Treppe stehen und offenen Blickes in die Kamera schauen. Auf einem kleinen Tischchen neben dem Fenster schmücken frisch eingestellte Blumen eine Vase aus Ton. Daneben abgestellt und wie vergessen ein Tablett mit einem halbgefüllten Wasserglas und weißen Pillen, die griffbereit auf einem Löffel liegen. In einer Ecke sind einige Zeitschriften so gebündelt, als würden sie nächstens abgeholt, und auf dem Schrank liegt ein abgegriffener Koffer, dessen Oberfläche mit einer dicken Staubschicht belegt ist. Hinter der Türe hängt über einer schwarzen Hose ein zerknittertes Hemd, und die gegenüberliegende Wand zieren zwei Kinderzeichnungen mit farbigen, disproportionalen Schiffen.

Ich lasse meinen Blick durch das Zimmer schweifen zu dem schmalen Bett an der Wand, in dem ein großgewachsener Mann liegt. Er atmet schwer und bemerkt mich erst, als ich mich ihm nähere. Mehr erstaunt als erschreckt hebt er den Kopf in meine Richtung, während er sich mühevoll über die Stirne streicht und mich mit heiserer Stimme fragt, wie spät es sei. Seine Frage kommt so beiläufig, als hätte er nur auf mich gewartet, damit ich ihm die Uhrzeit angeben könne. Seine Augen scheinen durch mich hindurchzublicken und es macht den Anschein, als habe ihn mein Kommen aus einer weit entfernten Welt zurückgeholt. Ich erwidere, dass es kurz nach dreiundzwanzig Uhr sei. Er nickt abwesend und macht Anstalten, sich zu erheben. Ich bitte ihn, liegenzubleiben, aber unter Aufwendung aller Kraft setzt er sich auf den Bettrand, wobei seine magere Gestalt vor Anstrengung zittert. Kalte Schweißperlen haben sich wie Tau auf der Oberlippe gebildet. Ein heftiger Hustenanfall krümmt seinen Rücken und er presst sich ein mit Blutflecken überzogenes Tuch vor die Lippen. Konzentriert putzt er sich den rötlichen Schaum aus den Mundwinkeln. Dann fährt er mit einer Hand, wie um sich zu versichern, dass er sauber ist, über das unrasierte Kinn. Schnell und flach zieht er die Luft ein. Nach einiger Weile huscht ein feines Lächeln über sein Gesicht. Ich will zu einer Frage ansetzen, aber er winkt mit einer flüchtigen Geste ab und entgegnet, dass er um den Grund meines Besuches wisse. Er erwarte mich schon lange, wenn auch nicht gerade in dieser Stunde. Wir blicken einander an und nur sein rasselnder Atem ist zu hören. Schließlich zieht er sein Nachthemd zurecht, nicht aus Scham, sondern um Haltung zu bewahren. Nach einer Weile fragt er mich, ob ich sehr in Eile sei oder noch warten könne. Er müsse reden. Ich spüre, dass er nicht Zeit gewinnen oder um etwas bitten will. Er kennt kein Hadern mehr, das hat er schon lange abgelegt.

Da dies für heute mein letzter Besuch sein wird, setze ich mich auf einen geflochtenen Stuhl, über dessen Lehne fein säuberlich ein Handtuch gelegt ist. Ich schaue Ernesto an. Er sitzt leicht nach vorne gebeugt mir gegenüber und blickt auf seine großen, nahezu durchsichtigen Hände. Sorgsam streicht er sich durch die Haare und fährt dann mit dem Handrücken über die spröden Lippen. Seine knochigen Füße suchen Halt, als ob sich der Boden unter ihnen entfernen wolle. Wiederkehrende Hustenanfälle pressen seinen Oberkörper zusammen, aber er heftet seine Augen auf mich, als wolle er abschätzen, ob ich ihm wirklich zuhöre.

Es dauert eine Weile, bis er sich gefasst hat. Mit der rechten Hand umfasst er die linke, als müsse er sich selbst Halt geben. Dann hebt er mit leiser Stimme an, von dem zu berichten, was ihn seit jenen Tagen in seinen Träumen begleitet und wie ein dunkler Schatten verfolgt hat. Und je länger er redet, desto klarer werden seine Gedanken. Es überkommt ihn eine Leichtigkeit, wie er sie nie zuvor gekannt hat. Sein verspannter Körper entkrampft sich und die tiefen Falten, die nicht vom Alter geprägt sind, lösen sich allmählich auf.

1

Die Wohnblöcke lagen an einer Ausfallstraße zum Hafen, eingezwängt zwischen einer Fischmehlfabrik und Bahngeleisen, die zu einem lärmigen Stahlwerk führten. Des Nachts waren die Werftkräne auf dem hell erleuchteten Hafenareal und das Vorbeirattern der Züge zu hören. Ein penetranter Geruch von Fisch, vermischt mit beißendem Schwefelgestank aus dem Hochofen, erschwerte je nach Wetterlage das Atmen. Auf den Fensterscheiben hafteten feine Staubpartikel, die beim Wegwischen eine klebrige Spur hinterließen und sich an Regentagen in eine ölige Schmiere verwandelten. Wehte der Wind aus Osten, wurde die Sonne den ganzen Tag in dicke Rauchschwaden gehüllt und glomm nur als matte Scheibe durch den gräulichen Schleier. Unweit der Siedlung befand sich ein offener Abflusskanal, der den Dreck des Stahlwerkes aufnahm. Auf Höhe der Häuser vermengte er sich mit deren Abwässern, bis sie als faulig riechende Kloake ins Meer gelangten. Ohren, Nasen und Gaumen verschlossen sich gleichsam von selbst, um sich vor dem unsichtbaren Gift zu schützen.

Ernesto lebte mit seinem Vater in einer engen Wohnung mit Kochnische und einem durch einen Vorhang abgetrennten Zimmer. Das Gemeinschaftsklosett befand sich am Ende des jeweiligen Stockwerkes, und das Trinkwasser musste an einer Rohrleitung im Erdgeschoss in Eimer abgefüllt werden. An besonders kalten Wintertagen legten sie Steinkohle in den Kochherd, um ein wenig zu heizen. Geborstene Fensterscheiben waren mit Klebeband und Kartons abgedeckt und schützten notdürftig vor Kälte oder Hitze. Die dünnen Wände ließen einen unweigerlich am Leben der Nachbarn teilhaben und eine permanente Geräuschkulisse von Kindergeschrei sowie Geplärr aus den Radios hallte durch den Hinterhof. Sein Vater betrieb dort eine kleine Werkstatt zur Reparatur von Nähmaschinen, Fahrrädern und anderen defekten Apparaten, die ihnen den Lebensunterhalt sicherte.

In der Siedlung wohnten bunt zusammengewürfelte Familien, jeweils mit einer großen Kinderschar. Ernesto war insofern eine Ausnahme, als er alleine mit seinem Vater lebte, was eher selten vorkam, da in der Regel die Väter und nicht die Mütter ihre Familien verließen. Nur bruchstückhaft erinnerte sich Ernesto an seine Mutter; sie hatte sich oft und lautstark mit dem gewalttätigen Vater gestritten, bevor sie eines Tages nicht mehr von der Arbeit nach Hause zurückgekehrt war. Señora Limaco, ihre resolute Nachbarin mit pechschwarzen Haaren und drei kleinen Töchter, die sie alleine versorgte, nahm sich auch Ernestos an und erklärte lachend, dass ein zusätzlicher Balg den Braten nicht fett mache, solange dessen Erzeuger etwas zum Essen beisteure. Und wenn Ernesto eine der üblichen Kinderkrankheiten durchlitt, pflegte sie den Knaben so gut es ging, während sich sein Vater nur um das Nötigste kümmerte.

Ernestos Vater war ein breitschultriger Mann, er glich einem zähen Ringer. Seine schweren Lider schützten die großen, blass gewordenen Augen, die in tiefen Höhlen lagen, und der kappenartige Haaransatz ließ eine kräftige Stirn markant hervortreten. Nicht nur die nach unten gezogenen Mundwinkel, sondern sein ganzes Wesen gaben ihm einen mürrischen Ausdruck.

Ernesto hatte vor seinem Vater großen Respekt, wenn nicht gar Angst. Nur selten, wenn der Vater getrunken hatte, hellte sich seine düstere Stimmung für kurze Zeit auf. Er gab seinem Kleinen dann einen Klaps hinter die Ohren und raunte, dass er eigentlich kein so übler Junge sei. Schleichend glitt er mit jedem weiteren Glas in eine weinerliche Leutseligkeit, die seine harte Schale für einen Augenblick brüchig werden ließ. Sobald er jedoch ein gewisses Quantum an Alkohol überschritten hatte, brach sein Jähzorn hervor. Noch schlimmer reagierte er, wenn Ernesto sich nach seiner Mutter erkundigte. Sobald sich das Thema auch nur entfernt auf sie bezog, riss der Vater den Gurt aus dem Hosenbund und hieb unter Flüchen blindlings auf ihn ein. Er solle nie mehr von dieser gottlosen Hure reden, sonst werde er ihn totprügeln, schrie er mit hochrotem Kopf. Señora Limaco, die die Tobsuchtsanfälle durch die dünnen Wände mithörte, beschwichtigte den Vater und verhinderte Schlimmeres. Da sie jedoch mit ihren eigenen Kinder und ihrer Arbeit als Wäscherin alle Hände voll zu tun hatte, blieb ihr oftmals nur, Ernesto zu trösten und seine Striemen mit einem kalten Lappen zu kühlen. Nächtelang fand Ernesto nach solchen Ausbrüchen keinen Schlaf mehr. Beim geringsten Geräusch schrak er auf, verkroch sich unter seiner Decke und versuchte eine Lage zu finden, in der es nicht schmerzte. Die dunklen Andeutungen des Priesters, der seine Mutter nach der wöchentlichen Beichte als ruchlose Sünderin bezeichnete, verfolgten ihn zusätzlich. Wie ein böser Fluch klangen ihm die Worte nach, dass seine Mutter im ewigen Höllenfeuer brennen und er ihr nie wieder begegnen werde.

Auf diese Weise lernte Ernesto früh zu schweigen. Seine Mutter blieb ihm nur als schattenhaftes Wesen in

Erinnerung. Manchmal sehnte er sich nach etwas wie Geborgenheit, aber er wusste letztlich nichts mit dieser Sehnsucht anzufangen, denn sie war bodenlos und zugleich fremd. Krampfhaft versuchte er in langen Nächten, sich seine Mutter vorzustellen, und für den Bruchteil einer Ewigkeit formte ihm sein Inneres das Bild einer Frau, deren um Vergebung bittendes Lächeln sich schon im Moment des Schauens wieder auflöste. Tränen schossen ihm in die Augen, weil er überzeugt war, selbst der Grund für ihr Weggehen gewesen zu sein.

Kaum den frühesten Kindheitsjahren entwachsen, musste Ernesto seinem Vater zur Hand gehen und er lernte schnell, dass Fleiß nicht immer Erfolg bedeutete. Ihre Not hielt sich jedoch im Vergleich mit der von anderen in Grenzen, weil sein Vater ein Gewerbe betrieb, das ihnen ein bescheidenes, wenn auch unregelmäßiges Einkommen sicherte. Konnten Kunden ihre Aufträge nicht bezahlen, weil sie selbst bedürftig waren, musste auch er im Quartierladen anschreiben lassen, damit es für die nächste Mahlzeit reichte. Schon bald oblag Ernesto die Besorgung des Haushaltes sowie kleinerer Botengänge für die Werkstatt. Mit sieben Jahren trat Ernesto in die Volkschule ein und teilte sich mit zwei anderen Knaben ein Pult in der vierzigköpfigen Klasse. Die Hausaufgaben erledigte er mit Mühe, aber unter den vielen anderen Schülern, welche wiederholt dem Unterricht fernblieben und selbst nur geringe Leistungen erbrachten, fiel er nicht auf. Er begann heimlich zu rauchen, obwohl ihn das Inhalieren reizte und schwindlig werden ließ, aber sein Körper gewöhnte sich schnell an das wohlige Gift. Im Alter von dreizehn Jahren nahm der Vater Ernesto von der Schule, nachdem er ihn wegen schlechter Noten geohrfeigt und einen Taugenichts gescholten hatte. Er schickte ihn als Laufburschen in die Garage am anderen Ende der Siedlung, wo er sich nützlich machen sollte. Nach einem Jahr schwerer körperlicher Arbeit wurde Ernesto als Handlanger eingesetzt, und wiederum ein Jahr später nahm ihn der Meister gegen ein monatliches Entgelt als Automechaniker in die Lehre. Seine geschickten Hände und seine Wissbegierde ließen ihn das Gelernte schnell umsetzen, aber sein größter Wunsch war es, eines Tages zur See zu fahren und keine Motoren mehr reparieren zu müssen. Oft hing er auf dem Nachhauseweg seinen Phantasien nach, erkundete als Kapitän eines großen Ozeandampfers die Weltmeere und legte in exotischen Ländern an.

Ernesto war ein stiller und darum wohlgelittener Junge; er stand niemandem vor dem Licht. Aber er schwieg oft nur aus Unsicherheit, sich falsch auszudrücken. Richtige Freunde hatte er keine, aber das war eher auf seine Zurückhaltung als auf einen unangenehmen Charakter zurückzuführen. In Gegenwart von Mädchen fühlte er sich unwohl und befangen. Seine Reaktionen waren linkisch, und er schämte sich für seine kräftigen, von Motorenschmiere beschmutzten Hände, die trotz langem Schrubben nie ganz sauber wurden. Seine Schüchternheit und Ausschläge im Gesicht machten ihm zusätzlich zu schaffen. So verschloss er sich in einer Welt von Träumen. Auch war es ihm peinlich, wenn adrette Schülerinnen kichernd und kokettierend Arm in Arm an der Garage vorbeistolzierten, ihn mit ihren herablassenden Blicken verunsicherten, während er an der Zapfsäule ein Auto auftanken oder Windschutzscheiben reinigen musste. Auf der anderen Straßenseite lungerten ältere Jungen herum, die nur auf das Erscheinen der Mädchen gewartet hatten, um sich ihnen mit überheblichem Gehabe zu präsentieren. Verlegen charmiert und zugleich empört lauschten die Mädchen den verwegenen Komplimenten, welche ihnen die Jungen zuriefen: «¡Como han cambiado los tiempos!», hieß es da, «wie haben sich die Zeiten geändert. Jetzt haben sogar die Bonbons Beine bekommen! – ¡Ahora hasta los bonbones caminan!».

Fußball war Ernestos Lieblingsbeschäftigung, und er spielte mit den Nachbarjungen, die sich allabendlich auf einem Vorplatz bei der Schulhausbaracke einfanden. Die Wahl des Torhüters fiel meistens auf ihn. Seine Mitspieler johlten, wenn er angespannt wie eine Feder zwischen zwei alten Benzinkanistern, die das Tor markierten, in die Höhe schoss und mit Bravour einen scharfen Ball parierte. Die verschrammten Knie versuchte er vor seinem Vater zu verbergen, weil ihn dieser mit Vorwürfen der Art, lieber zu arbeiten als sich unnütz herumzutreiben, eingedeckt hätte.

An den freien Nachmittagen zog es ihn zum Hafen. Er hatte schon bald eine Möglichkeit gefunden, unerkannt auf das Areal zu gelangen, wozu er sich durch eine Öffnung in einem Zaun zwängte. An Bretterbuden und Lagerschuppen vorbei schlich er über die Geleise der Hafenbahn bis zu den Verladebrücken. Werftkrähne ragten wie mahnende Finger in den Himmel und schienen ihn bei seinem Tun zu beobachten. Auf der Hafenkante angelangt hatte er einen ungehinderten Blick auf das kontinuierliche Kommen und Gehen, untermalt vom zänkischen Geschrei der Möwen, die sich um herumliegende Abfälle stritten. Auf der einen Seite des hufeisenförmigen Hafenquais dümpelten Barkassen neben altersschwachen Schaluppen, ihnen gegenüber lagen die großen Schiffe vor Anker. Das blubbernde Tuckern der Kolbenmotoren tönte wie Musik in seinen Ohren. Wenn er Glück hatte, konnte er das Trockenlegen eines Schiffes beobachten, das zu Wartungszwecken in ein Schwimmdock gezogen wurde. Wie ein Summen lag dann eine szenische Kulisse in der Luft, durchmischt von Dieselschwaden, strengem Fischgeruch und dem des verrottenden Mülls im Brackwasser.

Matrosen waren mit Malerarbeiten beschäftigt, übertünchten Rostflecken an einem Achterdeck, und selbst zu nachtschlafender Zeit war ein Hämmern, Schleifen und Fräsen zu hören. Die Funken der Schweißarbeiten waren schon von weitem zu sehen. Lärmend zogen rostige Kähne mit qualmenden Schloten an ihm vorbei, deren Rauch sich an regnerischen Tagen mit den tiefhängenden Wolken vermischte. Fischkutter mit dem typischen Stakkatogeräusch ihrer Motoren tuckerten auf die offene See, die Netze für den nächtlichen Fang bereit. Lotsenboote leiteten die Frachter in den Hafen, Bugsierschlepper schoben sie an ihrem Liegeplatz in die richtige Position, wobei das quietschende Knirschen beim Anlegen durch Mark und Bein ging. Matrosen warfen die an der Wurfleine befestigten Trosse vom Schiff zu einem der großen Poller auf der Pier und Hafenarbeiter machten sie fest. Ladekräne hievten die in große Netze verpackten Frachten aus den Bäuchen der Zwischendecks auf die Hafenmole und Dutzende von Schauerleuten buxierten die Kisten zu den Lagerhallen. Gebannt verfolgte Ernesto das Ankern der Schiffe vor dem Hafen, deren schwere Ketten lärmend durch die Klüsen ins dunkle Wasser fielen. Ozeandampfer mit farbigen Lichterketten glitten majestätisch zum Passagierterminal, um sich ihrer menschlichen Fracht zu entledigen, wobei sich jeweils ein geschäftiges Treiben breitmachte. Nervöse Spannung erfasste die Passagiere, die den Wartenden zuwinkten, bevor sie über das Fallreep wieder festen Boden betraten. Akribisch merkte sich Ernesto die Namen der Schiffe und kannte, nachdem er einen Steuermann darauf angesprochen hatte, bald die Bedeutung der farbigen Signalflaggen auf den Peildecks. Hätte man einen Führer im Hafen gesucht, wäre Ernesto mit Sicherheit der Richtige gewesen.

Er stellte sich vor, wie er mit anderen Matrosen anheuerte und beim Auslaufen an Deck stand, so lange, bis der Lotse sie in eine unbekannte Weite entließ. Ernestos Blick ließ das Schiff die stampfende See durchpflügen, während die Brecher über dem Deck zusammenschlugen, ängstlich und zugleich hoffend, am nächsten Morgen wohlbehalten an neuen Ufern zu ankern.

Wenn ihm besonders schwer ums Herz war, flüchtete er in Gedanken als blinder Passagier an Bord eines Frachters und versteckte sich so lange in einem Spind, bis eine Rückkehr an Land nicht mehr möglich war.

Bevor er nach Hause zurückkehrte, ließ er seinen Blick ein letztes Mal über die ablegenden Frachter schweifen und sog gierig den Kohlendunst ein, als handle es sich um einen exotischen Blütenduft. Fernweh setzte sich in seiner Seele fest, und er wäre jedem Schiff zugestiegen, das ihn mitgenommen hätte. Einem letzten persönlichen Gruß gleich ertönten die tiefen Sirenen, bevor ein Schiff, als immer kleiner werdender Punkt am Horizont, wie ein feuriges Spielzeug in der untergehenden Sonne verglomm und von der Dämmerung aufgesogen wurde. Schwermut legte sich auf seine Schultern, weil er nun an einen Ort zurückkehren musste, der ihm unendlich grau erschien. Seine Träumereien platzten wie Luftblasen, wenn ihn der Vater mit strenger Miene erwartete, aber vor dem Einschlafen holte Ernesto die Bilder aus dem Vergessen zurück und glitt wieder über die See.

Auch später sollten ihm diese Phantasien über vieles hinweghelfen, und längst vergessene Gerüche der

Kindheit weckten in ihm wieder und wieder bildhafte Erinnerungen. Maschinenöl oder der eigentümliche, nicht näher zu definierende Geruch von warmlaufenden Motoren sowie der salzige Geschmack des Meeres schenkten Ernesto so etwas wie Geborgenheit. Sobald er Alkohol und Schweiß roch, brach aber wie ein Schatten Vergangenes auf. Beklommenheit stieg in ihm hoch und er vermeinte die säuerliche Ausdünstung seines Vaters zu riechen, der sich mit den Jahren nur noch von Schnaps ernährte.

Nach der Ausbildung zum Automechaniker arbeitete Ernesto in der gleichen Garage weiter, als ob er nie etwas anderes getan hätte. Die frei gewordene Lehrstelle nahm ein zwölfjähriger Junge ein, der nun alle Botengänge und die Schmutzarbeiten erledigen musste. In vielem erkannte Ernesto sich selbst und ging dem Burschen zur Hand, aber er empfand trotzdem Genugtuung, weil er nicht mehr als Blitzableiter für die Launen der anderen hinhalten musste. Erstmals verspürte er Stolz, wenn er sich mit seinen Kollegen und der Kundschaft unterhielt. Insgeheim lockte ihn aber weiter die See, eine geheimnisvolle Versuchung. Er hoffte immer noch, eines fernen Tages auf einem Schiff anzuheuern, und stellte sich vor, wie er die Hochseeschifffahrtsschule mit Auszeichnung beenden würde. Ernüchtert gestand er sich nach solchen Tagträumen ein, dass diese Ausbildung für Leute seiner Schicht unerreichbar war. Zudem musste er seinen bescheidenen Verdienst zu Hause abliefern. Sein Vater gab ihm ein knappes Taschengeld, mit dem er sich Zigaretten oder einen der seltenen Kinobesuche leisten konnte.

Im Kino lernte er eines Tages Margarita kennen, ein scheues Mädchen, mit dem er sich nach der Vorstellung immer heimlich am Hafenquai traf. In der Öffentlichkeit durften sie sich nicht zeigen, weil die Mutter sie als einzige Tochter wie ihren Augapfel hütete. Ernestos schüchterne Annäherungsversuche, die Margarita ebenso verlegen ersehnte wie linkisch zurückstieß, ließen bei beiden ein Gefühl der Hilflosigkeit aufkommen. Wie um diese unerträgliche Spannung zu lösen, erklärte Margarita Ernesto eines Abends, dass ihre Eltern in ein anderes Viertel zögen, weil ihr Vater eine Anstellung bei der städtischen Verwaltung erhalten habe. Einige Wochen hielten sie noch Kontakt zueinander, aufgrund der großen Distanz und der fehlenden Zeit erlosch jedoch die Beziehung gleich einer herunterbrennenden Kerze.

2

Kurz vor seinem neunzehnten Geburtstag legte ihm sein Vater wortlos ein offizielles Schreiben auf den Küchentisch, das die Einberufung zur Armee ankündigte. Aufmerksam las Ernesto das Aufgebot durch und hoffte dabei, dass ihm die Augen einen Streich spielten, denn er war wider Erwarten nicht bei der Marine eingeteilt worden. Maßlos enttäuscht las er das Aufgebot wieder und wieder in der trügerischen Hoffnung, doch noch einen anderen Stellungsort als die General-Rios-Breza-Kaserne vorzufinden. An diesem Abend schlief er lange nicht ein und schleichend fraß sich der Kummer in sein Herz. Er wollte nur noch weg, auf irgendeinem Schiff, und alles hinter sich lassen.

Durch den Vorhang hörte er das schwere Schnarchen seines Vaters und erinnerte sich dabei an die Worte des Priesters, der nach der auferlegten Buße erklärt hatte, dass Gott es nur mit denjenigen gut meine, welche durch ein hartes Schicksal geprüft würden. Der göttlichen Gnade seien nur wenige würdig, hatte der Mann mit einem sonderbaren Glänzen in den Augen gesagt, während er seine massige Hand schwer auf Ernestos Schenkel gelegt und ihm gegen die Leiste gestrichen hatte. Ein tiefes Keuchen war zu hören, als der Priester Ernestos Gesicht tätschelte. Mit heiserer Stimme raunte er nochmals, dass der Herr nur gegenüber denjenigen barmherzig sei, die sich in Demut und Gehorsam übten, und diejenigen züchtige, die er liebe.

Ernesto fragte sich, was das für ein Gott sei, vor dem man sich fürchten musste und der nach dem Zufallsprinzip die einen belohnte und andere mit Armut schlug. Wieso traf dieser angeblich gütige Gott willkürliche Entscheide und bestrafte Menschen, nur weil sie nicht an ihn glaubten? Mit welchem Recht ließ er Unglück und Krankheit zu? Nur damit man ihn noch mehr anflehte und fürchtete? Und weshalb, überlegte Ernesto, beschwor die Kirche alle Höllenqualen herauf, wenn man sich ihr nicht unterwarf? War denn dieser allwissende und übermächtige Gott nicht auch der Schöpfer des Satans, womit Gott selbst die Möglichkeit bekam, den Menschen als Retter zu erscheinen, und sie ihm dafür huldigen mussten? Ein Gefühl des Grolls begann in ihm zu wachsen, und er wurde bitter gegen seinen Gott.

Mit schweren Gliedern erwachte er am nächsten Morgen. Ein diffuses Sausen hatte sich in seinen Ohren festgesetzt, und er fühlte sich schwindlig. Ohne Frühstück verließ er das Haus und erschien zu spät zur Arbeit. Aber es kümmerte ihn nicht, dass sein Chef ihn schelten würde, weil er ihm ja ohnehin erklären musste, dass er die Einberufung erhalten hatte.

Erstaunt sah er schon von weitem eine Kolonne von Fahrzeugen vor der Garage stehen, wo sein Chef gestikulierend mit Kunden stritt. Er nahm Ernesto nur flüchtig zur Kenntnis, just in dem Moment, als er sich lauthals fluchend über eine erneut ausstehende Benzinlieferung beklagte. Er verwünschte die Streikenden samt ihren Gewerkschaften, denn der Umsatz stagnierte bedrohlich und sie ruinierten ihm das Geschäft. Mit einem Schwamm wischte er wild die Preise von der Wandtafel und notierte einen um zwanzig Prozent höheren Betrag. Dies wiederum löste lautstarke Proteste der Wartenden aus, weil nicht nur der Treibstoff, sondern auch alle anderen Produkte des täglichen Lebens um ein Vielfaches gestiegen und nur noch sporadisch zu kaufen waren. Ernesto wusste mit Sicherheit, dass heute nicht der Tag war, mit seinem Chef zu reden.

Zwei Tage später hielt er seinem Chef das Schreiben hin und löste damit nach erstem Unglauben einen wütenden Schwall von Verwünschungen aus. Gestenreich beklagte der Patron das weitere Unglück, das seiner gebeutelten Firma widerfuhr. Er ergriff den Telefonhörer, um sich bei einem Verwandten im Ministerium zu beschweren, knallte ihn jedoch wieder auf die Gabel und schrie mit geballter Faust, dass die da oben noch ihr blaues Wunder erleben würden. Er fluchte über die unfähige Regierung und das Militär, stieß die Türe zur Tankstelle auf, um sie sogleich wieder zu schließen. Theatralisch ließ er sich in den Sessel fallen und tupfte sich mit einem zerknüllten Tuch die Stirne trocken. Dann, wie verwandelt, faltete er das Schreiben sorgsam zusammen, übergab es Ernesto feierlich und erklärte mit weinerlicher Stimme, dass ihm der Staat seinen wertvollsten – und, wie Ernesto heimlich dachte, auch billigsten – Mitarbeiter raube.

Die Tage zogen ins Land und die Stimmung heizte immer mehr auf. Oft musste Ernesto abends einen Umweg in Kauf nehmen, weil entweder Demonstranten oder die Polizei ganze Straßenzüge gesperrt hatten. Die Benzinlieferungen fielen noch häufiger aus, und zeitweise konnten pro Fahrzeug nur noch wenige Liter verkauft werden. Ernesto versuchte nicht einmal, sich den Wirren zu entziehen; er war viel zu sehr mit sich selbst beschäftigt, um davon Notiz zu nehmen. Aber die Stadt stand unter einer elektrisierenden Spannung, die sich jederzeit entladen konnte. Menschen, die zuvor allem gegenüber indifferent waren, engagierten sich plötzlich für eine Partei, andere schoben die Schuld pauschal der Regierung zu. Familien entzweiten sich, Freundschaften zerbrachen, und niemand fand sich mehr zurecht. Die Arbeitslosigkeit erreichte ein nie dagewesenes Ausmaß. Doch was sollte Ernesto dies alles kümmern. Irgendein Schreibgehilfe hatte seinen Namen willkürlich auf einen Stellungsbefehl gekritzelt, so dass sein Leben die nächsten zwei Jahre fremdbestimmt sein würde. Letztlich sind ja alle Armeen gleich, unabhängig davon, ob sie diesem oder jenem politischen Lager dienten, sagte er sich und fügte sich so in sein Schicksal. Noch blieben Ernesto drei Wochen. Einundzwanzig Nächte voller Unruhe und Ungewissheit.

3

Das Land bebte weiterhin unter einer fiebrigen Stimmung. Wie eine Epidemie brachten sich ausbreitende Wellen von Streiks das öffentliche Leben zum Erliegen. Die klapprigen Collectivos, Kleinbusse des öffentlichen Nahverkehrs, fuhren nur noch sporadisch und die Straßenbahnen mussten ihren Betrieb ganz einstellen. Auch die Zugverbindungen von der Hauptstadt zur Küste waren immer wieder unterbrochen, Schiffsladungen konnten nur ab und an gelöscht werden. Häufige Kontrollen der Armee und Blockaden der Gewerkschafter erschwerten den freien Warenverkehr.

In pathetischen Aufrufen forderte der greise Staatspräsident Gutiérrez die Streikenden zur Einsicht und die Bevölkerung zur Ruhe auf. Er kündete weitere Sozial- und Landreformen unter Beibehaltung der demokratischen Ordnung an, was abermals harsche Reaktionen der Großgrundbesitzer provozierte, weil sich achtzig Prozent des Nutzlandes in deren Händen befand. Gutiérrez' hilflose Versuche, die Generalität zu beschwichtigen, glichen dem Schöpfen von Wasser mit einem löchrigen Krug. Die Forderungen der Heeresführung nach einem härteren Durchgreifen wurden zusehends zur Bedrohung. Das Fass zum Überlaufen brachte die entschädigungslose Verstaatlichung der Salpeterindustrie sowie der Kupferminen. Nicht genug damit, enteignete Gutiérrez Banken und Großunternehmen, was wiederum eine Protestwelle des westlichen Auslands auslöste, eine allgemeine Kreditsperre und den Boykott der auf dem Weltmarkt angebotenen Waren des Landes zur Folge hatte. Gleichzeitig fehlten ausländische Devisen für den Import von Rohstoffen, Maschinen und Ersatzteilen.

Vor dem Parlamentsgebäude und im Parlament selbst gingen die Wogen hoch. Studenten, mit Steinen bewaffnet, skandierten ihre Parolen in Sprechchören und lieferten sich mit der Militärpolizei Scharmützel. Abgeordnete prügelten sich im Plenarsaal und beschimpften sich gegenseitig als Marxisten, andere wiederum als Faschisten. Eine Dringlichkeitssitzung des Kabinetts löste die nächste ab. Der Innenminister wurde von der Regierungspartei zum Rücktritt gezwungen, weil er nicht energisch genug gegen die Unruhestifter vorging. Die Dekrete des Ministerpräsidenten waren das Papier nicht wert, auf dem sie gedruckt wurden, weil sie am nächsten Tag bereits von der Realität eingeholt oder von den Sicherheitskräften missachtet wurden. Mit jedem weiteren Tag glich das Land mehr einer tosenden Arena, in der sich die Protagonisten zu einer tödlichen Abrechnung trafen.

Dann war es soweit. Zorn und Ohnmacht der Bevölkerung brachen aus wie ein brodelnder Vulkan, als ein Parlamentarier anlässlich einer Kundgebung auf offener Straße gemeuchelt wurde. Der Mann hielt auf einem Platz vor einigen Dutzend Zuhörern eine Ansprache, in der er die Gewalt der Armee sowie die des Movimiento Revolucionario anprangerte. Inbrünstig rief er zum Dialog und zur Versöhnung auf und erntete stilles Einverständnis. Wie eine höhnische Replik auf seine Worte näherte sich der Versammlung plötzlich mit hoher Geschwindigkeit ein dunkles Fahrzeug, bremste mit quietschenden Reifen kurz ab, so dass es dem Beifahrer möglich war, den Redner ins Visier zu nehmen. Die Köpfe schnellten in Richtung des Autos. Einige ließen sich fallen, andere, unfähig zu reagieren, blieben wie angewurzelt stehen, glichen willenlosen Figuren auf einem Schachbrett. Mehrere Schüsse peitschten kurz nacheinander durch die Luft und rissen den Redner wie eine Stoffpuppe von den Beinen. Bevor er hart auf dem Asphalt aufschlug, fielen ihm die Blätter mit seiner Ansprache aus den Händen, bedeckten den Gehsteig und sogen sich dann langsam voll mit Blut. In grotesker Verrenkung lag der Mann auf dem Rücken, bis er in einem letzten Aufbäumen seine Hände an die Brust hob, in sich zusammenfiel und mit gebrochenen Augen in den Himmel starrte. Im Aufheulen des davonrasenden Wagens und im Quietschen der Reifen ging das Schreien der Leute unter.

Die Reaktionen ließen nicht auf sich warten. Der Mord war der ausschlaggebende Funke an einer trockenen Lunte, die das ganze Land in Brand setzte. Wie ein Lauffeuer verbreitete sich die Nachricht. Jedes Weitererzählen verschärfte die Dramatik, so dass aus dem Mord an dem einen schließlich ein Massaker an vielen wurde. Selbst Menschen, die sonst nie in Versuchung gerieten, gegen etwas aufzubegehren, erfasste die lautstarke kollektive Empörung, die der Grundstein für jede Revolution ist. Wie auf einen geheimen Befehl hin strömten sie auf die Straßen, wo die Einzelnen Teil einer mächtigen, anonymen Masse wurden, die nicht mehr aufzuhalten war. Von Agitatoren aufgehetzt, zogen sie auf die Plaza de Armas und von da aus zum Präsidentenpalast. Die Lawine aufbegehrender Menschen wuchs bei jeder Verzweigung an, rollte wie eine führerlose Lokomotive in zunehmender Geschwindigkeit über den Asphalt. Schaufenster wurden eingeschlagen, Auslagen geplündert. Schwarze, beißende Rauchwolken stiegen von den in Brand gesetzten Reifen auf und Autos fingen jählings Feuer. Einzig die Sirenen übertönten mit ihrem kreischenden Heulen das unheimlich anschwellende Brummen der Menge, und drohend erhob sich die scheußliche Fratze der Gewalt über der Stadt.

Obwohl Demonstrationen schon lange an der Tagesordnung waren, wurden die Ordnungskräfte von diesem Gewaltausbruch überrascht, weil sie sich erstmals mit Tausenden von Protestierenden konfrontiert sahen. Vergeblich versuchten sie, die Heranstürmenden zu stoppen, wichen schließlich schrittweise vor der kompakten, auf sie zurollenden Mauer aus wütenden Gesichtern zurück. Mit Eisenstangen brachen junge Hitzköpfe Pflastersteine aus der Straße und warfen sie auf die ungeschützten Polizisten. Eine flutende Masse von Leibern stürzte sich auf die Uniformierten, die wie auf Kommando panisch die Flucht ergriffen. Diejenigen, die strauchelten, wurden von der rasenden Menge überrannt. Plötzlich fielen Schüsse, zuerst vereinzelt, dann kaskadenartig peitschten sie sirrend gegen die Hauswände und spritzten den Mörtel weg. Menschen klappten um wie gefällte Bäume, fielen hart zu Boden oder wurden durch die Treffer einen kurzen Moment in die Luft gehoben und danach mit aller Wucht weggeschleudert. Einige krümmten sich auf der Straße, andere schrien und hielten sich entsetzt die verletzten Glieder. Bis die Demonstranten realisierten, woher die Schüsse kamen, rannten sie orientierungslos zuerst auf die eine, dann auf die andere Straßenseite, sie glichen einem Fischschwarm, der zuckend und hastig die Richtung wechselte. Hunderte von Füßen trampelten Gestürzte zu Tode. Vereinzelt rückten nun wieder Polizisten vor und formierten sich aus dem Chaos neu. Mit ihren Schlagstöcken hieben sie von allen Seiten auf die Menge ein und die Motorisierten stellten ihre

Fahrzeuge quer, so dass den Fliehenden der Weg abgeschnitten wurde. Auf einmal löste sich aus einer Gruppe junger Männer eine vermummte Gestalt und warf kurz nacheinander zwei metallene, apfelgroße Gegenstände in Richtung der Polizisten. Diejenigen, die realisierten, worum es sich handelte, erstarrten mitten in ihrer Bewegung, denn sie erkannten, dass sie niemals die Kraft haben würden, genügend Distanz zu schaffen. Sekunden später übertönten ohrenbetäubende Explosionen den Lärm der Menge, Dutzende Menschen wurden zu Boden geschleudert, Glieder wirbelten durch die Luft. Auslaufendes Benzin geriet auf dem Asphalt in Brand und die auflodernden Flammen verbreiteten einen beißenden Gestank nach heißem Teer. Für Sekunden lag eine unheimliche Grabesstille über dem Ort, die dann unvermittelt von den Schreien der Verletzten durchbrochen wurde. Der Geruch von verkohlten Körpern stieg von der Fahrbahn auf. Panisch vor Entsetzen stob die Menge in alle Richtungen davon, bis sie sich in den Netzen der Jäger verfing. Einzelne torkelten geblendet und orientierungslos durch die dicken Rauchschwaden, riefen verzweifelt um Hilfe. Sondereinheiten der Armee brachten die Lage durch gezielte Schüsse wieder unter Kontrolle und begannen, die eigenen Toten zu bergen. Ambulanzen rasten pausenlos mit aufheulenden Sirenen durch die Nacht, luden mehrere Verletzte zugleich ein und füllten die überquellenden Korridore der Notaufnahmen mit jedem neuen Transport. Die Spitäler wurden von verängstigten Angehörigen belagert, die verzweifelt ihre Familienmitglieder suchten. Die Leichenhäuser hatten keinen Platz mehr für die ständig wachsende Menge an Toten.

Truppen trieben die Fliehenden zusammen und transportierten sie mit Militärlastwagen in ein Fußballstadion, wo man sie in Schach hielt. Die Armee postierte

Einheiten vor allen Ministerien und anderen wichtigen Gebäuden; an allen strategisch wichtigen Punkten errichtete sie Straßensperren. Der Rundfunk sendete nur noch Marschmusik, unterbrochen von flammenden Aufrufen an die Bevölkerung, sich nach Hause zu begeben. General Dos Santos, der Oberbefehlshaber des Heeres, rief die Regierung ultimativ auf, der Anarchie ein Ende zu setzen, doch die wenigsten hatten eine Übersicht über das Chaos, und diejenigen, welche die Lage überblickten, warteten geduldig, bis ihre Zeit kam. Bis spät abends brannten unter der Kuppel des Parlaments die Lichter, es wurde verzweifelt um eine Lösung gerungen, die indes von anderer Seite schon lange festgelegt worden war. Erst gegen Mitternacht kehrte eine gespenstische Ruhe ein wie nach einem Orkan, und nur noch die zerstörten Fahrzeuge in den toten Straßen und rauchgeschwärzte Fassaden erinnerten an das Geschehene.

Am darauffolgenden Sonntagmorgen, noch vor Sonnenaufgang, wurde die Stadt durch ein ohrenbetäubendes Dröhnen aus dem Schlaf gerissen. Häuser erbebten und das Geschirr klirrte in den Schränken. Erschreckte Bewohner drängten an die Fenster und verließen fluchtartig ihre Häuser, weil sie ein Erdbeben befürchteten. Aber keine Gebäude fielen in sich zusammen, nichts wies auf eine derartige, in dieser Gegend immer wieder vorkommende Katastrophe hin, und doch vibrierten die Straßen unablässig. Die Luft war erfüllt von einem quietschenden Rattern, vom Rasseln der Ketten, die den Asphalt eindrückten, und von Motorengeräuschen, welche die Natur zum Verstummen brachten. Die anrollenden Panzer schwärmten aus, tasteten sich träge durch die Straßen, wie schwarze, überdimensionierte Insekten, in einigem Abstand gefolgt von leichten Mannschaftswagen. Langsam schwenkten die Tanks ihre Rohre und feuerten ihre

Geschosse ab, die mit einem zischenden Crescendo in die Barrikaden schlugen. Fensterscheiben klirrten und die Detonationen entzogen der Stadt wie ein mächtiges Vakuum die Luft. Bis in die entlegensten Ecken waren die dumpfen Einschläge der Maschinengewehrsalven zu hören. Mit ohrenbetäubendem Lärm schoben die Panzer ausgebrannte Gerippe von Autos, Fahrrädern und Mülltonnen zur Seite, bis sie alle strategisch wichtigen Zufahrtswege und Kreuzungen besetzt hatten. Soldaten huschten an den Mauern entlang, Schutz suchend vor möglichen Hinterhalten. Scharfschützen bezogen Stellung auf den Dächern der Regierungsgebäude und igelten sich ein. Truppentransporter spuckten Spezialeinheiten aus, die eilends die Straßenzüge mit Stacheldraht abriegelten. Mit generalstabsmäßiger Präzision wurde jeglicher Widerstand niedergewalzt und erstickt. Grabesruhe senkte sich über die Stadt und überzog sie mit einem schwarzen Schleier. Die Stunde null hatte begonnen.

4

Die Beziehung zu seinem Vater lastete auf Ernestos Seele, je mehr er dessen üble Laune und Verbitterung ertragen musste. Eines Abends, als Ernesto seinem Vater Ende Monat den bescheidenen Verdienst abgeben musste, eskalierte der Streit. Ein letztes Mal legte er die Scheine auf den Tisch, denn mit dem Eintritt in die Armee ging nicht nur er, sondern in erster Linie sein Vater dieses Geldes verlustig. Der Sold, den die Armee bezahlte, war so lächerlich bescheiden, dass niemand davon leben konnte. Ernesto schickte sich an zu gehen, als ihn der Vater am Ärmel zurückhielt und zur Rede stellte. Ernestos Körper versteifte sich, weil er es nicht ertrug, wenn er angefasst wurde. Er merkte sofort, dass der Vater wieder getrunken hatte und gereizt war, als ihm dieser klarmachte, dass er einen Teil seines zukünftigen Soldes erwarte. Ernesto glaubte, sich verhört zu haben. Seine anfängliche Verblüffung ging in eine innerliche Erstarrung über, sein ganzer Körper fühlte sich an wie gelähmt. Je länger er darüber nachdachte, was sein Vater soeben von ihm verlangt hatte, desto größer wurde seine Empörung; er steigerte sich in einen Hass, der schon lange in ihm geschlummert hatte und den er nur mit Mühe zu unterdrücken vermochte. Die Gedanken rasten durch seinen Kopf. Ehe er sich's versah, widersprach er seinem Vater zum ersten Mal und entgegnete, dass er das Geld für sich behalten werde. Schweigen folgte, unerträglich langes Schweigen, das im Raum zu dröhnen schien. Als ob ihm seine vernebelten Sinne einen schlechten Streich gespielt hätten, starrte ihn der Vater ungläubig an. Etwas in seinem Wesen veränderte sich. Ein böser Funke glomm in seinen Augen auf. Seine Züge verfinsterten sich. Mächtige Zornesfalten traten auf der Stirne hervor und seine Adern schwollen gefährlich an. Ein krampfhaftes, mechanisches Malmen seiner Backenknochen schien das Gehörte verdauen zu wollen, und seine gelblich verfärbten Augäpfel, die von rot geplatzten Gefäßen durchzogen waren, huschten suchend hin und her. Ein Schnauben, gleich dem eines in die Enge getriebenen Tiers, drang aus seiner heiseren Kehle.

Dann geschah, was geschehen musste. Blitzschnell stieß der Vater mit geballter Faust gegen Ernestos Kopf, verfehlte ihn nur um Haaresbreite, weil der Sohn instinktiv zurückgewichen war. Mit der linken Hand versuchte der Alte, ihn nun am Hals zu packen und zerriss ihm dabei das Hemd. Bevor er zu einem weiteren Hieb ausholen konnte, entwand sich Ernesto seinem Griff und flüchtete, einen kurzen Moment stolpernd, auf die andere Seite des Tisches. Rasend vor Zorn, weil er seiner nicht habhaft wurde, schleuderte der Vater ein Glas nach ihm, welches schmerzhaft an Ernestos Ellbogen abprallte, als er den Arm zum Schutze hob. Klirrend schlugen die Scherben auf den Boden. Erst der Schlag auf seinen Ellbogen brachte Ernesto zur Besinnung. Von einer nicht gekannten Heftigkeit übermannt, packte er einen klapprigen Stuhl an der Lehne, hob ihn mit Leichtigkeit hoch und schrie dem Vater entgegen, dass er ihn nie mehr anfassen solle, sonst werde er ihn umbringen. Er keuchte schwer, hörte noch den geschrienen Satz, als wäre er ein weit entferntes Echo, aber erkannte seine eigene Stimme darin nicht wieder.

Seinem Vater stand der Mund offen. Die Halsschlagader pochte schnell, sein Kopf war dunkelrot. Die wässrigen Augen funkelten wild und drohten gleich zwei auf den Boden aufschlagenden Murmeln in tausend Teile zu zerspringen. Einige Atemzüge lang standen sich die beiden Männer gegenüber und die Zeit blieb stehen. Es gab weder Licht noch Dunkel, noch war es kalt oder warm. Alle Gedanken zerstoben im Nichts und die Erde hörte auf, sich zu drehen. Ernestos Herz drohte ihm aus der Brust zu springen, schlug wie der Hammer eines Schmiedes gegen den Amboss, und es war ihm, als müsse jeder das Pochen hören. Alles Blut war aus seinen Händen gewichen, die Knöchel waren weiß, so stark umklammerte er die Stuhllehne. Sein Blick war leer. Er wusste mit einem Male, dass er seinen Vater erschlagen würde, sobald sich dieser nur einen Fußbreit rühren sollte. Es war, als sei ein Damm von aufgestauten Demütigungen und Ängsten gebrochen und habe alles Leben um ihn herum erstickt. Sein Vater bebte, stand entgeistert mit immer noch erhobener, zur Faust geballter Hand da. Aus seinem halboffenen Mund tropfte ein wenig Speichel, die Lippen zuckten und sein kalter Atem roch nach Zwiebeln und Schnaps. Die schütteren Haare fielen ihm wild in die Stirne. Er glich einem Irren, von Dämonen Getriebenen. Tränen der Wut sammelten sich in seinen Augen, während ein schweres Keuchen seinen Brustkorb hob und senkte. Langsam löste sich die gespenstische Szene auf. Wie zwei erstarrte Schauspieler, die ihre ersten Bewegungen in Zeitlupe ausführen, ließen sie die Arme fast gleichzeitig sinken und entfernten sich voneinander. Bebend wischte sich der Vater den Mund mit dem Handrücken ab, drehte sich schweigend um und verließ wankend den Raum, kaum in der Lage, sein eigenes Gewicht zu tragen. Ernesto stützte sich auf den abgestellten Stuhl, seine Beine zitterten. Der Mund war trocken und die Hände schmerzten, weil das Blut wieder in die Glieder schoss. Langsam füllten sich seine Lungen mit Luft.

Benommen ging Ernesto ins Freie. Ungeachtet des starken Regens lief er planlos durch die Straßen. Nur noch bruchstückhaft konnte er sich an das Geschehene erinnern und fragte sich, ob er nicht aus einem bösen Traum erwacht sei. Zugleich empfand er jenes Gefühl der Freiheit, das nur dem Sorglosen zufällt. Erst jetzt nahm er den lauen Regen wahr, der in sein Gesicht prasselte und die Reste seiner Kindheit in den schmutzigen Rinnstein schwemmte.

5

Gleichzeitig mit der Besetzung der Stadt hatte eine Verhaftungswelle das ganze Land überflutet und war bis in die hintersten Ecken vorgedrungen. Nicht einmal vor Mitgliedern der Abgeordnetenkammer und des Senates machte sie halt, sondern trieb alle in ein engmaschiges Netz, aus dem zu entkommen unmöglich schien. Bereits der Verdacht einer falschen Gesinnung führte zur Inhaftierung, und wer konnte, flüchtete vor dem Terror ins Ausland. Staatspräsident Gutiérrez war am Morgen des Militärputsches zurückgetreten und unter Hausarrest gestellt worden. Die Armeespitzen von Heer, Marine und Luftwaffe hatten General Dos Santos die Macht übergeben, der das Kriegsrecht verhängte und die Verfassung außer Kraft setzte. Bereits am darauffolgenden Tag hatte der eilends neubestellte Oberste Gerichtshof Dos Santos als Staatsoberhaupt eingesetzt und ihm zugleich den Oberbefehl über die Armee übertragen. In einem Hirtenbrief rief Kardinal Zúñiga alle Gläubigen zur Versöhnung und Besinnung auf und versicherte die neue Staatsmacht der Solidarität der Kirche.

Anlässlich einer feierlichen Zeremonie im Parlament, an der alle weltlichen Honoratioren sowie Kardinal Zúñiga teilnahmen, legte Dos Santos seinen Eid auf Gott und das Land ab und gelobte, Ordnung und Einheit wieder herzustellen. In markigen Worten skizzierte er die historische Mission, die das Vaterland vom linken Joch befreien werde. Er sei auf die Unterstützung des Volkes angewiesen und werde deshalb einer zivilen Notstandsregierung die Tagesgeschäfte übertragen. Wahlen seien bereits im nächsten Jahr möglich, sofern sich die Lage bis dahin beruhigt habe. Im weiteren verlas er die wichtigsten Dekrete, zu denen das Verbot sämtlicher politischer Parteien, die Auflösung der Gewerkschaften und die Konfiskation aller Vermögenswerte von «terroristischen Vereinigungen» gehörten. Lediglich die christlich-nationale Vereinigung der Großgrundbesitzer, der mehrere hochrangige Offiziere angehörten, wurde als überregionale Interessenvertretung zugelassen.

Sämtliche Gouverneursposten in den Provinzen wurden neu besetzt, die Polizeikräfte einem nationalen Sicherheitsrat unterstellt. Gestützt auf das Kriegsrecht konnten politische Polizei und die Armee ohne richterliche Befugnisse Verdächtige in Haft nehmen und Internierungen in weit entlegene Landesteile verfügen. Öffentliche Versammlungen von mehr als drei Personen wurden untersagt, eine Ausgangssperre auf zweiundzwanzig Uhr festgelegt. Der «gesäuberte» Justizapparat arbeitete auf Hochtouren, und Streikende sowie unliebsame Kader wurden von den Militärgerichten in Schnellprozessen zu langjährigen Haftstrafen verurteilt. Tausende von Namenlosen verschwanden ohne jedes Gerichtsverfahren spurlos. Die Redaktionen der staatlichen Rundfunkanstalten wurden neu besetzt, ein nationaler Presserat nahm die Aufsicht über die Zeitungen wahr und das Büro des Staatspräsidenten erklärte sich für die Koordination sämtlicher kulturellen Veranstaltungen zuständig. Mit atemberaubender Effizienz fegte eine Säuberungswelle durch die Universitäten. Filme subversiven Inhaltes wurden verboten und Bücher auf den Index gesetzt. Dos Santos hob die Verstaatlichung der Industrie auf und garantierte den freien Handel, so dass der Austausch von Waren zwischen den Anrainerstaaten wieder in Gang kam. Weder brachen die ausländischen Staaten ihre diplomatischen Beziehungen ab, noch zogen sich die internationalen Konzerne aus dem Land zurück.

6

An einem heißen Septembermorgen fanden sich Ernesto und Dutzende von Gleichaltrigen in der Kaserne ein, die am Stadtrand neben der Ausfallstraße zur Küste lag. Der Komplex bestand aus mehreren, um einen großen Platz gruppierten langgezogenen Holzbaracken, in deren Mitte ein hoher Mast mit der Nationalflagge aufragte. Das einzige Gebäude aus Stein lag ein wenig abseits und beherbergte die Kommandantur und die Offiziersmesse. Auf der gegenüberliegenden Seite des asphaltierten Appellplatzes lag der Fuhrpark, angrenzend an ein staubiges Fußballfeld und eine Kampfbahn. Das ganze Areal war von einer drei Meter hohen, mit Scherben und Stacheldraht versehenen Mauer umfasst.

Verlegen stand Ernesto mit seinem kleinen Koffer in der Sonne und hielt vergeblich nach bekannten Gesichtern Ausschau. Unteroffiziere musterten die Ankommenden und hießen sie auf dem Appellplatz Aufstellung nehmen, wo die jungen Burschen verloren warteten, bis sie aufgerufen wurden. Als Ernestos Name über den Platz hallte, lief er wie die anderen vor ihm im Laufschritt zur gegenüberliegenden Seite, wo sich die Materialabgabe befand. Er meldete sich bei einem korpulenten Korporal, der ihn von Kopf bis Fuß musterte, ihm Schuhe, Uniformteile, Helm und andere Utensilien auf eine Ablage warf und ihn anherrschte, alles anzuziehen. Ernestos Hosen waren zu kurz, und als er eine längere verlangte, schob ihm der Mann mürrisch ein neues Paar zu. Dann wandte sich der Korporal dem nächsten zu und wiederholte die Prozedur. Ernesto, der von schneller Auffassungsgabe war, merkte bald, dass Fragen Schikanen nach sich ziehen konnten, und verhielt sich deshalb ruhig und unauffällig. Auch hütete er sich, mit Kollegen über den Militärputsch zu reden, denn das konnte erst recht ungeahnte Folgen haben.

Die erste Nacht im Schlafsaal der Kaserne war kurz und ungewohnt. Achtzig junge Männer lagen in ihren Betten und es roch nach menschlichen Ausdünstungen. Einige schnarchten, andere unterhielten sich leise miteinander. Ernesto hatte Glück, denn es gelang ihm, ein Bett nahe bei einem Oberlicht zu ergattern, und seine beiden Nachbarn hinterließen keinen unsympathischen Eindruck. Vorne bei der Türe, wo die besten Plätze waren, lagen diejenigen, die auch später immer in der ersten Reihe standen und sich bei den Unteroffizieren anbiederten.

Der erste Appell im gleißenden Morgenlicht war eine leise Drohrede von Oberst Menéndez, der die jungen Männer duzte und seine Geringschätzung gegenüber allen Untergebenen nicht verheimlichte. Die ausdruckslosen, mit Schweiß bedeckten und doch noch kindlichen Gesichter der jungen Soldaten verschwanden unter einem kompakten Meer von Helmen, die alle auf einen imaginären Punkt in der Ferne gerichtet waren, als Menéndez zu ihnen sprach. Der Garnisonskommandant trug eine reflektierende Sonnenbrille, so dass man die Augen nicht sehen konnte. Seine schwarzen Haare waren mit Brillantine nach hinten gekämmt, wobei die mit goldenen Bordüren dekorierte Mütze seine geringe Köpergröße ein wenig ausglich. Trotz der Wärme trug er schwarze Handschuhe, und auf seiner makellosen Uniform glänzten mehrere Orden. Um seinen ersten Worten Nachdruck zu verleihen, ließ er die Rekruten einige Minuten schweigend stehen und schritt dann prüfend die Reihen ab. Jede seiner Bewegungen war abgezirkelt und verbreitete etwas Marionettenhaftes, zugleich aber Bedrohliches, das jedem klarmachte, dass er gut beraten war, sich nicht mit dem Kommandanten anzulegen. Ruckartig blieb Menéndez stehen und wandte sich an die jungen Männer, die in der prallen Sonne schwitzend und in ihren schlecht angepassten Uniformen vor ihm strammstanden. Gebieterisch warf er sich in Positur, wippte zweimal auf den Fußspitzen und hob mit unangenehmem Falsett an, die jungen Burschen als verweichlichte Faulpelze abzukanzeln, die den Ernst des Lebens noch nicht erkannt hätten. Damit sie Bescheid wüssten, fuhr er fort, das Vaterland werde ihnen nun die Gelegenheit bieten, etwas von dem zurückzugeben, was sie erhalten hätten. Die Armee sei eine Schule des Lebens und mache aus einem Jungen einen Mann. Sie seien hier, um die Nation vor Anarchie zu retten, die inneren Feinde auszumerzen und die Grenzen vor möglichen Invasoren zu schützen. Wer diesen edlen Auftrag gewissenhaft erfülle, werde es gut haben. Gehorsam und Patriotismus, und das sagte er mit leiser, drohender Stimme, seien alles, Feigheit und Faulheit würden entsprechend sanktioniert. Dabei klatschte er mehrmals mit einer schwarzen Reitpeitsche auf seinen blankgewienerten rechten Stiefel, während er einen prüfenden Blick über die Rekruten gleiten ließ. Schließlich legte er abermals eine Pause ein. Übelgelaunt, weil auch ihm die Hitze zu schaffen machte, gleichzeitig aber auch seine Autorität zelebrierend, wandte er sich an einen ihn begleitenden Offizier und gab den Befehl, abzutreten.

Die anschließende Einteilung in die verschiedenen Kompanien löste nervöse Spannung aus, denn jeder hoffte insgeheim, dass er nicht den Unteroffizieren zugewiesen würde, denen der Ruf eines Schleifers vorauseilte. Ernesto verdankte die Einteilung zur Transportkompanie seinem Beruf und nannte sich insgeheim einen Glückspilz, weil er seinen Dienst in der Garage versehen konnte. Von Beginn an strengte er sich an, drückte sich vor keinen Aufträgen und fiel wegen seiner ruhigen Art niemandem unangenehm auf.

Mit Alonso, einem Kameraden aus seinem Schlafsaal, freundete er sich rasch an, und sie verbrachten häufig die freien Stunden miteinander. Alonso war ein kräftiger, trotz seinem Hang zur Molligkeit quirliger Kerl, der etwas Schelmenhaftes in seiner Art hatte. Eine Brille glich seine Kurzsichtigkeit aus und ließ ihn einerseits hilflos, andererseits gelehrt erscheinen. Zwei obere Schneidezähne standen derart weit auseinander, dass es einer Zahnlücke ähnelte, und wenn er lachte, glich er einem Clown. Ein kleiner Schnurrbart schmückte sein rundliches Gesicht und die lebhaften Augen schimmerten gleich denen eines listigen Äffchens. Trotz seiner Jugend hatte er schon beinahe eine Glatze, was ihm den gutmütigen Spott der anderen eintrug. Alonso war ein Spaßmacher, der mit seinen deftigen Bemerkungen die Leute zum Lachen brachte und deshalb nie ganz ernst genommen wurde. Ernesto hatte jedoch bald bemerkt, dass hinter dieser Fassade etwas Unzugängliches und Verletzliches verborgen war. Beide ergänzten sich bestens, teilten sich ihre Zigaretten und saßen bei den Mahlzeiten immer zusammen. Weil Alonso einem Offizier als Bursche diente, hatte er viel freie Zeit, so dass er sich oft in der Nähe der Garage aufhielt.

Nach ihrer dreimonatigen Grundausbildung wurde Ernesto definitiv Feldwebel Rodríguez zugeteilt, dem die Garage und der Fuhrpark unterstanden. Wenn er seine Arbeit mit derjenigen der Infanteristen verglich, fühlte sich Ernesto als Auserwählter. Bei jeder Witterung und zu jeder Zeit mussten jene vor Regierungsgebäuden Wache stehen oder gemeinsam mit der Militärpolizei in der Stadt patrouillieren. Ernesto hingegen reparierte Fahrzeuge oder war gelegentlich mit dem Transport von Material an die Einsatzorte beschäftigt.

Feldwebel Rodríguez, ein hochgeschossener drahtiger Mann, glich mit seinem langen Hals und dem Bürstenschnitt einer Giraffe und bewegte sich ebenso gemächlich und umsichtig. Seine Person schien mit der Uniform verschmolzen und der Mensch Rodríguez nur dank der Armee zu existieren. Ernesto schätzte ihn auf über fünfzig. Beim Sprechen war sein gutturales R überdeutlich zu hören, und er hatte die Angewohnheit, nach jedem Satz die Luft hörbar durch die Nase einzuziehen. Der Habitus eines Soldaten war ihm in Fleisch und Blut übergegangen und zur Berufung geworden. Er strahlte eine Gelassenheit aus, die einem zu verstehen gab, dass er sich nicht einmal von Offizieren etwas vormachen ließ, geschweige denn, dass ihm sonst jemand etwas anhaben konnte. Alle und alles schien er zu kennen.

Gleich zu Beginn hatte Rodríguez Ernesto klargemacht, dass er keine Probleme in der Garage wolle und dass derjenige, der die Arbeiten zu seiner Zufriedenheit verrichte, kein schlechtes Leben habe. Ernesto ergriff die Chance und legte sich von Anfang an ins Zeug. Rodríguez übertrug ihm deshalb selbständig größere Reparaturen an den Fahrzeugen, unter denen sich auch zivile Wagen befanden. Der Feldwebel ließ ihn in dem Glauben, dass es sich um Armeefahrzeuge handelte, aber schon bald realisierte Ernesto, dass sich Rodríguez einen guten Nebenverdienst sicherte, indem er private Autos in der Armeegarage reparieren ließ. Ernesto störte sich nicht weiter an diesen Aufträgen, denn jeder musste schauen, wie er über die Runden kam. Zuweilen überkam ihn sogar Stolz, weil ihm der Feldwebel die Wartung der Fahrzeuge übertrug, während er selbst mit anderen Unteroffizieren in einem Hinterzimmer Karten spielte und Pisco trank.

7

Die Abendluft war schwer und Ernesto hielt sich alleine in der Werkstatt auf. Rücklings lag er unter einem aufgebockten Jeep und war mit dem Auswechseln einer Gelenkwelle beschäftigt, als plötzlich die Türe aufgestoßen wurde und jemand die Garage betrat. Er sah von der Türe her zwei schwarze, blankgewienerte Stiefel auf sich zukommen und fragte sich erstaunt, welcher Offizier sich hierher verirrt haben mochte. Um Nachschau zu halten, stieß er sich unter dem Wagen hervor, als just neben seinem Kopf die beiden Beine stehen blieben und er von unten Hauptmann Solano erkannte. Er hatte den Offizier schon mehrmals gesehen, aber noch nie mit ihm gesprochen. Solano hatte eine zurückhaltende, höfliche, ja beinahe gewinnende Art, aber er strahlte auch etwas Irritierendes aus, das Ernesto nicht einordnen konnte. Stets trug er eine tadellos gebügelte Uniform, seine Hände waren feingliedrig und gepflegt, als würde er in einer Porzellanmanufaktur die Ware kontrollieren. Schwarze, kräftige Haare, durch einen klaren Scheitel geteilt, lugten unter seiner Mütze hervor, die er beim Sprechen häufig in die Hand nahm und deren schwarzes Schild er mit dem Ärmel polierte. Vom Profil her glich er einem stolzen Caballero, der sich seiner Wichtigkeit bewusst war. Seine Gesichtszüge drückten nichts Harmonisches aus, verrieten aber auch keine innerlichen Regungen. Er war makellos rasiert und ein dünner Oberlippenbart gab ihm ein verwegenes, fast zynisches Aussehen.

Er war schlank, wirkte dabei aber trotz seiner eher bescheidenen Körpergröße nicht klein. Solano musste mit seiner befehlsgewohnten Sanftheit auf gewisse Frauen anziehend wirken. Er strahlte etwas Selbstverständliches aus, das weder gut noch böse ist, sondern Menschen innewohnt, die Reichtum und Macht als gottgegeben kennen. Widerspruch war ihm ein Fremdwort und wurde mit Aufruhr gleichgesetzt, weil nur eine Seite Befehle erteilen konnte und die andere als Empfänger oder Bittsteller auftreten musste. Im Gegensatz zu den meisten anderen Offizieren begegnete Solano allen Untergebenen distanziert freundlich, denn er musste seinen Rang nicht künstlich betonen. Ernesto sollte erst später realisieren, dass im Ausdruck seiner hellbraunen Augen noch etwas anderes lag, das einem bei der ersten Begegnung nicht auffiel.

All diese Bilder schossen Ernesto durch den Kopf, als er umständlich unter dem Wagen hervorkroch. Er zog sein Übergewand gerade, wobei ein Schraubenschlüssel scheppernd zu Boden fiel. Verlegen hob er das Werkzeug auf, straffte seine Schultern und nahm Haltung an. Solano ging mit ruhigen Schritten an ihm vorbei, grüßte salopp und fuhr mit einem Finger spielerisch über die Oberfläche des Fahrzeuges. Er drehte sich zu Ernesto, hieß ihn Ruhestellung einnehmen und fragte, ob ihm sein Arbeitsplatz gefalle. Sofort wurde Ernesto hellhörig und dachte, dass er seine Arbeit nicht zu sehr loben dürfe, denn das konnte Ärger oder im schlimmsten Fall Versetzung bedeuten. Er meinte darum lediglich, dass er mit seiner Arbeit zufrieden sei. Mit anerkennendem Nicken schien Solano auszudrücken, dass er über ihn Bescheid wusste, aber auch das konnte nichts Gutes bedeuten. Je weniger man auffiel, desto besser kam man über die Runden, dachte Ernesto. Solano musterte Ernesto und fragte, ob er sich vorstellen könne, ihm als Chauffeur zu dienen. Ernesto war über dieses Ansinnen sehr überrascht und überlegte die Konsequenzen, denn alles in der Armee hatte Folgen. Als Solano, sein Dilemma erahnend, lächelnd sagte, dass er selbstverständlich weiterhin in der Garage bleiben könne, aber ihm für gewisse Aufträge zur Verfügung stehen müsse, war Ernesto erleichtert.

Ernesto war nicht über Solanos Frage, sondern vielmehr über den Umstand verblüfft, dass er ihm keinen Befehl erteilte, sondern seine Meinung wissen wollte. Stolz erfüllte ihn, weil ihn dieser Offizier als Fahrer wollte. Gleichzeitig beschlich ihn Argwohn. Weshalb fragte ein Offizier seinen Untergebenen, wenn er ihm doch einfach Weisungen erteilen konnte? Erwartungsvoll blickte ihn Solano an, als hätte er seine Gedanken erraten. Ernesto legte seine Befangenheit ab, salutierte stramm und dankte für die Ehre, ihm dienen zu dürfen. Solano winkte lächelnd ab und meinte, dass es nicht um Ehre, sondern letztlich um den Dienst am Vaterland gehe. Dann hielt er inne, wie um sich eines Besseren zu besinnen und erklärte zustimmend, dass er eigentlich Recht habe, denn ein Einsatz für das Vaterland sei ja schließlich immer eine ehrenvolle Angelegenheit. Solano ging in der Garage auf und ab und bat Ernesto, ihm noch die beiden neuen Schützenpanzer zu zeigen. Dann trug ihm Solano auf, am Abend den Ford, ein gut erhaltenes schwarzes Modell aus den fünfziger Jahren, zu holen und um zwanzig Uhr vor der Offiziersmesse zu warten. Er wandte sich zum Gehen, drehte sich aber nochmals um und sagte beiläufig, dass er ihn in ziviler Kleidung erwarte. Als Ernesto etwas erwidern wollte, meinte Solano bloß, dass er sich deswegen keine Sorgen machen müsse, denn alles habe seine Richtigkeit. Er lächelte ihm nochmals zu, nahm die Mütze vom Kopf und entfernte sich über den Kasernenhof.

Ernesto sah ihm noch eine Weile nach und machte sich schließlich wieder an die Arbeit. Er konnte sich jedoch nicht richtig konzentrieren und erinnerte sich an die Berichte von Kameraden, die Offiziere chauffiert hatten und lange Nächte vor Bars oder Casas de Cita, den «Häusern der Verabredung», warten mussten. Nicht selten kam es vor, dass die Betrunkenen erst in den frühen Morgenstunden in die Kaserne zurückgefahren werden wollten, aber dabei kam nur selten der alte Ford zum Einsatz. Ernesto erinnerte sich noch gut, wie er zusammen mit seinen Kameraden über diese Häuser gesprochen und ihn die Neugier eines Abends dorthin getrieben hatte. Die gierige Lust, die er vorab verspürt hatte, wog allerdings den schalen Geschmack danach nicht auf, in seinem Innern hinterließ dieses Erlebnis nur Leere und Einsamkeit.

Ernesto versorgte die Werkzeuge, polierte seine Schuhe mit einem Öllappen und schrubbte sich seine rauen Hände sauber. Er fühlte eine nervöse Spannung und überquerte den Appellplatz. Eigentlich hatte er noch etwas essen wollen, denn er stellte sich auf eine lange Nacht ein. Aber er war zu aufgeregt, um in der Kantine etwas zu holen, und rauchte stattdessen mehrere Zigaretten. Erstmals seit langer Zeit zog er seine zivilen Kleider wieder an und fühlte sich darin unbehaglich. Seine größte Sorge war, dass man ihn so sehen könnte. Aber ohne jemandem zu begegnen, kehrte er in der Dämmerung zur Garage zurück, bog um die Ecke und stieß beinahe mit Feldwebel Rodríguez zusammen. Ernesto erschrak, als wäre er bei etwas Verbotenem ertappt worden. Bevor er jedoch reagieren konnte, fragte ihn Rodríguez, ob er mit dem Ford ausfahren müsse.

Erleichtert und immer noch eine Entschuldigung für seine Kleidung suchend, informierte er den Feldwebel über Solanos Besuch. Rodríguez schüttelte unmerklich den Kopf und trat nahe an ihn heran. Er umfasste mit seiner großen schwieligen Hand grob seinen Kiefer, so dass er gezwungen war, ihm wie ein unerzogener Schüler in die Augen zu schauen und seinen alkoholisierten Atem roch. Ernesto war so perplex, dass er sich nicht rührte. Mit rauer Stimme riet ihm Rodríguez, Stillschweigen zu bewahren und mit niemandem über diese Sache zu reden, denn nur dann werde er die Zeit bei der Armee überstehen. Noch ehe er reagieren konnte, wandte sich Rodríguez von ihm ab, stieß ihn beim Loslassen von sich und überquerte den von kalten Scheinwerfern erleuchteten Kasernenplatz. Ernesto, brüskiert von Rodríguez' Reaktion, fühlte sich verunsichert, aber er vermutete, dass es sich um Frauengeschichten handeln müsse und er deshalb zur Verschwiegenheit verpflichtet wurde.

Vorsichtig fuhr er den Ford auf den Vorplatz, denn er war mit dem Wagen noch nicht vertraut. Das tiefe Brummen des Motors wirkte beruhigend, und die farbigen Lichter des polierten Armaturenbretts schienen nur für ihn alleine zu leuchten. Noch nie war er mit einem solchen Auto gefahren, dessen weiche, lederbezogene Sitze im Vergleich zu den harten Unterlagen in den Jeeps einem das Gefühl von Wichtigkeit gaben. Abermals kontrollierte er die Sauberkeit der Karosserie, wischte die abgedunkelten Scheiben blank und stellte dabei fest, dass am Fahrzeug keine Nummernschilder oder militärische Zeichen angebracht waren. Aber was sollte ihn das kümmern, dachte er und fuhr gemächlich vor die Offiziersmesse. Angespannt wartete er im Auto, bis er von weitem Solano in Begleitung zweier zivil gekleideter

Männer kommen sah. Solano schien ihm kleiner, weil er keine Uniform trug, aber sein forscher Schritt ließ keinen Zweifel an seiner Autorität aufkommen.

Ernesto sprang beflissen aus dem Fahrzeug, salutierte und öffnete die Beifahrertüre. Der Offizier blieb vor ihm stehen und erwiderte, dass er, so lange er keine Uniform trage, nicht grüßen, aber auch keine Namen nennen solle. Er sei zur Verschwiegenheit verpflichtet, auch gegenüber anderen Offizieren. Ernesto wollte als Einverständnis strammstehen, aber Solano legte ihm väterlich die Hand auf die Schulter und sagte, er solle lediglich fahren und tun, was man ihn heiße.

Ernesto lenkte den Wagen in ein unbekanntes Viertel der Vorstadt, ungefähr zwanzig Minuten von der Kaserne entfernt. Solano saß neben ihm und steckte sich einen Zigarillo an, zog genüsslich den starken Tabak ein und ließ den Rauch durch die Nase entweichen. Die beiden Begleiter saßen im Fond des Wagens und sprachen kein Wort. Vor einer langgezogenen Mietskaserne hieß ihn Solano schließlich anhalten. Zusammen mit den beiden Männern verschwand er im Haus. Ernesto saß eine knappe Stunde im Auto. Er öffnete das Fenster und atmete die milde Nachtluft ein. Nur das Ticken des ausgeschalteten, noch warmen Motors war zu hören. Gerne hätte er das Radio eingeschaltet, aber er getraute sich nicht, weil er jeden Moment mit Solanos Rückkehr rechnete. Er stellte sich schon vor, dass er mit seinen Begleitern in einer Casa de Citas war, oder sie hier Frauen abholten, um sich mit ihnen irgendwo anders zu vergnügen.

Kurze Zeit darauf erschien Solano zusammen mit seinen Begleitern, die eine Gestalt untergehakt hatten und mit sich zogen. Ernesto öffnete die Türe, so dass sie die Person in die Mitte des Rücksitzes platzieren und sich beiderseits von ihr setzen konnten. Erst jetzt bemerkte er, dass es sich um einen Mann handelte, dessen Hände auf den Rücken gebunden waren. Solano stieg vorne ein und wies Ernesto an, wieder in Richtung Kaserne zu fahren. Alle Freundlichkeit war von ihm abgefallen. Nervös legte Ernesto zuerst den Rückwärtsgang ein, bevor er anfahren konnte, um den Wagen schweigend durch die dunklen Straßen zu lenken. Einmal, als sie um eine Kurve bogen und ein leises Stöhnen von hinten zu hören war, warf er automatisch einen Blick in den Rückspiegel und sah, da ein vorbeifahrendes Auto mit seinen Scheinwerfern kurz das Wageninnere erhellte, mit Schrecken in ein malträtiertes Gesicht. Bis zum Hals spürte er das heftige Klopfen seines Herzens. Bald, so dachte er, würden sie in der Kaserne und der Spuk vorbei sein. Ernesto spürte, dass ihn Solano von der Seite her musterte, aber er hielt seine Augen starr auf die Straße gerichtet und konzentrierte sich auf die Fahrbahn. Als sie in die Straße zur Kaserne einbogen und er schon den Blinker zur Einfahrt betätigt hatte, stellte ihn Solano zurück und wies ihn an, geradeaus zu fahren. Ernesto wollte etwas fragen, doch Solanos Blick verschloss ihm den Mund. Knapp wies ihm dieser den Weg, bis sie die Stadt verlassen hatten und auf einer Überlandstraße in die sternenklare Nacht hinausfuhren. Seine feuchten Hände umklammerten das Lenkrad. Nur gelegentlich wagte er einen heimlichen Blick in den Rückspiegel zu dem Gefesselten, der bei jeder Unebenheit der Straße leise vor sich hin stöhnte. Als er die Fahrt deswegen verringerte, stieß ihn Solano seitlich an und hieß ihn mit einer Kopfbewegung, wieder schneller zu fahren.

Im Fahrzeug roch es nach säuerlichem Schweiß, vermischt mit dem starken Rauch des Zigarillos, aber

Ernesto wagte es nicht, das Fenster zu öffnen. Seine Augen wichen den entgegenkommenden Scheinwerfern aus. Er wollte nicht wissen, was hier vor sich ging. Wohl hatte er schon gehört, dass es wiederholt zu heimlichen Verhaftungen gekommen war, aber er versuchte, nicht daran zu denken. Nach fünfzehn Kilometern deutete ihm Solano an, langsamer zu fahren, und zeigte auf einen ungeteerten, nach rechts abbiegenden Weg. Ernesto verließ die asphaltierte Straße, steuerte den Ford langsam über einen holprigen Feldweg, wobei das Auto eine staubige Wolke hinterließ. Linker Hand fuhren sie an einem frisch abgeernteten Feld vorbei, dessen brandig riechender Staub noch in der Luft lag. Im Osten lag brachliegendes Ackerland, das sich in der Finsternis wie ein unheimlicher Riese ausbreitete.

Solano hieß ihn vor einem Holztor halten, stieg aus, um es knirschend zu öffnen, und winkte Ernesto durch, bevor er wieder zustieg. Nach zehn endlosen Minuten fuhren sie unter einem steinernen Torbogen hindurch, auf dessen Spitze sich eine rostige Glocke quietschend im Wind bewegte. An verkrüppeltem Gebüsch vorbei gelangten sie auf einen mit vertrockneten Pflanzen überwachsenen Vorplatz, an den sich ein einstöckiges Gebäude anschloss. Die weiße Fassade und die gelben Fensterverzierungen waren von der Witterung stark in Mitleidenschaft gezogen. Dunkelgrüne Läden hingen lose in ihren Angeln, zerbrochene Ziegel lagen verstreut vor dem Haus. An den Säulen der Veranda rankten sich kümmerliche Reben empor, und aus gebrochenen Keramikfliesen wucherte Unkraut. Eine rostige Schaufel lag neben einem klapprigen Leiterwagen auf der Erde. Vom Dachgiebel hingen lose Drähte herunter, die auf der Rückseite durchhängend zu einer Überlandleitung führten.

Ernesto musste das Fahrzeug quer zum Haus stellen, so dass die Hintertüre des Fords vor den Eingang zu stehen kam. Keine Menschenseele war zu sehen und das Haus machte einen verlassenen Eindruck. Nur das Zirpen der Grillen und das schwerfällige Ächzen eines Windrades, angetrieben von einem milden Wind, erfüllten die von der dünnen Mondsichel schwach erhellte Nacht. Die beiden Unbekannten zogen den Mann aus dem Auto und verschwanden mit ihm zügigen Schrittes im Haus. Ernesto war erleichtert, dass er draußen bleiben konnte, die frische Luft tat ihm gut. Solano zündete sich einen neuen Zigarillo an und erlaubte Ernesto, ebenfalls zu rauchen. Mit einem Grinsen auf den Lippen meinte er, dass eine kleine Pause vor der Arbeit immer heilsam sei. Dann folgte er den anderen und forderte Ernesto auf mitzukommen.

Sie durchquerten einen spärlich beleuchteten Korridor, der in eine offene Kellertüre mündete. Modriger kalter Mief schlug ihnen entgegen, als sie die ausgetretene Holztreppe hinunterstiegen, an deren Ende sich rechter Hand ein großer Schrank befand. Hinter einer verschiebbaren Holzverkleidung kam eine verschlossene Metalltüre zum Vorschein. Solano blieb stehen und drehte sich zu Ernesto, der instinktiv ein wenig zurückwich. Langsam zündete er sich seinen erloschenen Zigarillo wieder an und meinte beiläufig, dass nun innovatives Denken und Handeln gefordert sei. Dann schloss er die Metalltüre auf und gab den Blick auf einen kahlen, fensterlosen Raum frei, an dessen Decke eine große nackte Glühbirne brannte. Mehrere Hocker waren an einer Wand postiert. In der Mitte des Raumes, unter einem vergilbten Deckenventilator, befand sich ein massiver Stuhl aus dunklem Holz, der aus einer Zahnarztpraxis hätte stammen können. In einer Ecke war ein

Abguss in den Grund eingelassen. Dunkle, eingetrocknete Flecken bedeckten den Boden.

Ernesto wollte soeben eine Frage stellen, als sich rechter Hand geräuschvoll eine Türe, die er zuvor nicht bemerkt hatte, öffnete und Solanos Begleiter einen nackten Mann hereinschleiften. Sein Körper war von Schlagspuren übersät und er hatte große Mühe beim Gehen. Mit Schrecken stellte Ernesto fest, dass es sich um den gleichen Mann handelte, den er zuvor hierhergefahren hatte. Eine penetrante Ausdünstung von Schweiß stieg ihm in die Nase, als der größere der beiden Begleiter Solanos an ihm vorbeiging. Die Männer stießen den Nackten auf den Stuhl, banden seine Hände und Füße mit schwarzen Lederriemen fest, so dass er sich nicht mehr bewegen konnte. Der Mann tastete den Raum mit aufgerissenen Augen ab, bis sein Blick hilfesuchend an Solano hängenblieb. Während einer der beiden Schergen sich an einem kleinen schwarzen Apparat zu schaffen machte, zog der andere mehrere Kabel zum Stuhl. Plötzlich realisierte der Mann, was man mit ihm vorhatte. Er rief den Allmächtigen um Gnade an, immer lauter, bis sich seine Stimme überschlug und nur noch ein heiseres Stöhnen zu hören war. Solano zeigte einen gelangweilten Gesichtsausdruck, als der Mann ihn anflehte, ihm nichts anzutun. Als das Kabel an den Riemen angeschlossen und zwei weitere mit Klammern an seine Brustwarzen geheftet wurden, begann der Mann wie ein Wahnsinniger am Stuhl zu rütteln. Er versuchte, sich von den Fesseln loszumachen, indem er die letzten Kräfte seines Körpers mobilisierte, aber die Klammern blieben haften. Sein Weinen verebbte und ging in ein leises Wimmern über, das dem eines verwundeten Tieres glich. Solano schüttelte angewidert den Kopf. Langsam ging er auf den Gefesselten zu, beugte sich hinunter und forderte ihn auf, die Namen zu nennen. Der Mann schüttelte den Kopf und erwiderte aufgeregt, dass er doch niemanden kenne, er könne es beschwören. Solano schnalzte unwirsch mit der Zunge, fragte ihn nochmals, wer die Leute seien und wo er sie zum ersten Mal getroffen habe. Er sei an der Versammlung gesehen worden und solle deshalb aufhören zu lügen. Bittend, mit aufgerissenen Augen, flehte ihn der Mann an, ihm zu glauben, dass er niemanden kenne, die Heilige Mutter Gottes sei seine Zeugin. Gepresster Atem entwich der vor Angst zugeschnürten Kehle, als sich Solano dem Gesicht des Mannes näherte. Der kalte Blick des Offiziers fixierte die Augen des anderen, als er unvermittelt seinen Zigarillo auf dem Bauch des Mannes ausdrückte. Ein gellender Schrei ließ Ernesto erstarren. Seine Blase drohte, sich vor Schreck zu entleeren, ein Schauder überfiel seinen Körper. Der Mann auf dem Stuhl schnappte nach Luft und wand sich wie ein verletzter Wurm. Solano holte aus einem Schrank eine Ampulle, zog mit einer Spritze aus dem kleinen Fläschchen Flüssigkeit auf, hielt sie gegen die Deckenleuchte und drückte vorsichtig die Luft heraus, bis sich ein kleines Tröpfchen an der Nadelspitze bildete. Dann drehte er sich erneut zu dem Mann auf dem Stuhl, der in Panik geriet und unverständliche Worte stammelte. An Ernesto gerichtet erklärte Solano, dass dieses muskelrelaxierende Mittel Leben retten könne, denn es verhindere, dass der Strom den Körper lahmlege. Man wolle den Mann schließlich nicht umbringen. Dann stieß er die Nadel tief in den Muskel des Oberarmes, wobei der Mann nur ein tiefes Stöhnen von sich gab.

Mit ruhiger Stimme erklärte Solano, dass die Verhöre immer so abliefen. Zuerst würden die meisten leugnen, etwas zu wissen. Ein paar ganz Schlaue meinten, mit der Nennung von Namen und Orten die Vernehmer an der Nase herumführen zu können, aber nach der ersten Behandlung würden viele ihre vorgefasste Meinung ändern. Leider zeige die Erfahrung, meinte er in Richtung seiner beiden Begleiter, dass nur das volle Programm Wirkung zeitige. Dazu brauche man manchmal sehr viel Zeit und vor allem Fingerspitzengefühl. Ungeduld, dabei rieb Solano mit dem Daumen über seinen Zeige- und Mittelfinger, wie um eine würzige Speise zu beschreiben, sei ein Zeichen von Schwäche, denn jeder Gefangene schätze sein Gegenüber nach dessen Geduld ein. Merke ein gewiefter Häftling, dass sein Gegenüber gehetzt sei, so schweige er oder erzähle irgendeine Geschichte. Zudem würde es die Vernehmenden zu sinnlosen Brutalitäten verleiten, die letztlich den Zweck verfehlten. Die Kunst des Verhörs bestehe darin, nicht nur die körperliche Schmerzgrenze auszuloten, sondern auch herauszufinden, wovor sich ein Mensch sonst noch fürchte. Auf keinen Fall dürfe man dem Häftling die Hoffnung rauben, denn ohne diese gebe sich der Gefangene auf, sei wertlos und bringe sich möglicherweise noch selbst um. Habe man jedoch Geduld, dann sei der Gefangene wie eine Goldgrube. Es dränge ihn selbst zu reden, die Wahrheit zu sagen, weil er die Ungewissheit nicht aushalte. Deshalb sei es so wichtig, dass man sich in die Lage der jeweiligen Person versetzen könne und sich deren Gedanken zu eigen mache. Wie ein Arzt gewinne man Einblick in die seelische Verfassung des Verhörten und könne die Behandlung entsprechend anpassen. Es sei wichtig, ein Vertrauensverhältnis zu schaffen, das auf einem Belohnungssystem beruhe. Nütze das nichts, dann helfe der gezielte Schlafentzug, mit dem die Widerstandskraft in jedem Falle erfolgreich verringert werde. Die Erfahrung zeige, dass die Leute nach spätestens drei Tagen wie reife Trauben gepflückt werden könnten. Gelegentlich seien auch Scheinhinrichtungen hilfreich, weil der Vernehmende letztlich als Retter empfunden werde und man sich ihm aus purer Dankbarkeit für das geschenkte Leben öffne. Zuviel Strenge aber, sagte Solano, könne kontraproduktiv sein, und dabei warf er einen Blick von dem geschundenen Mann zu seinen Begleitern, die jedoch nur die Augenbrauen hochzogen und grinsten. Es gebe ein paar wenige, die wirklich aus hartem Material seien, bei denen selbst die subtilsten Formen der Vernehmung keine Früchte trügen, aber das komme sehr selten vor. Einige, und dabei zeigte er auf den gefesselten Mann, seien zudem hoffnungslose Fälle, bei denen es sich nicht lohne, zuviel Zeit zu investieren, weil die Quellen letztlich unergiebig oder schon bekannt seien. Nach einer Pause fuhr Solano fort, die eigentliche Kunst des Verhörs bestehe darin, die erfundenen von den wahren Informationen zu unterscheiden, denn der Verhörte glaube, dass sein Befrager immer etwas hören wolle. Er wolle ihm gefallen, sich ihm andienen und eine Komplizenschaft eingehen, damit man ihn in Ruhe ließe. Das könne so weit gehen, dass er Familienmitglieder und Freunde preisgebe, sogar seine Kinder verrate, nur um die eigene Haut zu retten. Als letztes Mittel für hoffnungslose Fälle helfe die gezielte Erniedrigung, die der Schlüssel zu allen Informationen sei und fast immer zum Erfolg führe.

Solano erklärte Ernesto, nun wieder konkreter werdend, dass er heute viel lernen könne. Freundlich wies er ihn an, den Schalter des kleinen schwarzen Kastens zu bedienen, dessen Kabelenden mit den Riemen verbunden waren, die den Mann fesselten. Ernesto schien nicht zu begreifen, und Solano wiederholte seinen Befehl mit Nachsicht. Als Ernesto immer noch nicht reagierte, forderte ihn Solano nachdrücklich wie einen ungehorsamen Sohn auf, den Apparat zu betätigen. Die Augen des Nackten hefteten sich hilfeheischend an Ernesto und sein stummes Flehen war mit Händen zu greifen. Der vor Angst irre Blick des Mannes war auf die Finger fixiert, die den Schalter umfassten. Ernesto war schwindlig, er sah den ganzen Raum wie durch einen Schleier und schüttelte zuerst unmerklich, dann immer deutlicher den Kopf.

Fast nachdenklich schaute Solano in die Richtung des Stuhles und meinte, dass er sich immer wieder über das Verhalten dieser Objekte wundere. Unverfroren würden sie etwas behaupten und die offensichtlichsten Ammenmärchen erzählen, aber angesichts einer Hand auf einem kleinen Schalter benähmen sie sich wie wehleidige, alte Weiber. Erneut forderte er Ernesto mit einer kurzen Handbewegung auf, den Apparat nun endlich zu bedienen, aber dieser rührte sich nicht. Seine Augen, die eine Mischung aus Angst und Trotz verrieten, waren abwechselnd auf Solano und den Mann gerichtet. Mit kaum vernehmlicher Stimme, die eher einem Zischen glich, befahl Solano, den Schalter umzulegen, doch Ernesto war wie erstarrt. Plötzlich schlug ihn Solano so heftig ins Gesicht, dass er gegen die Wand geschleudert wurde, sich nicht auf den Beinen halten konnte und hinfiel. Benommen stemmte Ernesto sich mit den Händen hoch, befühlte instinktiv mit der Zunge seine Zähne. Der Mann auf dem Stuhl stöhnte auf, wie wenn er selbst getroffen worden wäre, und Solano rieb sich die Hand, als er Ernesto aufs Neue befahl, den Schalter zu betätigen. Dabei wandte er sich von ihm ab und setzte sich an der Wand auf einen der Hocker. Der Schlag war so heftig gewesen, dass Ernestos Mund stark anschwoll. Solanos Siegelring hatte ihm die Lippen aufgerissen, Blut sickerte über sein Kinn. Langsam erhob sich Ernesto und ging wie betäubt zu dem schwarzen Apparat, sich das Blut vom Mund wegwischend. Der Mann auf dem Stuhl stammelte unverständliche Worte und schüttelte beschwörend den Kopf. Wie durch einen Schleier hörte Ernesto, dass er ihn anflehte, ihm nichts zu tun.

Solano öffnete sein Jackett, zog aus der Innentasche einen Revolver hervor und legte ihn neben sich auf den Hocker. Sein Lächeln war zurückgekehrt und Ernesto empfand für den Bruchteil einer Sekunde fast so etwas wie Erleichterung. Plötzlich wies ihn Solano scharf an, den weißen Schalter zu betätigen, und Ernesto legte gehorsam seine zitternde Hand auf den Apparat. Daumen, Zeige- und Mittelfinger umfassten den Hebel, der von links bis rechts eine Skala von 0 bis 12 umfasste. Zögerlich bewegte er den Schalter auf die eins zu, worauf der Mann auf dem Stuhl sofort einen markerschütternden Schrei ausstieß. Ernesto drehte den Knopf abrupt zurück und trat erschreckt beiseite. Nur noch das stoßweise Atmen des Mannes war zu hören. Solano schlüpfte in die Rolle eines gestrengen Hundehalters, belobigte Ernesto für sein Tun, als ob er artig einen weggeworfenen Stock zurückgebracht hätte. Seine Anerkennung ging jedoch sofort in den Befehl über, den Schalter nun bis zur Mitte der Skala zu drehen. Der Mann auf dem Stuhl flüsterte mehrmals das Wort «bitte», wie wenn er durch das Senken seiner Stimme Ernesto eine vertrauliche Botschaft hätte übermitteln wollen. Solano schaute den beiden interessiert zu, als verfolge er einen spannenden Dialog. Er räusperte sich ein wenig, worauf sich Ernesto und der Mann in seine Richtung drehten. Langsam nahm er den Revolver in die rechte Hand und begann, ihn rhythmisch auf seine andere, geöffnete Hand zu schlagen. Ernesto perlte der Schweiß aus den Poren, eiskalte Furcht kroch ihm den Rücken hoch. Er wollte etwas sagen, aber die Zunge klebte an seinem Gaumen und er blieb stumm. Auf ein Zeichen von Solano näherte sich ihm einer der Männer und gab ihm unmissverständlich zu verstehen, was er zu tun habe. Ernesto hatte seinen Blick auf Solano gerichtet und nahm wie durch Watte hindurch das Wimmern des Mannes auf dem Stuhl wahr.

Er streckte die Hand aus und riss mit einer hektischen Bewegung den Schalter um 180° an den Anschlag, als wollte er alles hinter sich bringen. Das Licht an der Decke begann zu flimmern. Der Körper des Mannes schnellte empor und er stieß einen tierischen Schrei aus. Er zuckte wie ein im Netz gefangener Fisch, seine Haare sträubten sich. Die Augen traten aus ihren Höhlen, der ganze Körper bebte unter der verzerrenden Spannung. Die Sehnen am Hals traten wie dicke Gummibänder hervor, drohten jeden Moment zu zerreißen. Es schien, als hätte ein Blitz den Kopf des Mannes getroffen. Ernesto starrte entsetzt auf das Zucken und Reißen der Körpers und konnte weder seine Augen von dem Mann noch seine Hand vom Schalter lösen, bis ihn Solano heftig zur Seite stieß und den Schalter auf null drehte. Der Mann fiel augenblicklich in sich zusammen, das Licht hörte auf zu flackern und eine Grabesruhe macht sich breit. Solanos Grinsen erfüllte den Raum, als er nun seinen Begleitern erklärte, dass man diesen stürmischen jungen Mann im Auge behalten müsse. Die beiden anderen grinsten ebenfalls, und Solano sagte mit sanftem Tadel zu Ernesto, dass er den Armen fast umgebracht habe. Der Mann röchelte, Urin floss über seine Beine und Speichel rann aus seinem Mund. Seine Augen waren starr. Aus der Nase tropfte eine rötlich-schleimige Flüssigkeit. Ernesto wurde erst jetzt gewahr, was er getan hatte, und eine lähmende Schwere erfasste seinen Körper. Regungslos starrte er auf den Gefangenen, bis ihn Solano angewidert anschrie, er solle sich zusammenreißen und sich nicht wie ein verdammter Hurensohn benehmen. Metallischer Geschmack machte sich in Ernestos Mund breit, und ein eiserner Klumpen im Magen presste ihm die Gedärme zusammen.

Einer der Männer füllte einen Eimer mit Wasser und schüttete ihn dem Gefangenen ins Gesicht, so dass dieser hektisch nach Luft schnappen musste. Solano näherte sich dem Mann mit der Bemerkung, dass doch jetzt sicher der Moment gekommen sei, ihm die Namen zu nennen. Er fragte ihn, ob er Durst habe. Gleichzeitig reichte ihm einer der Begleiter ein Glas und Solano setzte es dem Mann behutsam an die Lippen, der mit apathischem Blick daran nippte. Als er mehr trinken wollte, hob Solano das Glas in die Höhe, kippte es und ließ das Wasser langsam, gleich dem Strahl eines plätschernden Springbrunnens, auf den Boden fließen. Wie auf einen unausgesprochenen Befehl hin ging einer der Männer zum Apparat und drehte den Knopf in kurzen Abständen mehrere Male nach rechts. Ernesto blickte mit blankem Entsetzen auf den Körper, der wie von unsichtbarer Hand hin und her geschleudert wurde. Ein bitter-süßlicher Gestank von verbranntem Fleisch und der scharfe Geruch von Urin erfüllte die Luft. Solano schaute ungerührt auf den Mann, der nur noch leise röchelte.

Einer der Männer rollte sich die Ärmel hoch und knipste den Deckenventilator an. Ungeduldig wandte sich Solano wieder dem Gefangenen zu, stellte ihm immer und immer wieder die nämlichen Fragen, obwohl er kaum noch ansprechbar war. Dann gab er seinen Begleitern wortlos zu verstehen, dass sie fortfahren sollten. Von neuem jagten sie Strom durch den Körper des Mannes, und erst als er nicht mehr reagierte, lösten sie die Riemen. Die Muskeln zuckten bizarr, der Blick des Mannes war starr, aber er atmete noch schwach. Schwerfällig sank er in sich zusammen, als hätte ihn eine unwiderstehliche Müdigkeit gepackt.

Solano packte Ernesto und zog ihn von der Wand weg. Als sie neben dem Stuhl standen, zwängte er ihm seinen Revolver in die Hand und wies mit der Mündung auf den am Boden liegenden Mann. Ernesto war kreidebleich. Seine Sinne drohten ihm zu schwinden, und Schwindel ließ seine Beine einknicken. Mit gespreizten Fingern gelang es ihm, sich für einen Augenblick an der Wand abzustützen, bevor ihn Solano an sich riss und ihn anherrschte, sich nicht wie ein lausiger Versager zu benehmen. Erneut packte er ihn mit eisernem Griff und drückte ihm die Waffe in die Hand. Ernesto zitterte, aber Solano verstärkte seinen Druck und schrie ihn an, er solle schießen. Abermals schlug Solano ihm ins Gesicht, so dass er gegen die Mauer taumelte. Im letzten Moment packte er ihn am Kragen und riss ihn wieder auf die Beine. Einen kurzen Moment entglitt Solano die Kontrolle und in seinen Augen blitzte eine lüsterne Gier auf, als er zischte, Ernesto habe den gleichen Ausdruck wie seine alte Hure. Ernesto hörte die Worte, konnte sie jedoch nicht einordnen, weil seine Augen magisch auf den zitternden Zeigefinger am Abzug und die ihn umklammernde Hand fixiert waren. Etwas presste seine Brust zusammen, so dass er kaum atmen konnte, während Solano plötzlich leise und beruhigend wie zu einem Kind auf ihn einzureden begann. Er legte einen Arm um seine Schultern und ließ Ernestos Hand dann behutsam los.

Der nackte Mann öffnete seine Augen und schaute teilnahmslos auf die Waffe. Die Lippen in seinem wächsernen Gesicht bewegten sich kraftlos, Unverständliches formend, und er schien Ernesto irgendetwas mitteilen zu wollen. Solano sprach beschwichtigend auf Ernesto ein. Er wisse, wie schwer es das erste Mal sei, aber er müsse nun das Begonnene zu Ende bringen. Manchmal müsse auch ein Leiden beendet werden. Leise und eindringlich fuhr er fort, dass dieser Mann ein wertloses Subjekt sei, dem man keine weiteren Informationen entlocken könne. Er müsse deshalb zum Verschwinden gebracht und die Gesellschaft von ihm befreit werden, weil er nur eine Belastung darstelle. Solano nahm seinen Arm von Ernestos Schulter und machte einen Schritt zur Seite. Ermutigend nickte er Ernesto zu, der immer noch mit ausgestreckter Hand die Waffe auf den Mann gerichtet hielt. Dessen Augen waren glasig, er schien nichts mehr wahrzunehmen. Mit quälender Langsamkeit krümmte Ernesto den Zeigefinger. In letzter Sekunde schoss ihm durch den Kopf, dass er diesen Mann ja nicht töten würde, dass es sich um eine Scheinhinrichtung handele, damit anschließend noch mehr Informationen aus dem Mann herausgepresst werden könnten. Obwohl ein Brechreiz in ihm emporkroch, krümmte er den Zeigefinger, woraufhin ein ohrenbetäubender Knall den Raum erzittern ließ. Beißender Schmauch verbreitete sich und der Schuss dröhnte nach, steigerte sich zu einem unerträglichen Sirren, das in ein langes, hohes Pfeifen überging. Dunkles Blut sickerte unter dem Kopf des Mannes hervor und wuchs zu einer stetig größer werdenden Lache an. Ernesto stand wie erstarrt mit immer noch ausgestrecktem Arm da. Er konnte nicht fassen, was er sah, und realisierte mit einem Male, dass dies keine Scheinhinrichtung war.

Solano näherte sich und nahm ihm behutsam den Revolver aus der Hand. Dann zog er ihn zu einem Hocker, zwang ihn, sich zu setzen, und reichte ihm ein Glas Wasser. Er nickte ihm zu und sagte, dass er mit ihm sehr zufrieden sei. Fast mit so etwas wie Bedauern in der Stimme erklärte er, dass der Mann wirklich nichts gewusst habe, das sei ihnen schon lange klar gewesen, aber er habe Ernesto für die Zukunft zeigen wollen, wie eine solche Behandlung ablaufe.

Inzwischen zogen die beiden anderen Männer den Toten an den Füßen zum Abguss und ließen ihn dort liegen. Ein metallischer Geschmack, vermischt mit süßlicher Wärme, schwebte unter der Decke und drohte in jede Pore des Körpers einzudringen. Mit einem Eimer Wasser spülten sie den Boden sauber und packten die Leiche in einen Jutesack, den sie an den Enden mit Seilen zubanden. Dann zogen sie den Sack polternd die Treppe hoch.

Solano winkte Ernesto zu sich und verließ mit ihm den Keller. Draußen zeigte er auf einen Handkarren, der neben dem Haus stand, und Ernesto hievte zusammen mit den beiden anderen den Toten auf den Wagen. Rumpelnd stießen sie das Gefährt über den Vorplatz, vorbei an einem Speicher, und gelangten schließlich zu einer tiefen Grube, aus der Verwesungsgeruch aufstieg. Die beiden Männer mühten sich mit der Leiche ab; sie wollten sie in die Grube kippen, aber der Sack hatte sich an einer Holzlatte verfangen. Um ihn zu lösen, zogen sie ihn zurück und Blut tropfte auf ihre Schuhe. Beide fluchten ärgerlich, bevor sie den Karren ruckartig kippten, so dass die Leiche zuerst schleifend und dann lautlos in die Tiefe glitt, bis sie mit einem dumpfen Schlag auf dem Erdreich aufschlug. Solano drückte Ernesto eine Schaufel in die Hand und forderte ihn auf, zuerst aus einem Sack Kalk und dann Erde in die Grube zu schippen. Anschließend deckten sie das Loch mit Brettern zu und legten bereits ausgestochene Grasmatten darüber. Außer dem ächzenden Drehen des Windrades, das Wasser aus der Erde pumpte und stoßweise in eine Zisterne spritzte, waren nur die sich entfernenden Schritte von Solano und seinen Gehilfen zu hören. Ernesto lehnte sich an die Seitenwand des Hauses und erbrach sich, bis er nurmehr Galle hochwürgte, und sein fröstelnder Körper zitterte so stark, dass er sich abstützen musste. Beschämt fühlte er, dass seine Hose nass war. Er wusch sich das Gesicht, trocknete hastig mit einem Lappen die Hose und kehrte zum Fahrzeug zurück, wo ihn Solano und die beiden anderen schon erwarteten. Wie in Trance setzte sich Ernesto hinter das Steuer.

Schweigend fuhren sie in die Stadt zurück. Bei einer Seitenstraße hieß ihn Solano anhalten, damit die beiden Männer aussteigen konnten, und befahl ihm, zur Kaserne zurückzukehren. Vor der Garage blieben beide im Auto sitzen. Es herrschte eine beklemmende Stille. Solano schaute Ernsto von der Seite an und sagte mit gedehnter Stimme, dass das erste Mal immer schwierig sei, doch man gewöhne sich schnell daran. Die Arbeit sei zwar schmutzig, aber dennoch sinnvoll, weil man nur so zu Informationen über die Terroristen komme und die Gesellschaft vor diesen Parasiten schützen könne.

Ernesto räusperte sich, nahm allen Mut zusammen und erklärte Solano, dass er bei einer solchen Aktion nicht mehr mitmachen werde. Er atmete tief und machte Anstalten auszusteigen, aber Solano befahl ihm sitzenzubleiben und meinte beiläufig, dass er ihn decken werde, falls es Fragen geben sollte. Ernesto blickte ihn erstaunt an, denn er begriff nicht, weshalb man ihn schützen sollte. Vergeblich suchte er einen Zusammenhang herzustellen, bis er schlagartig realisierte, was Solano soeben gesagt hatte. Als wäre er aus einem bösen Traum erwacht, stieß er verzweifelt hervor, dass er den Tod des Mannes doch niemals gewollt und Solano ihn dazu gezwungen habe. Mit beiden Händen umklammerte er den Sitz und starrte Solano an, der seinen Blick kalt erwiderte und den Rauch seines Zigarillos einzog. Tatsache sei, fuhr Solano fort, dass er einen Gefangenen zuerst gefoltert und dann erschossen habe. Ohne ihn zu Wort kommen zu lassen, fragte er, ob er wohl den Eindruck habe, dass man eher ihm, einem jungen Soldaten, oder einem Offizier und zwei Mitarbeitern der politischen Polizei glauben werde? Er wisse doch ganz genau, dass er selbst den Mann erschossen habe, denn wer sollte es sonst gewesen sein? Allmählich erfasste Ernesto seine Lage, und mit voller Wucht traf ihn die Erkenntnis, dass er ein Mörder war. Vor seinem inneren Auge sah er noch einmal den gepeinigten Körper des Nackten, die entsetzliche Angst in seinem Gesicht. Er hörte sein bittendes Flehen und das ruckartige Reißen seiner Glieder an den Riemen, als er ihm den Strom durch den Körper gejagt hatte. Ernesto wich vor dem Bild der herausquellenden Augen zurück. Er roch die verbrannte Haut, die sich mit dem süßlichen Blut und dem scharfen Urin des Mannes vermischt hatte. Er hielt sich die Ohren zu und beugte sich nach vorne. Seine unterdrückten Tränen drohten sich in unkontrollierten Zorn zu verwandeln. Mehrmals stieß er mit der Stirne auf das Lenkrad, als versuchte er, den Verstand zu betäuben. Nach einigen Minuten verebbte der Krampf und wich einer Leere, die nicht einmal Platz für seine Verzweiflung ließ.

Solano stieg aus und öffnete die Türe auf der Fahrerseite. Ernesto saß wie betäubt hinter dem Steuer. Der Offizier griff ihm unter die Arme und zog ihn hoch, als ob er einem verwundeten Kameraden beim Aussteigen behilflich wäre. Er sah ihn an und meinte, dass er sich nach diesem arbeitsreichen Tag Ruhe gönnen solle. Als er sich schon einige Schritte entfernt hatte, drehte sich Solano nochmals um und verdankte mit einer angedeuteten Verbeugung den guten Einsatz.

8

Das Erlebnis auf der Hacienda markierte eine Zäsur in Ernestos Leben. Fortan war sein ganzes Empfinden und Handeln von rastlosem Getriebensein geprägt. Die Gewissheit, nicht mehr zur Ruhe zu kommen, hatte sich tief in seiner Seele festgesetzt. Die Angst hatte gleichsam eine körperliche Spur hinterlassen, die schmerzte wie eine offene Verletzung. Seine Kameraden hänselten ihn wegen des geschwollenen Gesichts und meinten, dass er sich weniger in Bars herumtreiben und sich nicht an die Weiber von anderen heranmachen solle. Nur Alonso beobachtete ihn aufmerksam, und als sie eines Morgens gemeinsam eine Zigarette rauchten, fragte er ihn ohne Umschweife, was mit ihm los sei. Ernesto reagierte anfänglich nicht, schüttelte dann den Kopf und konnte nur mit Mühe die Tränen zurückhalten. Alonso insistierte, doch Ernesto erhob sich und ließ ihn einfach stehen.

Die Wochen rannen an ihm vorbei wie trübes Wasser, und nichts drang in sein Inneres. Er ging seinen Kameraden aus dem Weg und versuchte, sich mit Arbeit zu betäuben. Er übernahm Aufträge, die seine Kameraden hätten erledigen sollen. Mechanisch führte er die Reparaturen aus. Feldwebel Rodríguez entging diese Veränderung nicht, und er glaubte, ihm am meisten zu helfen, wenn er ihn häufig mit Transportfahrten beauftragte, so dass Ernesto nur noch selten in der Garage war.

Eines Tages, nachdem Ernesto einen Transporter betankt und bereitgestellt hatte, rief ihn Rodríguez zu sich. Ernesto ging in der Annahme, neue Aufträge zu erhalten, als ihn eine unbestimmte Vorahnung beschlich. Sein Vorgesetzter hatte eine abweisende Miene aufgesetzt und teilte ihm mit, dass er sich im Laufe des Morgens bei Solano melden müsse. Ernesto erstarrte, als er den Namen hörte. Sein Atem stockte, und Blässe überzog sein Gesicht. Rodríguez ignorierte Ernestos Verfassung und gab ihm barsch zu verstehen, dass dies eine Order und keine Bitte sei. Leise und unter Aufbietung seines ganzen Mutes erwiderte Ernesto, dass er nicht zu Solano gehen werde. Rodríguez Augen wurden schmal, als er fragte, ob er wisse, was dies bedeute. Solano werde ihn vors Kriegsgericht bringen. Während sich Ernestos Gedanken überschlugen, packte ihn Rodríguez mit eisernem Griff an seinem Übergewand. Ernesto keuchte, dass er vor einem Prozess keine Angst habe, weil er dann auspacken und Solanos Machenschaften aufdecken werde. Angestachelt von seinem eigenen Mut fuhr er fort, Rodríguez wisse doch, was Solano mache. Kopfschüttelnd lockerte Rodríguez seinen Griff und schaute ihn ungläubig an. Ernesto stand in seiner ganzen Hilflosigkeit vor dem Feldwebel, der ausdruckslos entgegnete, dass er gegen Solano niemals eine Chance haben werde. Eine Weigerung käme seinem Ende gleich. Ernesto atmete tief. Der Schwindel ließ seine Knie einen Moment lang einknicken, er starrte an die Wand, als wollte er sich daran festhalten. Rodríguez hieß ihn, auf einem Hocker Platz zu nehmen und forderte ihn auf, ihm gut zuzuhören. Er kenne Solano, wisse auch, was er mache. Er sei der Spezialist für Verhöre, sei darin einer der Besten und habe einen direkten Kontakt zur Armeeleitung. Solano arbeite mit der politischen Polizei zusammen und rekrutiere gewisse Soldaten, welche er als Fahrer oder sonstige Hilfskräfte einsetze. Warum seine Wahl auf Ernesto gefallen sei, könne er nicht sagen, aber er vermute, dass Solano ruhige, gewissenhafte und vertrauenswürdige Leute suche. Ernesto wollte etwas erwidern, aber Rodríguez schnitt ihm das Wort ab. Er könne sich vorstellen, dass Solano ihn später vielleicht in Ruhe lassen werde, aber jetzt müsse er auf die Zähne beißen und mitmachen, sonst könne er für nichts garantieren, denn wer einmal in der Hacienda gewesen sei, unterliege einem Schweigegebot. Rodríguez' Worte prallten an Ernesto ab, als würden sie ihn nichts angehen. Das Gesicht des Feldwebels verfinsterte sich, da er spürte, dass ihm Ernesto ohne konsequentes Handeln entgleiten würde. Er befahl ihm, sich zu erheben und strammzustehen. Er solle nicht wie ein jammerndes Weib in Selbstmitleid versinken, sondern den Tatsachen ins Auge sehen, herrschte er ihn an. Ernesto wisse genau, dass sich das Land im Ausnahmezustand befände und es gelte, diejenigen dingfest zu machen, die den Staat ins Chaos stürzen wollten. Wer werfe denn Molotowcocktails und erschieße Polizisten, stieß Rodríguez hervor, und wer müsse die Witwen und die vaterlosen Kinder trösten? Er befahl Ernesto, sich um elf Uhr in der Kommandantur einzufinden. Solange er sich an die Spielregeln halte, könne er in der Garage arbeiten, fauchte er Ernesto an; dann hieß er ihn abzutreten.

Ernesto schritt über den leeren Kasernenplatz, als ob er zu seiner eigenen Hinrichtung ginge. Er meldete sich bei der Kommandantur, wo man ihn eine halbe Stunde stehend in der nüchternen Schreibstube eines Unteroffiziers warten ließ. Plötzlich vernahm er Stimmen und Gelächter, und aus einem Nebenzimmer erschien Solano in Begleitung mehrerer Offiziere. Verdutzt blieb er stehen, fasste sich mit den Fingern an die Stirne, als hätte er Ernesto vergessen und sagte entschuldigend zu seinen Begleitern, dass er nachkommen werden, weil er noch etwas zu erledigen habe. Ernesto nahm mit abgewandtem Blick Haltung an, Solano grüßte zurück und streckte ihm wie einem alten Bekannten die Hand entgegen. Ernesto zögerte einen Moment, bevor er seinerseits die Hand ausstreckte und einen warmen, festen Druck spürte. Solano entschuldigte sich für das Warten und bat ihn, in das geräumige Büro einzutreten. Konzentriert zündete er sich einen Zigarillo an und ließ sich dann entspannt in einen großen Ledersessel fallen, während er sich nach Ernestos Befinden erkundigte. Dieser würgte an einer Antwort und versuchte dabei, Solanos Blick auszuweichen. Solano insistierte nicht, er zeigte auf ein Porträt mit einer adrett gekleideten Frau und zwei kleinen Kindern in Matrosenanzügen und begann von seiner Familie zu erzählen, die er beim nächsten Urlaub wiedersehen werde. Er wandte sich einer Akte zu und gab Ernesto auf diese Weise die Möglichkeit, die an der Wand hängenden Fotografien von hochdekorierten Offizieren zu betrachten, bis er sich unvermittelt erkundigte, ob seine Eltern in der Gegend wohnten. Ernesto räusperte sich und erklärte, dass er mit seinem Vater in der Nähe des Hafens lebe. Solano nickte anerkennend, als ob Ernesto eine besonders gescheite Antwort gegeben hätte und fragte beiläufig, wo sich denn seine Mutter aufhalte. Ernesto schluckte und erklärte, dass sie schon lange nicht mehr zu Hause wohne; als er sah, dass Solano die Stirne in Falten legte, fügte Ernesto kleinlaut hinzu, dass sich die Eltern nicht vertragen hätten. Solano nickte verständnisvoll und wollte wissen, ob er noch Kontakt zu seiner Mutter habe. Eine ungute Ahnung beschlich Ernesto und er drückte verlegen seine Mütze in den Händen. Solano wandte sich wieder seiner

Akte zu und sagte, ohne aufzuschauen, dass er auf eine Antwort warte. Ernesto biss sich auf die Lippen und erwiderte leise, dass er nicht wisse, wo sich seine Mutter aufhalte. Solano hob den Blick. Ein eigenartiger Ausdruck lag in seinen Augen, gepaart mit einem kurzen, unscheinbaren Zucken, das nur einem aufmerksamen Beobachter aufgefallen wäre. Mit einem Ruck klappte er die Akte zu und ließ Ernesto wissen, dass Feldwebel Rodríguez ihn sehr schätze. Man sei mit ihm zufrieden, obwohl, er machte eine Pause und schaute Ernesto mit seinen klaren braunen Augen an, er noch einiges lernen müsse. Er habe sich trotzdem entschieden, ihn als Fahrer zu übernehmen. Sollte er ihn nicht benötigen, so könne er weiterhin in der Garage arbeiten. Er wisse ja, fuhr Solano fort, dass gegenseitiges Vertrauen ebenso wichtig sei wie Verschwiegenheit. Aber er mache sich deswegen keine Sorgen, weil er Ernseto als loyalen Soldaten schätzen gelernt habe. Langsam zog er den Rauch des Zigarillos in seine Lungen, blickte wie abwesend aus dem Fenster und erhob sich dann. Solano kam auf Ernesto zu, der immer noch vor dem Pult stand, forderte ihn auf, nicht so ernst in die Welt zu blicken und sich immer zu vergegenwärtigen, dass ihre Sache den Menschen dieses Landes diene. Er erwarte ihn heute Abend mit dem Ford vor der Offiziersmesse. Solano öffnete die Türe, klopfte Ernesto leicht auf die Schulter und verließ den Raum. Einen Moment lang blieb Ernseto wie betäubt im Vorzimmer stehen, bis ihn ein Korporal grimmig fragte, ob er denn Wurzeln schlagen wolle. Benommen begab er sich zur Kantine und hoffte, die Angst mit Essen ersticken zu können.

Kurz vor zwanzig Uhr fand er sich vor der Offiziersmesse ein und holte Solano ab, der diesmal ohne Begleitung war. Schweigend fuhren sie durch die Nacht.

Solano rauchte, drehte das Radio an und summte die melancholische Tangomelodie mit, die aus dem Gerät kam. Sie passierten mehrere Straßensperren, und nach einer halben Stunde öffnete ihnen ein Armeeposten den Schlagbaum, so dass sie auf den Hof eines Gebäudes einfahren konnten, das durch Panzersperren, Maschinengewehrnester und Stacheldrahtverhaue gesichert war. Solano forderte ihn auf, ihm zu folgen. Sie durchquerten lange Gänge, kamen vorbei an Uniformierten, die Männer und Frauen abführten und meist abrupt in eines der vielen Zimmer abbogen. Schnellen Schrittes folgte Ernesto Solano, der zwei Tritte überspringend die Treppe hinaufeilte und eine Türe öffnete. Ernesto wollte warten, aber Solano winkte ihn ungeduldig hinein. Der schwach erleuchtete Raum glich einem verlassenen Klassenzimmer, er bot ein skurriles Bild: An einem Schreibtisch befand sich ein Uniformierter, der Protokoll zu führen schien. In der Mitte des Raumes saß unter dem grellen Lichtkegel einer schräg gestellten Ständerlampe eine Frau in einem karminroten, dezent ausgeschnittenen Abendkleid auf einem Stuhl. Ernesto schätzte sie auf etwa sechzig Jahre. Ihre Schultern waren mit einem kostbaren Pelz bedeckt, die leicht angegrauten Haare mit einer schlichten Spange hochgesteckt. Um den Hals trug sie eine Perlenkette, am Handgelenk ein dazu passendes goldenes Bracelet. Das aristokratische Gesicht war dezent geschminkt, und kleine Fältchen umgaben die achatfarbenen Augen. Bläuliche Venen schimmerten unter der hellen Haut ihrer Arme hervor. Ernesto wunderte sich sehr; eine solche Frau passte einfach nicht in diese Umgebung. Sie saß wie ausgestellt in dem großen Raum, aber das war offensichtlich auch die Absicht. Sein Herz klopfte laut, weil er sich vor dem fürchtete, was nun geschehen würde. Die Frau wirkte verloren, bewahrte aber Haltung und saß mit geradem Rücken, ohne die Lehne zu berühren, auf dem Stuhl. Ihre Handtasche hatte sie neben die Füße gestellt, als wollte sie den Raum nächstens verlassen. Ein untersetzter Mann lief pausenlos wie ein schwirrendes Insekt um sie herum und stellte immer wieder die gleichen Fragen. Die Ärmel seines weißen Hemdes waren hochgekrempelt und er schnippte nervös mit seinen Fingern. Sein Kollege lehnte an der Wand, rauchte gelangweilt eine Zigarette und stellte sein Desinteresse demonstrativ zur Schau. Vom anderen Ende des Raumes aus beobachtete Solano eine Weile lang die Szene. Sein Ausdruck war kalt und von vorgetäuschtem Wohlwollen, als er unvermittelt auf die Frau zuging, um sich für die Unannehmlichkeiten zu entschuldigen, die ihr widerfahren seien. Als sie ihn um seinen Namen bat, fragte Solano sie höflich, wann ihr Mann heute Abend den Empfang verlassen habe. Leicht irritiert und verärgert erwiderte sie, dass sie schon mehrmals auf diese Frage geantwortet habe und dass es eine Frage des Anstandes sei, sich zuerst vorzustellen, ehe man ein Gespräch beginne. Solano ignorierte ihren Einwand lächelnd und meinte, dass er gerne von ihr persönlich hören würde, wann ihr Mann das Haus verlassen habe. Die Frau zögerte einen Moment und berichtete, dass er sich nicht wohl gefühlt habe und deshalb den Empfang vorzeitig verlassen musste. Ihr Mann habe sie ausdrücklich gebeten zu bleiben und sie sei dann alleine mit einem Taxi nach Hause gefahren. Sie möchte nun endlich wissen, weshalb sie seit mehr als einer Stunde festgehalten und befragt werde. Es habe schon genug Aufsehen erregt und Empörung bei den anderen Gästen ausgelöst, als man sie wie eine Schwerverbrecherin abgeführt habe. Aber vermutlich sei das der Stil der neuen Regierung, mit unliebsamen Personen so umzugehen. Der Frau war die Anspannung ins Gesicht geschrieben und sie funkelte Solano hasserfüllt an. Offenkundig sei ihr Mann, fuhr sie fort, gewissen Leuten ein Dorn im Auge, denn ein Anwalt habe sich, sofern sie sich nicht täusche, wohl nicht mit der Verteidigung von Oppositionellen zu beschäftigen. Solano überging ihre spitze Bemerkung und fragte, ob ihr Mann den Empfang wirklich alleine verlassen habe, denn man habe ihn in Begleitung von Fernando Seda gesehen. Sie lachte bitter auf und meinte, dass dies eine Lüge sei. Er habe das Taxi alleine bestiegen und sei sicher direkt nach Hause gefahren. Zudem habe sie nicht gewusst, dass Seda an Aussatz leide und gemieden werde müsse, oder liege es vielleicht daran, dass seine kritischen Bücher auf dem Index stünden, da sie am Selbstvertrauen der Junta nagten? Solano blickte auf seine Schuhe und reagierte nicht. Für einen kurzen Augenblick verkrampften sich seine Finger und er strich sich langsam über den Oberlippenbart. Der Protokollführer hob seinen Blick und die anderen Männer verharrten in angespannter Ruhe. Ernesto hielt den Atem an, denn alle erwarteten, dass Solano sich das nicht bieten liesse.

Da zerriss das Schrillen des Telefons die Stille. Der Protokollführer nahm den Hörer ab, sprach einige Sätze hinein und wollte ihn dann an Solano weiterreichen. Mit einem mürrischen Kopfschütteln gab der aber zu verstehen, dass er nicht zu sprechen sei, und wandte sich wieder der Frau zu. Räuspernd machte sich der Protokollführer bemerkbar und bedeutete ihm, dass es sehr wichtig sei. Gereizt und mit drohendem Blick ging Solano ans Telefon. Er lauschte einen Moment, dann stellte er ein paar Fragen und legte den Hörer sorgfältig, als ob es sich um ein fragiles Objekt handelte, auf die Gabel zurück. Rasch notierte er mit seiner vergoldeten Füllfeder einige Sätze auf ein Papier und steckte es sich in die Brusttasche. Sodann kehrte er bedächtig in die Mitte des Raumes zurück, nahm sich einen Stuhl und setzte sich wie ein alter Bekannter der Frau gegenüber. Sie musterte ihn misstrauisch und lehnte sich auf dem hölzernen Stuhl ein wenig nach hinten. Er blickte sie mit teilnahmsvoller Miene an und meinte, dass sie nun stark sein müsse. Solano zog ein rotes Lederetui aus der Tasche, entnahm ihm einen Zigarillo und zündete ihn langsam an. Er rollte den Zigarillo von einem Mundwinkel in den anderen und zog genüsslich den herben Rauch ein, als wäre er erst dadurch in der Lage, sich richtig zu konzentrieren. Ohne eine Antwort zu erwarten, meinte er beiläufig zu der Frau, dass es sie sicher nicht störe, wenn er rauche; dabei hielt er seinen Zigarillo wie eine Kerze, so dass der Rauch kräuselnd nach oben stieg. Gemächlich blies er den Rauch an die Decke und schüttelte bedächtig den Kopf. Behutsam begann er zu sprechen und erklärte, dass ihr Mann einen großen Fehler gemacht habe. Die Frau blickte ihn feindselig an und meinte zynisch, ob es ein Fehler sei, eine eigene Meinung zu haben und sich für Menschenrechte einzusetzen, die von der Regierung mit Füßen getreten werden. Ernesto stockte der Atem, weil er mutmaßte, dass Solano sie im nächsten Moment schlagen würde. Aber der lächelte bloß nachsichtig und erwiderte, die Frau wie eine Schlange fixierend, ob denn Kommunisten Menschen seien? Die Frau wollte antworten, aber er schnitt ihr mit einer heftigen Handbewegung das Wort ab und sagte in ärgerlichem Ton, dass es nun reiche. Es sei schon lange bekannt, dass ihr Mann Kontakte zu diesen Leute habe. Die Frau schoss auf, fauchte ihn an, er solle endlich mit diesen Lügen aufhören. Unwahres werde nicht wahrer, wenn es immer und immer wiederholt werde. Es liege, fuhr sie ihn an, in der Sache der Natur, dass ein Anwalt mit seinen Klienten sprechen müsse, und daraus zu schließen, dass man mit Terroristen in Kontakt stehe, sei geradezu absurd. Sie lachte bitter auf und fragte, ob denn die Freiheit des Landes gefährdet sei, wenn ihr Mann seine Mandanten vor einem Gericht vertrete, dessen Urteil schon im Voraus feststehe? Einer der Männer kam auf die Frau zu, bereit, sie zu packen, aber Solano winkte ihn wie eine lästige Fliege weg. Mit eiskalter Stimme, die keinen Widerspruch zuließ, hieß er die Frau, sich wieder zu setzen. Sie reagierte mit einer gewissen Verzögerung, als ob sie ihm zeigen wollte, dass sie alleine entscheide, wann sie sich setze.

Die Spannung war unerträglich. Ernesto schluckte trocken. Solano durchquerte den Raum und blieb schließlich am Fenster stehen, so dass er die Frau von der Seite her ins Auge fassen konnte und selbst außerhalb des Lichtkegels stand. Er zündete den erloschenen Zigarillo wieder an und blies den Rauch durch den halb geöffneten Mund, wodurch sein Gesicht zeitweise in kleine Wolken gehüllt wurde. Seine Augen schweiften durch den Raum und blieben auf Ernesto haften. Dieser zuckte zusammen, sein Herz begann wild zu klopfen. Ein unbändiger Drang, den Raum zu verlassen, bemächtigte sich seiner. Solano schritt auf ihn zu und legte kameradschaftlich die Hand auf seine Schulter, während er ihn fragte, was er von dieser Person halte. Alle blickten Ernesto an, und selbst die Frau wandte sich in seine Richtung, sichtlich verwundert, dass der Offizier den jungen Mann ansprach. Solano ermunterte Ernesto, etwas zu sagen, aber die Angst ließ seine Kehle eng werden. Solano meinte eine Antwort vorwegnehmend, dass ein solches Verhalten wahrlich nicht kommentiert werden könne, weil es einfach zu verwerflich sei. Diese Person, und Solano drehte sich mit anklagendem Zeigefinger gegen die Frau, sei nicht nur arrogant, sondern sie sei auch ein Schädling, der wie ihr Mann bekämpft und vertilgt werden müsse. Madame sei, fuhr er fort, wohl der Ansicht, dass sie durch ihr intellektuelles Gehabe oder ihre gesellschaftliche Stellung etwas erreichen könne. Womöglich denke sie, dass ihr Reichtum ihr helfen werde, aber sie habe sich getäuscht, denn gerade dieser Reichtum erbringe den Beweis, dass sie und ihr Mann – wie seinerzeit Engels und Marx – den Weltkommunismus finanzieren würden. Alle Blicke waren nun auf die Frau gerichtet; die aber lächelte bloß nachsichtig und schüttelte den Kopf, als ob sie sich die faule Ausrede eines verzogenen Jungen anhören müsste. Solano kochte innerlich vor Wut, aber er beherrschte sich, schien den Kampf mit dieser Frau trotzdem zu genießen, denn er wusste im Voraus, wer gewinnen würde. Er näherte sich ihr mit unverhohlener Genugtuung und erklärte mit monotoner Stimme, dass ihr Mann ein Geständnis abgelegt habe. Die Beweise seien zu erdrückend gewesen, man habe ihm seine aktive Unterstützung für die Terroristen nachweisen können. Ihr Mann, fuhr Solano fort, sei ein Vaterlandsverräter, ein Feigling und ein Nichts, der nicht einmal den Mut habe, sich seiner Verantwortung zu stellen. Die Stille war mit Händen zu greifen und es schien einen kurzen Augenblick, als würde Solano die Frau ohrfeigen. Stattdessen fuhr sie sich mit zittriger Hand durch ihr onduliertes Haar und brach damit den Bann. In ihrem Gesicht lag ein Ausdruck ängstlicher Wut, aber sie bewahrte die Fassung.

Ernesto beobachtete das ungleiche Paar und spürte, dass Solano den Willen der Frau nicht brechen konnte.

Die Luft war rauchgeschwängert und stickig, obwohl ein Fenster offenstand. Plötzlich forderte die Frau Solano auf, ihr zu sagen, was er mit Feigling meine und was sie mit ihrem Mann gemacht hätten. Solano lehnte sich zurück, den Zigarillo zwischen Daumen und Zeigefinger gegen die offene Hand haltend. Ohne ein Wort zu verlieren, blickte er versonnen dem sich kräuselnden Rauch nach. Er seufzte tief, versuchte ihr dann wie einer geistig beschränkten Person zu erklären, dass niemand etwas gemacht habe. Ihr Mann habe sich bedauerlicherweise, und das sei auch peinlich für seine Behörde, durch einen Sturz aus dem Fenster das Leben genommen. Die Frau fuhr zusammen. Sie umklammerte mit der Hand ihren Hals. Ihre Brust hob und senkte sich krampfartig. Feine Schweißperlen bildeten sich auf Stirne und Oberlippe, und nur mit großer Anstrengung schaffte sie es, ihre Selbstbeherrschung zu bewahren. Sie starrte Solano durchdringend an, der mit kaum verhohlener Genugtuung ihren Blick erwiderte. Sichtlich um Fassung bemüht, erwiderte sie mit gepresster Stimme, in der verzweifelte Hoffnung mitschwang, dass das nicht möglich sei, er wolle sie mit solchen Informationen nur einschüchtern. Er täusche sich jedoch, wenn er glaube, dass ihm das gelingen werde. Solano nickte ihr zu und meinte, dass natürlich abgeklärt werden müsse, weshalb es ihrem Mann gelungen sei, aus dem Fenster zu springen. Der verantwortliche Beamte werde sicher befragt werden, obwohl man ja nicht damit habe rechnen müssen, dass jemand nach einem Geständnis so reagiere. Er sei sicher, dass es sich um eine Kurzschlussreaktion gehandelt und ihr Mann seine Aussichtslosigkeit erkannt habe. Möglich sei ja auch, dass er sie, und dabei blickte er die Frau mit seinen kalten Augen an, habe schützen wollen, was letztlich wieder ein edles Motiv sei. Sie müsse, fuhr er milde fort, der Tatsache, so schwer sie für sie auch sei, ins Auge blicken. Die Frau schwieg einen Moment und erwiderte mit leiser Stimme, dass ihr Mann niemals Selbstmord begangen habe, denn er sei ein gläubiger Christ. Mit hochgezogener Stirne meinte Solano, dass man sich manchmal selbst in seinem Ehepartner täuschen könne. Ernesto hörte nicht mehr, was die Frau erwiderte, denn ihre Stimme sank zu einem Flüstern herab, so dass nur Solano sie verstehen konnte. Sein Gesicht wurde mit einem Male weiß, seine Wangenknochen bewegten sich wie zwei Malsteine und er starrte die Frau an. Eiskalte Glut, ja mörderische Lust, blitzte einen Atemzug lang in seinen Augen auf, und Ernesto war sich sicher, dass er die Frau im nächsten Moment schlagen werde. Aber nichts geschah. Solano hatte sich auch jetzt unter Kontrolle, obwohl ihn die Frau mit ihrer Bemerkung zutiefst getroffen haben musste. Ernesto erkannte in diesem Moment, dass Solano verletzlich und somit bis zu einem gewissen Grad auch berechenbar war. Die Frau erhob sich langsam, nahm ihre Tasche, konnte aber das Zittern kaum unterdrücken. Wortlos ging sie zur Türe. Die Klinke in der Hand, drehte sie sich nochmals um und fragte, wo sich ihr Mann nun befinde. Solano nickte, als ob er diese Frage erwartet hätte. Er überlegte kurz und bat sie dann höflich, einen Moment zu warten. Die Frau lehnte sich gegen die Tür, rang nach Luft. Einer der Männer wählte eine Nummer und stellte leise ein paar Fragen, bevor er Solano hinter vorgehaltener Hand etwas zuflüsterte. Solano kehrte zu der Frau zurück und erklärte, dass sie ihren Mann im Moment leider nicht sehen könne, weil zuerst eine Leichenschau vorgenommen werden müsse. Man wolle genau abklären, was geschehen sei. Es wäre ja auch möglich, dass ihr

Mann zuviel Alkohol getrunken habe. Die Frau unterdrückte eine Antwort und fragte mit zitternder Stimme, ob der Leichnam wie alle anderen auch in der Gosse entsorgt würde. Solano ignorierte ihre Bemerkung, erklärte vielmehr, dass ihr Mann sich beim Sturz leider schwere Verletzungen zugezogen habe und dadurch entstellt sei. Die Frau versuchte, ihr Stöhnen zu unterdrücken, und hielt sich die Hand vor den Mund. Sie blinzelte, um die Tränen zurückzuhalten, aber einige liefen doch über ihre Wangen und vermischten sich mit der dezent aufgetragenen Schminke zu einem schwarzen Rinnsal. Sie schluckte schwer und schien einen kurzen Moment dem Zusammenbruch nahe. Dann hob sie den Kopf und fixierte Solano voller Hass. Mit erstickter Stimme stieß sie hervor, dass er ein Verbrecher sei und eines Tages dafür werde geradestehen müssen. Solano machte Anstalten, auf sie zuzugehen, aber die Frau zischte, dass er sie niemals anfassen solle. Er hielt in seinem Schritt inne, als sie auf das offene Fenster zeigte und dabei fragte, ob man auch ihr helfen wolle, hinauszuspringen. Mit erstarrtem Gesicht, ein Schluchzen unterdrückend, verließ sie den Raum und stieg die breite Treppe hinunter. Nur noch das Klappern ihrer Absätze war in den hohlen Gängen zu hören.

Alle wichen Solanos Blick aus, denn sie fürchteten seine Reaktion. Er aber überspielte seine Wut mit einem kurzen Lachen und packte die Unterlagen zusammen. Anstelle des Triumphs, die Frau bezwungen zu haben, machte sich das schale Gefühl einer erlittenen Niederlage in ihm breit. Gefolgt von Ernesto schickte auch er sich an, den Raum zu verlassen. Kaum waren sie draußen, murmelte Solano etwas vor sich hin und meinte, dass man im Leben stets warten können müsse. Auf dem Weg zum Hof traf Solano einen Offizier und gab ihm einige Anweisungen, dann stieg er zu Ernesto ins Fahrzeug und zündete sich einen Zigarillo an. Schweigend fuhren sie durch die ausgestorbene Stadt, denn nach zweiundzwanzig Uhr waren die Straßen aufgrund des Ausgehverbots wie leergefegt. Solano drehte das Radio an. Unvermittelt fragte er Ernesto, was er von der Frau halte. Ernesto suchte nach einer Antwort und meinte dann ausweichend, dass sie sich in einer schwierigen Lage befunden habe. Langsam wiederholte Solano die Worte «schwie – ri – ge La – ge», wobei er jede Silbe betonte und lustvoll den Rauch inhalierte.

9

Zwei ereignislose Wochen vergingen, und Ernesto arbeitete wie gewohnt in der Garage. Jäh zerschlug sich seine Hoffnung, dass ihn Solano in Ruhe lassen würde, als sämtliche Soldaten der Kaserne eines Abends Order für einen Einsatz erhielten. Feldwebel Rodríguez ließ alle Fahrzeuge für den Aufbruch in den frühen Morgenstunden bereitstellen. Ernesto blickte ihn fragend an, weil er nicht aufgerufen worden war, aber Rodríguez zeigte nur mit einer Geste nach hinten, dorthin, wo der Ford abgestellt war. Er wies ihn an, für einige Tage seinen Tornister zu packen und sich bereitzuhalten. Ernestos flehender Blick prallte an Rodríguez ab, der sich ohne ein weiteres Wort entfernte.

Um vier Uhr morgens verließen sieben Lastwagen und Jeeps mit einer Hundertschaft die Kaserne in Richtung Stadt. Bei der Befehlsausgabe war der Truppe mitgeteilt worden, dass sie zusammen mit der Militärpolizei eine Razzia durchführen sollte. Ernesto, der Solano und seine beiden Begleiter an der Offiziersmesse abgeholt hatte, fuhr am Schluss der Kolonne durch leere Stadtteile. In einer Seitenstraße hielten sie an. Die Soldaten sprangen wortlos von den Lastwagen und riegelten den Häuserblock blitzschnell ab. Gespenstisch dröhnte das Getrampel ihrer Stiefel auf dem Asphalt, als ob starker Regen auf ein Dach prasselte. Mit Gewehrkolben schlugen die Unteroffiziere an die Türen, trieben die verängstigten Bewohner in ihren Schlafanzügen auf die Straße. Solano schritt an den im Freien stehenden Leuten vorbei, konsultierte dabei eine Liste mit Fotos. Je nach den Bewegungen seines Kopfes wurden sie in ihre Wohnungen zurückgeschickt oder auf einen Lastwagen gezerrt. Außer bellenden Befehlen und dem Weinen einiger Kinder war nichts zu hören. Nach rund einer halben Stunde war der Spuk vorbei und mehr als dreißig Männer und Frauen verhaftet.

Ernesto musste Solano zum Hauptquartier der Militärpolizei fahren. Männer und Frauen wurden im Eilschritt die Treppen hinauf- und hinabgetrieben. Solano suchte einen Raum nach dem anderen auf, sah teilnahmslos zu, wie die Gefangenen zuerst geschlagen und dann von den Geheimpolizisten verhört wurden. Von Entsetzen verzerrte Gesichter waren für den Bruchteil einer Sekunde zu sehen, wenn die Türen sich einen Spalt breit öffneten, nur um gleich darauf wieder mit einem Knall ins Schloss zu fallen. Schreie drangen durch die nackten Mauern. Ernesto versuchte, nicht hinzuhören, er eilte Solano von einem Raum zum anderen nach, bis sich dieser wieder an ihn erinnerte und ihn hieß, beim Eingang auf ihn zu warten. Erleichtert verließ Ernesto das Gebäude, nur um später Zeuge von noch größerer Verzweiflung zu werden. Er drückte sich in eine Ecke und beobachtete, wie ein Fahrzeug nach dem anderen seine menschliche Ladung anlieferte und wie Müll ausspuckte. Im fahlen Licht des Morgengrauens stießen die Soldaten ihre Gefangenen im Laufschritt durch Motorenlärm und Hundegebell in die Verliese. Einige wurden mit auf dem Rücken gefesselten Händen und bloßen Füßen über den Asphalt geschleift. Sie gaben keinen Laut von sich, als wären sie bereits tot. Augenblicke später sah Ernesto, wie ein Mann und eine Frau, deren Augen mit einer Binde verbunden und deren Hände aneinandergefesselt waren, von Solanos Begleitern zum

Auto geführt wurden. Solano eilte geschäftig herbei, noch im Gehen sich einen Zigarillo anzündend, und setzte sich auf seinen gewohnten Platz. Ein stiller Wink war das Zeichen, loszufahren.

Zügig fuhr Ernesto durch die erwachende Stadt, geblendet von der noch tiefstehenden Sonne, vorbei an den allgegenwärtigen Armeepatrouillen. Passanten mit ausdruckslosen Gesichtern eilten zur Arbeit, fliegende Händler boten ihre Ware an den Straßenecken feil und Frauen drängten sich um die Marktstände. Verwahrloste, gespenstisch anmutende Gestalten krochen aus ihren Verschlägen und Unterführungen hervor, um einmal mehr ihr Glück zu erbetteln. Der Rauch von Kohlefeuer und der Duft von gebratenen Maiskolben lockten die Vorbeieilenden an. Bäuerinnen in weiten farbigen Röcken, auf dem Rücken ihre in Tücher eingewickelten Kinder, priesen Blumensträuße an, als könnten sie damit das Grau des Alltags verdrängen. Das Leben nahm seinen gewohnten Gang, und niemand schenkte dem Ford Beachtung. Die allgegenwärtige Präsenz der Uniformierten wurde bereits als unabänderliche Tatsache hingenommen und die Aufmerksamkeit galt nur dem täglichen Überleben.

Ernesto steuerte den Wagen behende an den Straßensperren vorbei, bis sie auf die Überlandstraße mit ihrem morgendlichen Lastwagenverkehr einbogen. Schon von weitem sah er über einer langgezogenen Müllhalde Reiher und Möwen segeln, und als sie näherkamen, die Pepenadores, die alles noch Verwertbare aus den Abfällen klaubten. Ein beklemmendes Gefühl überkam Ernesto und er versuchte, sich zu orientieren, denn das letzte Mal war er die gleiche Strecke während der Nacht gefahren. Wiederholt sagte er sich, dass ihn das alles nichts angehe und er sich ja nicht freiwillig für diese Einsätze gemeldet habe, aber der Stachel des Zweifels bohrte sich in sein

Herz, und er spürte, dass er langsam in einen reißenden Strom hineingezogen wurde und immer mehr in den Strudel von Ereignissen geriet, die er selbst in keinster Weise steuern konnte.

Solano, dessen intuitives Gespür für Angst und Schwäche Ernesto jedes Mal von neuem erstaunte, wies ihm schweigend die Richtung, bis sie die Schotterstraße erreicht hatten. Ernesto erkannte das baufällige Gatter, und Solano öffnete und schloss es wie beim letzten Mal. Ernesto fuhr den Feldern entlang, aus denen Krähen wie Boten des nahenden Todes aufstoben. Sie näherten sich der Hacienda, deren dunkle Umrisse immer größer wurden. Als er den Motor vor der Eingangstür des Hauptgebäudes abstellte, war nur noch das heisere Krächzen der schwarzen Vögel zu hören. Die beiden Männer zogen das Paar aus dem Wagen und führten es in den Keller. Kein Wort war zu hören, und es schien, als ob alle die ihnen zugeteilten Rollen wie in einem lange geprobten Theaterstück spielten. Ernesto wollte Solano folgen, aber dieser befahl ihm, den Wagen in den Speicher zu stellen, und verschwand allein im Gebäude. Mit klopfendem Herzen wartete Ernesto auf dem staubigen Vorplatz, bis Solano zurückkehrte und ihm erklärte, dass er die nächsten Tage hierbleiben werde. Panik befiel Ernesto, aber er wagte nicht, etwas zu sagen. Solanos Gesichtsausdruck ließ keinen Zweifel an seinem Entscheid zu. Er gab Ernesto den Auftrag, sich in der Küche nützlich zu machen und etwas zu kochen. Sein Zimmer könne er im ersten Stock beziehen. Dann verschwand Solano im Keller und man hörte nur noch, wie die Eisentür ins Schloss fiel.

Ernesto begab sich zuerst in das ihm zugewiesene Zimmer, setzte sich auf das schmale Eisenbett und versuchte, Herr über seine Gefühle zu werden. Warum ließ ihn Solano nicht bei seinen Kameraden in der Kaserne und weshalb hatte der Mann ausgerechnet ihn zu seinem teuflischen Handlanger gemacht. Angestrengt versuchte er, Solanos Charakter zu verstehen, herauszufinden, warum dieser trotz seiner Verbrechen eine magische Anziehung auf ihn ausübte und so genau über ihn Bescheid zu wissen schien. Solano verfügte einfach über Ernestos Leben und schien mit ihm zu spielen. Manchmal war er sympathisch und vermittelte eine unerschütterliche Sicherheit, ein anderes Mal spielte er seine Macht mit aller Bosheit aus. Dann wiederum gab er sich verständnisvoll, gelegentlich sogar jovial und legte nicht die Arroganz der anderen Offiziere an den Tag.

Ernesto ertrug die stickige Luft nicht länger. Er erhob sich, um das morsche Fenster zu öffnen. Suchend ließ er seinen Blick über das Grundstück bis hin zu den in leichten Nebelschwaden versinkenden Feldern gleiten und zündete sich eine Zigarette an. Sein Herzschlag glich dem verhaltenen Schwingen eines Pendels und allmählich löste sich der Druck in seiner Brust. Langsam ging er die Treppe zu der behelfsmäßig eingerichteten Küche hinunter. Nachdem er einen Schrank durchstöbert hatte, fand er Dosen mit gekochten Bohnen und Rindfleisch. Er löste mit einigen Hammerschlägen den verkalkten Wasserhahn, woraufhin eine rostige Brühe stoßartig in den Trog spritzte. Er stand noch unschlüssig da und überlegte, für wen er das Essen zubereiten sollte, als plötzlich Schritte durch die Diele hallten und einer der Männer erschien, um sich wortlos eine Flasche Pisco aus dem Schrank zu holen. Knapp gab er Ernesto zu verstehen, dass er in einer Stunde für zwei Personen etwas Essbares bereitzustellen habe. Verloren stand Ernesto in der Küche, entfernte mit einem Haken die Herdplatte und zündete mit einem Holzspan einige Scheite an. Seine Augen begannen zu tränen, weil er vergessen hatte, die Lüftungsklappe zu öffnen. Er lauschte. Im ganzen Haus war kein Geräusch zu vernehmen. Leise verließ er die Küche und öffnete vorsichtig eine Türe nach der anderen. Links von der Treppe gelangte man in einen kahlen Raum, in dem ein langer Holztisch mit zwei Bänken stand. In der Ecke ragte der Teil eines rostigen Ofenrohres aus der Wand, und in einer Kiste befanden sich leere Schnapsflaschen. An sein Zimmer anstoßend befanden sich im ersten Stock zwei weitere, jeweils mit einem schmalen Bett und kleinen Nachttischen notdürftig eingerichtete Kammern. Nichts ließ darauf schließen, dass hier jemand dauerhaft lebte. Den Keller kannte er, aber er fragte sich, ob die ihm bekannte Tür der einzige Zugang zu dem Verhörzimmer war. Zurück in der Küche, wärmte er ein Chiligericht, als Solano erschien und beiläufig bemerkte, dass er nun sicher das Haus kenne und wisse, wo was zu finden sei. Ernesto fühlte sich ertappt, aber Solano hieß ihn lediglich, das Essen anzurichten. Einer der Männer begab sich zur Scheune und fuhr den Ford vor das Haus. Solano wollte zusteigen, hielt inne und kehrte zu Ernesto zurück. Lächelnd, in einer Hand den glimmenden Zigarillo, erklärte er ihm, dass der Gefangene letzte Woche vor einer Polizeiwache einen Brandsatz gezündet habe, eine Aktion, bei der drei Beamte verbrannt seien. Seine Komplizin befinde sich ebenfalls hier. Wie um ein böses Omen heraufzubeschwören, setzte er hinzu, dass er die beiden sicherlich bald kennenlernen werde. Geräuschvoll inhalierte Solano den Rauch, schenkte Ernesto nochmals ein Lächeln und begab sich ohne ein weiteres Wort zum Ford.

Ernesto blickte den sich entfernenden Rücklichtern des Wagens nach, als plötzlich der andere Mann neben ihm stand. Ernesto fuhr zusammen, denn er hatte niemanden kommen hören. Der Mann forderte ihn auf, das Essen zu servieren, da er seit dem Vormittag nichts mehr zwischen die Zähne bekommen habe. Ernesto nickte beflissen und schöpfte in der Küche das aufgewärmte Bohnengericht, das der andere gierig löffelte. Mit vollem Mund fragte er Ernesto, weshalb er so blöd in die Welt glotze. Er solle eine Flasche Wein aus dem Schrank holen, sich setzen und ebenfalls zulangen. Wortlos aßen sie, nur das Geräusch des Bestecks war zu hören und ein Schlürfen, wenn sie tranken. Erst jetzt merkte Ernesto, dass ihm das fade Gericht schmeckte, denn auch sein Magen knurrte vor Hunger. Unvermittelt wandte sich ihm der Mann zu und fragte, nachdem er sich den Mund mit seinem fleischigen Handrücken abgewischt hatte, was er von dieser Sache halte. Ernesto zögerte und wollte eben antworten, als der Mann nachhakte und fragte, ob er Mitleid mit den Gefangenen habe. Ernesto erwiderte vorsichtig, dass es ihm nicht zustehe, sich dazu zu äußern. Der andere lachte kurz auf, nickte anerkennend und meinte, dass er ein kluger Junge sei. Schweigend beendeten sie ihre Mahlzeit. Der Mann rülpste zufrieden, während er mit dem Fingernagel zwischen den Zähnen stocherte. Ernesto holte Zigaretten hervor und bot seinem Gegenüber eine an. Überrascht von dieser Geste nickte ihm der Mann beifällig zu, nahm eine und zündete sie sich an. Diskret musterte Ernesto ihn von der Seite. Er war kräftig gebaut, untersetzt, hatte zwei kleine, eng beieinanderliegende Augen, die durch die dicken Brauen noch kleiner wirkten, und ein abfallendes Kinn. Trotz gründlicher Rasur schimmerte ein starker Bartwuchs auf dem Gesicht. Eine rötliche Narbe, die sich von seinem linken Ohr bis zum Schlüsselbein zog, ließ auf eine alte Schnittverletzung schließen. Seine Haut roch nach billigem, süßlich-herbem Rasierwasser, wie es von den Straßenhändlern verkauft wurde. Unter dem halb zugeknöpften Hemd war eine stark behaarte Brust zu sehen, und an seinem wulstigen Hals hing ein goldenes Kreuz, das gut zu dem breiten Ehering an der Hand passte. Ernesto nahm an, dass der Mann Carlos hiess, denn Solano hatte diesen Namen einmal erwähnt.

Beide rauchten schweigend, bis der Mann verächtlich schnaubend meinte, dass die Arbeit hier ein Drecksgeschäft sei, aber er habe eine Familie zu versorgen und das Geld regne bekanntlich nicht vom Himmel. Er müsse sich mit diesem verdammten Gesindel herumschlagen, das nichts Gescheiteres zu tun wisse, als die Regierung zu bekämpfen. Gelöst vom Wein meinte er verbittert, dass er diesen Ort verabscheue, den Solano so schönfärberisch als «Hacienda» bezeichne. Dabei handle es sich doch nur um eine Bruchbude fernab jeder Zivilisation, ja am Arsch der Welt. Mit seinen verfärbten Nikotinfingern wies er auf Ernesto und meinte spöttisch, er habe es gut, nach zwei Jahren könne er wieder ins zivile Leben zurückkehren. Er hingegen müsse sich nun in dieser gottverdammten Gegend mit derlei Leuten, und dabei blickte er in Richtung Keller, herumschlagen und sich die Finger dreckig machen. Der Fraß in dieser Hacienda sei lausig und die Vernehmungen langweilig und meist unergiebig. Früher, fuhr er fort, sei er bei der Kriminalpolizei gewesen, die Arbeit dort habe ihm Spaß gemacht. Aber nach dem Putsch habe man die Polizei reorganisiert und ihn in die politische Abteilung versetzt. Ärgerlich zog er die Lippen hoch und begann wieder, mit seinen Fingern in den Zähnen zu stochern, um die Reste der Mahlzeit herauszuklauben. Ernesto fragte, was mit den beiden Gefangenen geschehen werde. Carlos zuckte mit den Schultern, verzog abermals seinen Mund und meinte, dass Solano noch weitere Informationen benötige. Aber die zwei seien so oder so erledigt. Wer in der Hacienda lande, verlasse in der Regel das Haus nur noch mit den Füßen voran, da erzähle er ihm ja nichts Neues.

Während Ernesto Carlos zuhörte, wurde ihm klar, dass dieser Mann, im Gegensatz zu Solano, seine Arbeit ohne persönliches Interesse verrichtete. Er schien daher auch keine pervertierte Lust zu befriedigen, sondern ärgerte sich einfach über die lästigen Unannehmlichkeiten, die mit diesem Job einhergingen. Carlos wäre, so dachte Ernesto, auf der Straße niemandem aufgefallen; er war im Grunde genommen ein gewöhnlicher Bürger, der nur durch äußere Umstände in dieser Hacienda gestrandet war. Die Vernehmungen waren für ihn ein Broterwerb wie jeder andere, denn, so hatte er selbst gesagt, von irgendetwas musste man ja leben. Ernesto wollte eine weitere Frage stellen, aber der Mann stand auf, stieß ihn mit dem Zeigefinger grob an und sagte, er solle weniger nachdenken, sondern das tun, was man ihm auftrage. Er befahl Ernesto, der Frau die Reste des erkalteten Essens zu bringen. Dabei lachte er und meinte, dass sie ihre Kräfte für Solano noch benötige. Schweigend stieg Ernesto mit ihm die Treppe zum Keller hinab, wo Carlos nicht wie erwartet die Ernesto schon bekannte Eisentüre, sondern auf der rechten Seite einen großen Kleiderschrank öffnete. Er bückte sich leicht und betrat den mannshohen Schrank, der sich, wie Ernesto nun merkte, vor einem Verlies befand. Carlos knipste das Licht an und schob einige Kleider zur Seite, so dass eine massive Holztür mit einem Guckloch zum Vorschein kam. Er blickte kurz durch den Spion, schloss die Türe auf und ging mit Ernesto in einen schwach erleuchteten, fensterlosen Raum, dessen feuchte Mauern abgeblättert und mit eingeritzten Buchstaben und Zeichen bedeckt waren. Verbrauchte Luft und schimmlige Feuchtigkeit schlugen ihnen entgegen. An der Decke befand sich ein rostiger Lüftungsschacht mit einem beschädigten Propeller und in der Ecke war an Stelle eines WCs ein Loch in den Boden eingelassen, um dessen Rand ein schwarzer Käfer kroch. Die Frau kauerte mit hochgezogenen Beinen auf einer schmutzigen Matratze und erhob sich augenblicklich, als sie sie kommen hörte. Es schepperte, und Ernesto sah, dass sich an einem ihrer nackten Fußgelenke eine Kette befand, die in ungefähr zwei Metern Entfernung in der Wand verankert war. Kellerasseln stoben auseinander und liefen die Wände entlang. Ängstlich und zugleich mit trotzig-hasserfülltem Blick wich die Frau zurück und stellte sich in eine Ecke, beide Hände wie zum Schutz vor ihren dunkelblauen Rock haltend. Heftig pumpten ihre Lungen, als wäre sie gerannt. Carlos wies Ernesto an, ihr den Teller zu reichen. Er werde nach dem anderen sehen, bis dahin müsse sie fertig sein. Scheu blickte sich Ernesto um und bemerkte eine Verbindungstüre, welche entweder in eine weitere Zelle oder in den Raum mit dem großen Stuhl führen musste. Demonstrativ streckte er der Frau den Teller hin. Nach einem kurzen Moment des Zögerns griff sie zu und begann, ohne ihn aus den Augen zu lassen, wie ein gehetztes Tier zu essen. Beide standen sich wortlos gegenüber, sein Herz hieb pochend gegen die Brust, und er fragte mit heiserer Stimme, wie ihr Name sei. Sie schob den Rest des Chiligerichts mit den Fingern in den Mund und fragte hastig, ob er eine Zigarette habe. Fieberhaft zündete sich Ernesto eine an, reichte sie der Frau und musterte sie dabei scheu. Sie hatte dünne Arme. Braune, verschwitzte Haarsträhnen fielen ihr ins Gesicht, auch wenn sie sie immer wieder mit einer schnellen Handbewegung nach hinten strich. Er schätzte ihr

Alter auf dreißig. Auffällige Augenbrauen, die sich gegen die Nasenwurzel absenkten, und ein leicht silbriger Flaum über den Lippen gaben ihr ein maskulines Aussehen, das im Kontrast zu ihren feingliedrigen Händen stand. Kleine Fältchen, die sich über den Wangen mit unscheinbaren Grübchen auflösten, zierten ihre olivgrünen Augen. In der Kuhle ihres Schüsselbeines hatten sich Schweißperlen gebildet. Ihre schmalen Lippen waren offenbar durch einen Schlag aufgeschwollen, und in den Mundwinkeln befanden sich noch Spuren getrockneten Blutes. Mit geschlossenen Augen zog sie langsam und tief den Rauch der Zigarette ein. Angestrengt lauschte er, als plötzlich das Zufallen einer Türe und sich nähernde Schritte zu hören waren. Ernesto nahm ihr die Zigarette aus der Hand und steckte sie sich in den Mund. Im letzten Moment, bevor Carlos den Raum betrat, flüsterte sie ihm atemlos die Namen Alba María Domínguez und Padre Javier zu. Er konnte nicht mehr fragen, ob es sich bei dem anderen Gefangenen um Padre Javier handelte, denn Carlos hatte den Raum betreten und forderte ihn auf, mitzukommen. Bevor sich die Türe mit einem Knall schloss, spürte Ernesto noch für einen kurzen Moment ihre Augen auf sich ruhen, und ihr Blick prägte sich ihm in seinem Innersten ein.

Nachdem sie den Raum verlassen hatten, fragte Ernesto, ob der zweite Gefangene kein Essen erhalte. Carlos lachte spöttisch auf und meinte, dass dies unnötig sei. Wahrscheinlich sei der Arme von der Einvernahme erschöpft und müsse sich nun erholen. Man wolle ihm doch nicht die Freude eines gesunden Schlafes rauben. Höhnisch forderte er ihn auf, sich selbst davon zu überzeugen. Sie durchquerten den Raum mit dem großen Stuhl in der Mitte, und kamen zur Türe, durch welche das letzte Mal der nackte Mann hereingeführt worden war. Carlos klappte ein Scharnier nach unten und öffnete die Klappe, die den Blick auf den Raum frei gab. Durch das schrammende Geräusch alarmiert, hastete eine aufgeschreckte Ratte piepsend in eine dunkle Ecke. Carlos machte Ernesto Platz, so dass er freie Sicht auf das von einer kahlen Deckenleuchte erhellte Verlies erhielt. Der scharfe Gestank von Urin und eine süßliche Fäulnis stachen Ernesto in die Nase. Ein nackter Mann lag auf dem feuchtkalten Naturboden. Wie ein Embryo hatte er seine Beine bis zur Brust angezogen und seine Hände zwischen die Oberschenkel gelegt. Sein Brustkorb hob und senkte sich stoßartig. Der ganze Körper war schrecklich zugerichtet, mit Blutergüssen und Brandwunden übersät. Carlos zog Ernesto weg und nickte zufrieden, als er ihm erklärte, dass der Mann morgen wie ein Vögelchen singen werde. Mit einem scheppernden Geräusch schloss er die Klappe wieder. Oben angekommen trank Carlos mehrere Gläser Wein und meinte, dass er nun schlafen gehe. Da Solano jedoch einen Sicherheitsfimmel habe, knurrte er ärgerlich, müsse immer jemand Wache schieben, obwohl eine Flucht aus diesem Haus gar nicht möglich sei. Zudem verirre sich nicht einmal ein Schwein in diese trostlose Gegend. Bis zwei Uhr lege er sich hin, dann werde er ihn ablösen. Carlos rülpste und verlangte von Ernesto, dass er ihn sofort hole, falls doch jemand an diesem gottverfluchten Ort aufkreuzen sollte. Dann stieg er schimpfend die knarrende Treppe hinauf zu seinem Zimmer. Ernesto blieb in der Küche zurück, und der Aschenbecher füllte sich mit seinen Zigarettenkippen. Immer wieder sagte er leise den Namen der Frau und denjenigen des Padres vor sich hin, damit er sie nicht vergesse. Aber je länger er sie sich einprägen wollte, desto mehr zweifelte er daran, die Frau richtig verstanden zu haben. Er misstraute seiner eigenen Wahrnehmung und hatte das Gefühl, nicht mehr zwischen Realität und Einbildung unterscheiden zu können.

Gegen dreiundzwanzig Uhr nahm er all seinen Mut zusammen, setzte sorgsam einen Fuß nach dem anderen auf die hölzernen Stufen und stieg die Kellertreppe hinab. Nachtgetier, aufgeschreckt von seinen Schritten, huschte eiligst davon. Von draußen war nur noch schwach das unregelmäßige Ächzen des Windrades zu hören. Der schmale Kegel seiner Taschenlampe leuchtete ihm den Weg. Mit aller Vorsicht öffnete er die Schranktüre, wobei er die aufgehängten Kleider leise beiseite schob. Plötzlich zog er seine Hand zurück, die sich in einem Spinnengewebe verfangen hatte. Er wischte sich über die Hose und strich sich die Hände sauber. Mit dem Auge am Guckloch knipste er das Licht an und sah, wie Alba sich erschreckt erhob. Er klopfte leicht an die Türe, um auf sich aufmerksam zu machen, rief leise ihren Namen, aber sie blieb ängstlich in der Ecke stehen. Mehrmals bat er sie eindringlich, näher zu kommen. Er flüsterte ihren Namen und denjenigen des Padres, wobei er regelmäßig nach hinten schaute, um sich zu vergewissern, dass Carlos nicht komme. Sie reagierte immer noch nicht, und er überlegte fieberhaft, wie er ihr eine Botschaft zukommen lassen könnte. Dann verließ er den Schrank, schlich sich nach oben und schrieb eilends die Frage auf einen Fetzen Papier, ob der andere Gefangene Padre Javier sei und falls ja, wen er verständigen solle. Dabei brach die Bleistiftspitze ab und seine ungelenke Schrift endete abrupt. Hektisch rollte er das Papier der Länge nach zusammen, ging auf Zehenspitzen wieder nach unten, warf die winzige Rolle, nachdem er sich durch Klopfzeichen bemerkbar gemacht hatte, durch das Guckloch. Alba blieb misstrauisch stehen, kam dann zögerlich zur Türe, wollte das Papier aufheben. Mit Schrecken stellte er fest, dass das Papier nur unweit des Guckloches zu Boden gefallen war. Alba streckte ihre Hand aus, aber sie konnte den Fetzen mit dem besten Willen nicht erreichen, denn ihre Fußkette hielt sie um eine Handbreit zurück. Ernesto schwitzte. Das Blut pochte heftig in seinen Ohren. Er beschwor sie, das Papier zu ergreifen, sich zu strecken, einfach den verdammten Fetzen zu fassen. Seine Hände wurden feucht, sein Herz raste. Immer wieder zischte er durch den Spion, sie müsse das Papier ergreifen.

Dann hörte er im oberen Stockwerk Schritte. Er löschte sofort das Licht, schob überstürzt die Kleider vor die Schranktür und schloss die Türe. Auf den Zehenspitzen stieg er die Stufen hinauf und sah durch einen Spalt Carlos, wie er in einem kleinen Raum bei halb geöffneter Türe urinierte und geräuschvoll seinen Darm entleerte. Er konnte gerade noch die Kellertüre schließen, als Carlos nach ihm rief. Ernesto zuckte zusammen, konnte seine Angst jedoch überspielen und drehte sich gelangweilt um. Carlos zog sich die Hosen hoch und kippte einen Eimer Wasser ins Klosett, während er ihn fragte, was er hier treibe und ob er geschlafen habe. Ernesto staunte über sich selbst, denn er reagierte spontan und entgegnete, dass er soeben an die frische Luft gehen wollte, weil er sonst eingenickt wäre. Carlos sagte in mürrischem Ton, er sei zwar noch nicht dran, Ernesto könne aber jetzt schon nach oben gehen. Ernesto atmete tief durch und meinte, dass er noch eine Zigarette rauchen werde. Er überquerte den Hof, als ein lauer, nach Regen riechender Wind aufkam und das Windrad ächzend in Bewegung setzte. Fledermäuse flogen blitzschnell auf die Hacienda zu und drehten im letzten Augenblick ruckartig ab. Ernesto entfernte sich vom Haus, tauchte in eine pechschwarze Nacht ein und verschmolz mit der Dunkelheit, bis sich alle Konturen in Nichts auflösten. Nicht einmal die Silhouetten der Sträucher vermochte er zu erkennen. Für kurze Zeit erhellte ein Zündholz seine Hand, mit der er die Flamme vor dem Erlöschen schützte. Eilig zündete er sich die Zigarette an und zog den Rauch ein, wobei sein Gesicht jedes Mal für Augenblicke von der rötlichen Glut erhellt wurde. Der Wind frischte auf und blies vertrocknetes Geäst über das Land. Zögerlich fielen einige wenige Tropfen auf die ausgetrockneten Schollen, als wären sie von einer unsichtbaren Hand abgezählt. Plötzlich rissen die Wolken auf, der Regen prasselte wie aus Kübeln auf ihn nieder, und durchnässte ihn bis auf die Haut. Der Staub hatte sich mit dem Wasser zu einer braunen Brühe vermischt und sickerte in die ausgedörrte Erde. Wie lange er mit geschlossenen Augen stehen blieb und den erdigen Geruch einsog, konnte er nicht sagen. Erst als ein Frösteln über ihn kam und der Wind die Regenwolken mit sich forttrug, ließ Ernesto seinen Blick zum klaren Firmament schweifen, wo nun die Sterne wie Irrlichter verlorener Seelen funkelten. Der Mond schimmerte durch die milchigen Wolkenschwaden und die Stille war dichter als gewöhnlich. Durchnässt kehrte Ernesto in die Hacienda zurück. An Schlaf war nicht zu denken. Er erwog einen Augenblick zu fliehen, redete sich dann aber zu, dass Alba das Papier hatte erreichen können. Er sah in einem fort ihre ausgestreckte Hand, die gespreizten Finger, die vergeblich nach dem Fetzen Papier langten und die wenigen fehlenden Zentimeter nicht überwinden konnten.

Er begab sich in sein Zimmer. Fieberhaft suchte er einen Ausweg. Eine Waffe hatte er nicht, höchstens ein Messer. Das war jedoch in der Küche, und dort hielt sich Carlos auf. Er blickte sich im Zimmer um, fand aber außer einem Schemel nichts, was er als Waffe hätte gebrauchen können. Plötzlich blieb sein Blick an der Wand hängen, wo ein metallenes Kruzifix befestigt war. Er schüttelte den Kopf, überlegte kurz und nahm es von der Wand. Dann kippte er den Holzschemel gegen die Türe, so dass der Griff blockiert war und die Tür nur durch brachiale Gewalt hätte aufgestoßen werden können. Er hielt das Kruzifix wie einen Hammer in der Hand und legte sich mit dem Blick zur Türe aufs Bett. Bei jedem Geräusch zuckte er zusammen, seine Nerven waren wie Drahtseile angespannt. Andauernd glaubte er Schritte zu hören, aber seine Sinne hielten ihn zum Narren. Schon sah er sich nackt auf dem großen Stuhl im Keller festgebunden, vor sich einem grinsenden Solano, der Carlos anwies, den Schalter zu bedienen. Die Nacht schien ewig zu dauern, aber gegen Morgen fiel er trotz seines Widerstandes in einen unruhigen Schlummer. Plötzlich riss ihn ein heftiges Poltern aus einer Flut von bizarren Traumbildern, und eine grobe Hand rüttelte an seiner Schulter. Ernesto schoss hoch, herausgerissen aus seinem konfusen Dämmerzustand. Schaler Mundgeruch schlug ihm entgegen, und fassungslos starrte er in Carlos Gesicht. Vulgäres Gelächter erfüllte den Raum, als Carlos ihn fragte, ob er immer mit dem Herrgott auf der Brust schlafe. Benommen erhob sich Ernesto und spürte, wie sich seine Kopfschmerzen verdichteten. Carlos trampelte bereits die Treppe hinunter, rief ihm aber noch zu, er solle Kaffee kochen und etwas Essbares richten.

Nachdem er sich vom ersten Schreck erholt hatte, wusch sich Ernesto bei der Zisterne und begab sich in die Küche, um Wasser aufzusetzen. Als sie gefrühstückt hatten, forderte ihn Carlos auf, mit ihm zu kommen und die Reste der erkalteten Tortilla für die Frau auf ein Geschirr zu legen. Ernestos Hände zitterten, ein nervöses Vibrieren erfasste seinen ganzen Körper. Carlos würde nun das Papier finden, und sein Schicksal wäre definitiv besiegelt. Wut überkam ihn, weil er sich von der Frau für ihre Interessen hatte einspannen lassen, was kümmerten ihn schließlich die Probleme der anderen. Gleich wieder beschämt ob solcher Gedanken begann sein Verstand, alle möglichen Varianten durchzuspielen, von der Erschlagung Carlos' über die Befreiung der Gefangenen bis hin zur gemeinsamen Flucht ins Ausland. Aber Carlos riss ihn brüsk aus seinen Gedanken. Gemeinsam stiegen sie die Treppe nach unten. Ernesto suchte nach einer Möglichkeit, Carlos zu überwältigen, denn an Kraft war er ihm nicht unterlegen. Carlos öffnete unterdessen den Schrank, schob die Kleider beiseite und blickte schweigend durch das Guckloch. Ernesto stand direkt hinter ihm und klammerte sich an einen Kleiderbügel, den er Carlos notfalls ins Genick schlagen wollte. Abrupt drehte sich Carlos um und fuhr ihn zornig an, nicht so zu drängeln. Dann schloss er geräuschvoll die Türe auf.

10

Ernesto liegt gestützt von einem großen Kissen auf seinem Bett. Das Erzählen hat ihn völlig ermattet. Alle Farbe ist aus seinem Gesicht gewichen. Würgender Husten schüttelt ihn, so dass er sich zusammengekrümmt auf die Seite legen muss. Nach einigen Minuten beruhigt sich der Körper, und er dreht sich mühsam wieder auf den Rücken. Lange blickt er vor sich hin, als ob er seine Kräfte sammeln wolle. Mit geschärften Sinnen und dennoch wie aus weiter Ferne nimmt er alles um sich herum wahr.

Allmählich wird es im Zimmer hell, feine Sonnenstrahlen dringen durch die Vorhänge, die sich im Morgenwind bewegen. Ernesto sieht mich fragend an und entschuldigt sich, dass er so lange gesprochen hat. Es gäbe noch so viel zu erzählen, meint er leise, aber es fehle ihm die Kraft dazu. Die Stille im Zimmer wird durch das ratternde Geräusch eines vorbeifahrenden Wagens unterbrochen, das sich immer leiser werdend allmählich verliert. Fünfmal schlägt die Glocke des Kirchturms, und der Wind trägt das ferne Geräusch eines bellenden Hundes herüber. Ernestos Augen sind wieder geschlossen und das quälende Atmen hebt schwer seine Brust. Nach einer Weile stehe ich auf und frage, ob er in der folgenden Nacht weitererzählen wolle. Als hätte ihn meine Frage erst nach einer kleinen Ewigkeit erreicht, öffnet er langsam die Augen und blickt mich verwundert an. Bevor er etwas sagt, heiße ich ihn, sich auszuruhen, ich würde gegen Abend wiederkommen.

In diesem Moment klopft es schwach an die Türe und eine Frau betritt den Raum mit einem kleinen Tablett in den Händen. Über ihren Schultern trägt sie einen großen Wollschal, der ihr blaues Nachtgewand bedeckt. Leise schließt sie die Türe und nähert sich dem Bett. Verwundert blickt Ernesto sie an, weil sie nicht auf meine Anwesenheit reagiert, obgleich ich zwischen ihr und Ernestos Bett stehe. Seine Augen weiten sich, als die Frau einfach durch mich hindurchgeht, als wäre ich Luft. Er schaut immer noch staunend in meine Richtung, und ein feines, beinahe komplizenhaftes Lächeln huscht über seine Lippen.

Sorgsam streicht ihm die Frau mit einem feuchten Tuch über das Gesicht, redet beruhigend auf ihn ein und stellt ein kühles Kompott aus Früchten neben sein Bett. Sie wechselt das Kopfkissen, öffnet die Vorhänge und prophezeit, dass es ihm bald besser gehen werde. Sichtlich erfreut stellt sie fest, dass die beste Medizin immer noch der Schlaf sei. Nachdem sie ihm die Medikamente verabreicht hat, lächelt sie ihm zu und heißt ihn wieder zu ruhen, bis gegen Mittag der Arzt kommen werde. Mehrmals sei ein Freund da gewesen, aber sie habe ihm verboten, ihn zu stören. Falls der Doktor einverstanden sei und er es wünsche, werde sie ihm jedoch einen Besuch erlauben.

Ich stehe immer noch neben seinem Bett und wir beobachten beide, wie die Frau geschäftig mit einem Lappen den Tisch sauberwischt und im Zimmer hantiert, obwohl es nichts mehr zu tun gibt. Sie flüstert Ernesto «gute Besserung» zu und versucht, beim Verlassen des Zimmers so wenig Lärm wie möglich zu verursachen.

Eine Weile blicken wir uns schweigend an und er fragt, ob nur er mich sehen könne. Ich nicke, erkläre aber, dass alle Menschen diese Fähigkeit hätten, sofern sie es nur wollten. Kleine Kinder würden mich immer erkennen, aber sie hätten entweder noch nicht die Fähigkeit, sich auszudrücken, oder sie wüssten instinktiv, dass man ihnen nicht glauben werde. Früher, sage ich, hätte es eine Zeit gegeben, da wollte ich mich den Leuten aufdrängen, ihnen die Wirkungen ihres Handelns aufzeigen, ihnen erklären, dass die Einstellung zur Endlichkeit letztlich alles Tun und Lassen im Leben prägt. Doch ich hatte damit nur Angst und Entsetzen hervorgerufen und mich deshalb zurückgezogen.

Neuerlich füllt das Schweigen den Raum, nur der erwachende Tag trägt seine Geräusche in das Zimmer. Ernesto öffnet die Augen, als wolle er etwas erwidern, aber ich bitte ihn zu ruhen, weil ich heute Abend für eine zweite Nacht zu ihm kommen werde. Als ich mich anschicke, das Zimmer zu verlassen, spüre ich noch lange seinen fragenden Blick auf mich gerichtet.

11

Ernesto erinnerte sich noch später mit Grauen an den Augenblick, als er mit Carlos die Zelle von Alba betrat. Ihr Gesicht war schneeweiß und sie kauerte wie ein verletztes Tier auf der schmierigen Matratze. Die vor Kälte durchsichtigen Hände hielt sie vor ihrer Brust. Ein matter Glanz in ihren Augen verriet trotz großer Erschöpfung eine lauernde Wachsamkeit.

Ernesto suchte mit den Augen ängstlich den Boden ab, während sich Carlos anschickte, aus einer Feldflasche Wasser in einen Becher zu schenken. Plötzlich war von oben die Stimme Solanos zu hören, und Carlos gab Ernesto zu verstehen, dass er der Frau zu trinken geben solle. Kaum hatte Carlos den Raum verlassen, fragte Ernesto atemlos, wo das Papier sei. Da fiel ihm auf, dass der in Ketten liegende Fuß von Alba rot und aufgerissen war, als ob jemand versucht hätte, das Bein aus der Kette zu reißen. Entsetzt blickte er auf die aufgeschürfte Haut und realisierte mit Schaudern, dass sich Alba beinahe den Fuß aus den Gelenken gerissen hatte, nur um an das Papier zu gelangen. Schuldgefühle, ihr das angetan zu haben, Erleichterung, dass sie die verräterische Botschaft beseitigt hatte, und Mitleid überkamen ihn. Er umfasste ihre klammen Finger mit seiner Hand, um sie zu wärmen, und wollte etwas sagen, als sie ihn im Flüsterton bat, Padre Javier aufzusuchen und ihm zu erzählen, dass sie hier sei. Bereits waren die näher kommenden Schritte von Solano und Carlos zu hören, aber sie blieben auf der Treppe stehen und diskutierten. Ernesto zog Alba instinktiv in seine Arme, spürte ihren zitternden Leib, der zuerst verkrampft an seinem Körper lag und sich dann langsam entspannte. Bevor er sich von ihr löste, strich er ihr sachte durch die Haare und ihre Blicke blieben für einen Moment aneinander haften. Kurz bevor Solano in seiner makellos gebügelten Uniform und gleich hinter ihm Carlos die Zelle betraten, sah Ernesto, wie ihre gesprungenen Lippen das Wort Danke formten.

Mit gespielter Entrüstung und einem sardonischen Lächeln in Carlos' Richtung bemerkte Solano, dass man den Jungen nicht zu lange mit der Frau alleine lassen dürfe, er komme sonst noch auf dumme Gedanken. Grinsend gab Carlos Ernesto zu verstehen, dass seine Zeit schon noch kommen werde, er jetzt aber mit ihm hinaufgehen solle. Die beiden verließen den Raum und Solano blieb mit der Frau zurück. Wie betäubt stieg Ernesto die Treppe hoch, getrieben von hilflosem Zorn, weil Alba Solano ausgeliefert war und er nicht das Geringste für sie tun konnte.

Vom grellen Tageslicht geblendet schöpfte er draußen mit vollen Händen Wasser aus der Zisterne und goss es sich über den Kopf. Dann ging er ums Haus, kauerte sich mit angezogenen Knien an die Wand der Scheune und begann zu rauchen. Nur zu gut erinnerte er sich an Carlos' Bemerkung, dass die Gefangenen die Hacienda in der Regel mit den Füßen voran verließen, und er begann fieberhaft Pläne zu schmieden, wie er die beiden Männer beseitigen könnte. Eine Stunde später traf er in der Küche auf Solano, der einen Kaffee trank. Er wirkte angespannt und hatte einen ärgerlichen Zug um den Mund. Offensichtlich schien nicht alles so gelaufen zu sein, wie er es sich vorgestellt hatte. Dann hörte er ein Poltern, schwere Schritte und Flüche, unter denen Carlos und sein Kollege, der mit Solano zurückgekehrt war, auf dem Kellerabsatz erschienen und einen schweren Jutesack nach oben schleiften. Ernesto zuckte zusammen und starrte auf den Sack, bis Carlos ihn anherrschte, nicht so blöd herumzustehen, sondern den Leiterwagen zu holen. Tausend Gedanken schossen Ernesto durch den Kopf, als sie den Körper auf den Karren legten und über den Hof stießen. Sein Mund war trocken und eine lähmende Angst überfiel ihn bei dem Gedanken, dass Alba hier verschnürt liegen könnte. Holpernd schoben sie das Gefährt zur Grube, wo sie den Sack geräuschvoll in das Loch zerrten, bis er hindurchglitt und schließlich mit einem dumpfen Schlag auf dem Grund aufprallte. Fieberhaft versuchte Ernesto ein Zeichen zu erhaschen, wen er mit Kalk und Erde zuschüttete, aber nichts ließ darauf schließen, ob sich ein Mann oder eine Frau in dem Sack befand. Auf dem Weg zurück zum Haus fragte er Carlos beiläufig, um wen es sich gehandelt habe, aber dieser reagierte nicht, weil er einen weiteren Blutspritzer auf seinen Hosen entdeckt hatte und sich fluchend darüber aufregte. Eine dunkle Vorahnung beschlich Ernesto, als ein Krähenschwarm kreischend über seinen Kopf flog.

12

Carlos wollte sich betrinken und gab Ernesto deutlich zu verstehen, dass er alleine sein wolle. Er hatte ihn nicht zu einer Wache eingeteilt, sondern sich nur missmutig mit einer Flasche Pisco in sein Zimmer zurückgezogen. Ernesto konnte kein Auge zumachen und durchwachte die Dunkelheit bis zum Morgen, ständig von der Frage gequält, ob Alba noch am Leben war. Gegen drei Uhr morgens überwand er seine Angst und machte sich auf, um in den Verliesen Nachschau zu halten, aber als ob Carlos das geahnt hätte, fand Ernesto die Türe zum Keller verschlossen. Ernesto zog in Erwägung, die Abdeckung von der Grube zu entfernen, hinabzusteigen und nachzuschauen, welche Leiche sich in dem Sack befand, aber er hätte nicht die Zeit gehabt, seine Kleider von der Erde und dem Kalk zu säubern. Er kehrte also in sein Zimmer zurück. Ruhelos legte er sich aufs Bett und starrte aus dem Fenster in den grauen Nachthimmel, bis der allmählich aufklarte. Als er sich an der Zisterne waschen wollte, hörte er Carlos und dessen Kollegen durch das offene Küchenfenster miteinander reden. Ernesto schlich sich auf die Hinterseite des Hauses, wo er nicht gesehen wurde, aber die beiden deutlich verstehen konnte. Er hörte heftiges Fluchen und erkannte die Stimme von Carlos' Begleiter, der bemerkte, dass Solano mit der verdammten Nutte immer noch nicht fertig sei und sie deshalb erst übermorgen in die Stadt zurückkehren könnten. Ernestos Herz klopfte wie ein Schmiedehammer gegen seine Rippen und er trat instinktiv einen Schritt zurück, weil er glaubte, dass man das Pochen hören müsse. Befreit von der Ungewissheit über Albas Tod holte ihn im gleichen Atemzug die Verzweiflung ein. Er wagte nicht, daran zu denken, was Alba noch bevorstand, und begann in Windeseile, irrwitzige Pläne zu schmieden. Dann allerdings fiel ihm auf, dass er sich bemerkbar machen musste, damit ihn die anderen nicht verdächtigten, sie belauscht zu haben. Er schlich zur Zisterne zurück und ließ absichtlich einen Eimer scheppernd zu Boden fallen. Carlos' Kollege erschien auf der Schwelle, und sein vierschrötiger Körper, auf dessen kräftigem Nacken ein wuchtiger Kopf thronte, füllte den Türbogen aus. Ein bösartiger Schimmer lag in seinen Augen. Misstrauisch musterte er Ernesto und jagte ihm einen Schauer über den Rücken, so dass sich Ernesto rasch wieder der Zisterne zuwandte und den Eimer erneut mit Wasser füllte. Fieberhaft überlegte er, unter welchem Vorwand er zu Alba gelangen könnte. Er rauchte noch mehr als sonst, und das Nikotin ließ seine vibrierenden Nerven weniger denn je zur Ruhe kommen. Eine Sekunde lang spielte er mit dem Gedanken, einem der Männer die Waffe zu entwenden, aber er wusste nur zu gut um die Aussichtslosigkeit dieses Vorhabens. Dann stellte er sich vor, dass er Solano und die beiden anderen in den Keller locken, sie in der Zelle einschließen, Alba befreien und das Haus in Brand setzen würde. Aber je länger er an seinen Plänen feilte, desto mehr stieß er gegen eine Wand wie ein Blinder. Hatte der andere, fuhr es ihm durch den Kopf, nicht gesagt, dass sie übermorgen wieder in die Stadt zurückkehren würden?

Solano kam gegen Mittag und hielt sich lange in der Zelle bei Alba auf. Danach wirkte er noch gereizter, und ein schauerlicher Ausdruck lag in seinen Augen. Selbst

Carlos und sein Kollege gingen ihm aus dem Weg. Ernesto hoffte inbrünstig, Alba wiederzusehen und anerbot sich, ihr das Essen zu bringen, aber Carlos gab ihm lediglich zur Antwort, dass die Frau keinen Hunger habe.

Der dritte Tag brach an. Graues Licht lag über der Hacienda. Schwärme von Krähen hatten sich auf den Feldern niedergelassen und das Windrad pumpte müde Wasser aus der Erde. Ernesto erwachte mit einem dump fen Druck in der Stirne und seine Lider lagen schwer auf den Augen. Er zündete sich eine Zigarette an, drückte sie aber nach den ersten Zügen wieder aus, weil der Rauch einen heiseren Husten auslöste. Als er aus der Ferne den Ford kommen hörte, stellte er sich seitlich ans Fenster, so dass er nicht gesehen werden konnte. Solano stieg mit dem Mann, der ihn begleitet hatte, aus dem Fahrzeug und ging zügigen Schrittes in das Haus. Die Türe fiel knallend zu. Ernesto lauschte angestrengt, hörte aber nur unverständliche Wortfetzen und dann das Öffnen des Kellerschlosses. Hastig schlüpfte er in seine Hose, knöpfte sich das Hemd zu und eilte nach unten. Es roch nach Kaffee und auf dem Tisch stand noch schmutziges Geschirr. Carlos betrat kurz nach ihm die Küche, forderte ihn auf, seine Sachen zu packen und den Wagen für die Abfahrt bereitzustellen. Ernestos Gedanken überschlugen sich, als unversehens Solano erschien und befahl, ihm zu folgen. Sie stiegen die Treppe zum Keller hinunter. Ernestos Magen verkrampfte sich. Er versuchte, klar zu denken, sah aber in seiner Vorstellung Alba schon in jener unnatürlichen Stellung, in der nur Tote liegen können, in einer Ecke. Als sie die Zelle betraten, bemerkte er als erstes, dass die Verbindungstür, die in den Raum mit dem großen Stuhl führte, offenstand.

Alba saß hohlwangig und bleich auf der Matratze. Unter ihren Augen hatten sich schwarze Ringen gebildet. Sie war nicht mehr angekettet und für Sekunden blitzte in ihm die Hoffnung auf, dass sie mit ihm den Raum verlassen könnte. Als Solano auf sie zuging, wich sie instinktiv zurück und zog den Rock über ihre Beine. Wo früher nackter Zorn und Trotz in ihren Augen gelegen hatte, war nur noch abgrundtiefe Erschöpfung und Resignation. Solano zog seinen Revolver und zeigte mit der Waffe auf Alba. Ernesto verstand zuerst nicht, was er meinte, aber als er realisierte, was er machen sollte, schüttelte er mit starrem Gesicht den Kopf. Solano lachte und meinte, er müsse noch viel lernen, aber vielleicht wolle er die Frau noch haben, woran er bis jetzt nicht gedacht habe. Sie sei, fuhr er fort, ein wenig störrisch, aber er werde dadurch erst recht seinen Spaß haben. Demonstrativ legte er die Waffe neben die Türe und gab ihm zu verstehen, dass er zehn Minuten Zeit habe. Mit einem metallischen Krachen fiel die Türe ins Schloss. Ernesto war mit Alba allein. Nachdem er sich gefasst hatte, stellte er sich so vor das Guckloch hin, dass man von außen nur seinen Rücken sehen konnte und die Sicht auf den Raum versperrt war. Er starrte Alba an, wollte etwas sagen, aber sie verschloss mit ihrem Blick seinen Mund.

Leise und schnell begann sie zu sprechen. Er werde der letzte Mensch sein, der sie lebend sehe und er müsse Zeugnis über das ablegen, was hier geschehe. Sie hielt einen Moment inne, bevor sie weiterfuhr und stockend vorbrachte, dass sie ihre Würde verloren habe. Tränen erstickten ihre Stimme und Ernesto wusste, dass sich Solano in seiner teuflischen Art an ihr schadlos gehalten hatte. Leise fuhr Alba fort, sie wisse nicht, woher ihr die Kraft zugefallen sei, zu schweigen, aber Solano habe nichts von ihr erfahren. Sie sei neunundzwanzig Jahre alt und habe noch eine Mutter, die nie etwas erfahren dürfe, da sie herzkrank sei. Ihr Bruder sei in den ersten Tagen des Putsches verhaftet worden und sie sei überzeugt, dass man ihn schon getötet habe. Ernesto müsse Padre Javier in der Klosterkirche San Marcos aufsuchen, ihm alles erzählen und ihm vor allem mitteilen, dass Pablo und Alejandro sich in höchster Gefahr befänden. Alba machte eine kraftlose Pause. Er müsse Padre Javier auch sagen, fuhr sie dann fort, dass sie bis zuletzt geschwiegen habe. Sie brach wieder ab, blickte ihn mit ihren klaren olivgrünen Augen an. Dann dankte sie ihm, dass er ihr in diesen Tagen Kraft gegeben habe, vor allem in den Momenten, in denen sie ihr Schweigen zu brechen drohte. Sie habe große Angst vor dem, was kommen werde, aber sie sei auch froh, dass alles nun bald ein Ende habe. In ihrem Blick lag etwas von der Hoffnungslosigkeit, mit der man ein Schicksal akzeptiert, das unabwendbar ist; dann schob sie ihren Kopf nach vorne, ihre Schultern zuckten. Tränen tropften auf die schmutzige Matratze. Ihre Verzweiflung unterdrückend fuhr sie fort, sie müsse nun noch dieses letzte Stück Weg gehen. Dabei blickte sie auf die Waffe. Ernesto presste ein Nein heraus, aber sie bat ihn, ihr den letzten Gang nicht noch schwerer zu machen, denn er wisse doch, dass sie sterben müsse. Würde er es nicht tun, dann sicher Solano oder einer der beiden anderen. Mit aller Vehemenz wollte Ernesto etwas erwidern, aber ihr Blick hieß ihn, zu schweigen. Seine Ohren waren wie taub und er hörte nur den eigenen, schweren Atem. Als er sich gefasst hatte, sagte er hastig, er werde sie befreien und Solano töten. Aber Alba bat ihn weinend, mit diesem sinnlosen Gerede aufzuhören und sie doch endlich zu erlösen. Ernesto wollte sie halten, aber sie hob ablehnend die Hände und stieß unter Tränen hervor, dass er ganz genau wisse, dass sie am Ende sei und er keine Wahl habe. Solano habe ihr fast alles genommen und mehr als einmal den Willen gebrochen. Sie wolle wenigstens selbst entscheiden, zu welcher Stunde sie gehen müsse.

Ernestos Gedanken rasten, alles in ihm sträubte sich. Plötzlich packte ihn eine Idee, keimte Hoffnung auf, denn wenn er geschickt vorginge, könnte es gelingen. Er trat zur Türe und hob die Taurus, einen Revolver mit fünf Patronen, auf. In Windeseile legte er sich einen Plan zurecht: Er könnte einen Schuss in die Matratze abgeben und somit Solano täuschen. Alba müsste sich totstellen und er, über sie gebeugt, auf das Kommen der anderen warten. Mit dem Rücken zu Solano würde er so lange wie möglich verharren und sich erst im letzten Augenblick umdrehen. Er war kein besonders guter Schütze, aber auf ein bis zwei Meter Distanz würde er niemanden verfehlen. Er könnte fast gleichzeitig auf Carlos, der Solano sicher begleitete, feuern. Im besten Fall blieben ihm noch zwei Patronen übrig, mit denen er den andern ausschalten konnte. Er schätzte seine Chancen kritisch ein, war aber überzeugt, dass dies der einzig gangbare Weg war. Sein Herz schlug heftig und er schickte sich an, Alba in seinen Plan einzuweihen.

Er klickte die Trommel des Revolvers an und drehte sie mit einem Finger. Mit einem Schlag, als hätte ihm jemand ein Messer in die Seite gestoßen, wurde ihm die ganze Ausweglosigkeit seines Plans bewusst, als er realisierte, dass sich lediglich eine Patrone in der Trommel befand. Solano hatte auch daran gedacht. Alles, was er tat, war gründlich vorbereitet und wie ein gewiefter Schachspieler führte er seine Figuren, plante seine Züge lange im Voraus und setzte so seinen Gegner matt.

Alba saß auf dem Boden. Ihr Körper zitterte, als hätte sie ein Schüttelfrost gepackt. Ernesto näherte sich ihr behutsam, kauerte sich neben Alba und wollte sie in die Arme nehmen, aber sie hatte eine Mauer um sich aufgebaut, um jeder Berührung die Qual zu nehmen. In ihren Augen drückte sich die Gewissheit des nahen Endes aus. Sie setzte sich mühsam auf, ihren verletzten Fuß ganz langsam bewegend, kniete umständlich auf die Matratze, zog den schmutzigen Rock nach unten und verharrte quälend lange Augenblicke. Dann beugte sie sich leicht nach vorne, stützte sich mit zu Fäusten geballten Händen auf der Matratze ab. Ihr Brustkorb hob und senkte sich schnell. Zuerst leise, dann immer lauter, begann sie, das Vaterunser zu beten. Mit geschlossenen Augen rief sie die letzten Silben so in den Raum, als würde Gott nur die lauten Menschen hören. Unfähig, etwas zu sagen, sah ihr Ernesto zu, in seinen Ohren hallten die letzten Worte des Gebetes wie ein Echo wider. Obwohl sie sich nicht ansahen, war die Nähe zwischen ihnen greifbar, ihre Seelen von einer zeitlosen Intimität erfüllt.

Alba war verstummt, ihr kniender Körper fiel in sich zusammen. Nur ihre Nasenflügel bebten. Die unausgesprochene Bitte Albas, es doch endlich zu tun, ihr diese alles erdrückende Last abzunehmen, dröhnte in seinem Innern. Mit jeder Faser seines Körpers spürte er ihre Verzweiflung und seine Ohnmacht. Alba öffnete die Augen und umfasste Ernestos Bein, als suche sie Halt. Eine Entschlossenheit ging von ihr aus, die Distanz und Nähe zugleich schaffte. Er spürte ihren festen Griff und schaute auf sie nieder, unfähig zu reagieren, als sie ihm den Revolver aus der Hand nahm. Sie drehte den Kopf leicht zur Seite, starrte gebannt auf etwas Unsichtbares, bevor sich ihr Blick in unendlicher Ferne verlor. Sekunden vergingen, die sich ins Endlose dehnten. Ohne Ernesto noch einmal anzusehen, aber immer noch sein Bein haltend, schloss sie die Augen und schoss sich in die Schläfe.

13

Seit einer Woche war Ernesto von der Hacienda zurück und versah seinen Dienst in der Garage. Er nahm die Umwelt wie durch einen Schleier wahr und erledigte einem Schlafwandler gleich mechanisch die Aufträge. Seine Appetitlosigkeit ging mit noch intensiverem Rauchen einher und er wurde immer stiller. Häufiger als zuvor litt Ernesto an fiebriger Schwäche und Mattheit. Oft verspürte er ein hämmerndes Pochen, verbunden mit einem Stechen in seinem Rücken, so dass der Atem zeitweise durch den Schmerz abgewürgt wurde und er sich abstützen musste. Pressender Husten wurde zu seinem stetigen Begleiter, und eines Morgens schrieb ihn der Regimentsarzt wegen einer vermeintlichen Grippe für eine Woche krank.

Ernesto wich seinen Kameraden aus, zog sich mehr und mehr zurück. Beim geringsten Geräusch zuckte er zusammen und blickte mit ruhelosen Augen umher. Eine Schwermut hatte ihn erfasst, die nur von kurzen Tagträumen unterbrochen wurde. Immer wieder tauchte vor seinem inneren Auge Albas Gesicht auf, und wiederholt glaubte er einen Herzschlag lang, ihre Hand auf seinem Bein zu spüren, die durch den Schuss roh zur Seite gerissen worden war.

Ein tiefes Misstrauen hatte sich in ihm festgesetzt. Er fürchtete, von Solano überwacht zu werden, denn nach Albas Tod war dessen Verhalten abweisend und kühl. Die Zeit verstrich quälend langsam, und Ernesto versuchte sie mit Arbeit totzuschlagen. Er wusste, dass er bei nächster Gelegenheit Padre Javier aufsuchen musste, aber er hatte erst am kommenden Wochenende Ausgang und telefonieren war viel zu gefährlich.

Eines Abends, als Ernesto beim Essen erneut nur im Teller herumgestochert und nichts zu sich genommen hatte, nahm ihn Alonso beiseite und machte ihm klar, dass es mit ihm so nicht weitergehen könne. Er sondere sich von allem ab und gleiche zusehends einem Gespenst, monierte Alonso. Ernesto wich instinktiv zurück, aber Alonso packte ihn, obwohl er einem Kopf kleiner war, kräftig schüttelnd am Kragen und zog ihn unter das Vordach der Garage. Er wollte Ernesto dazu bringen, ihm zu sagen, was ihn beschäftigte, aber dieser entzog sich mit abwehrender Geste. Alonso überlegte kurz und erklärte dann in einem für ihn unüblich scharfen Ton, dass er am Wochenende ebenfalls Urlaub habe und mit ihm in die Stadt fahren werde. Ernesto zuckte zusammen und erwiderte, dass das nicht möglich sei, er habe einiges zu erledigen. Alonso fischte sich eine Zigarette aus Ernestos Brusttasche, zündete sie sich an und blies ihm den Rauch ins Gesicht. Dann nahm er seine Mütze in die Hand, schlug sie ihm spielerisch auf die Brust und packte ihn am Hosengurt. Falls er ein Mädchen habe, könne er es ruhig sagen, aber er werde ihn trotzdem begleiten. Ernesto schüttelte den Kopf, machte sich los und hörte im Gehen, wie Alonso noch rief, dass er übermorgen um elf Uhr beim Schlagbaum auf ihn warten werde.

14

Gemeinsam fuhren sie am Samstag mit dem Bus in die Stadt. Ernesto trachtete nach einem Vorwand, Alonso loszuwerden. Zugleich hielt er nervös nach Solano und seinen beiden Begleitern Ausschau, obwohl er genau wusste, dass, wenn überhaupt, nicht sie, sondern Unbekannte ihn verfolgen würden. Könnte es sein, dass Alonso ihn aushorchen und beschatten musste? Er verwarf diesen Gedanken sofort wieder, weil er Alonso als ehrliche Haut einschätzte.

Auf dem Stadtplan hatte sich Ernesto zuvor die Klosterkirche San Marcos eingeprägt, zu der er möglichst bald gelangen wollte. Er schlug Alonso vor, auf den Markt zu gehen, um dort, wie er insgeheim hoffte, in der Menge unterzutauchen. Sein Freund klopfte ihm anerkennend auf die Schulter und meinte, dass der Markt immer für eine Portion Empanadas gut sei und dort auch die hübschesten Mädchen zu finden wären. Ernesto willigte ein, weil er sonst nur Alonsos Argwohn geweckt hätte. An der mit Palmen gesäumten Plaza de Armas verließen sie den Bus, und Ernesto führte Alonso, der aus einem Vorort der Stadt stammte und sich nicht auskannte, durch enge Straßen und verwinkelte Gässchen, mögliche Verfolger stets diskret im Blickfeld haltend. Eine Fülle von Farben und Geräuschen drang auf sie ein, als sie den Markt erreichten. Vorbei an Gemüse- und Obsthändlern mussten sie sich ihren Weg durch die mit Taschen und Körben beladene Menschenmenge bahnen. Bauern hielten lebende Hühner an den verschnürten Beinen in die Höhe, Schlachter hingen ganze Schweinehälften an die groben Fleischerhaken. Aufgeschichtete Haufen von Fettabschnitten, Innereien und gehäutete Lammschädel wurden zu geringem Preis feilgeboten. Hinter Säcken voller Bohnen, Linsen, Erbsen oder Mehl, hinter aufgetürmten Bergen von Artischocken und Zwiebeln warteten die Verkäufer auf ihre Kundschaft und priesen ihre Ware als die beste von allen an. In einem zum Grill umgebauten Ölfass brutzelten Sardinen und verbreiteten einen köstlichen Duft. Ein undefinierbares Gemisch von frischen Blumen, überreifen Früchten und fauligem Abwasser hing in der Luft, eingebettet in leuchtend bunte Farben und untermalt vom ständigen Rufen der Händler.

Ernesto und Alonso gelangten zu einer kleinen Bude, in der ein älteres Paar in einer großen gusseisernen Pfanne halbmondförmige Empanadas frittierte und eingewickelt in Zeitungspapier verkaufte. Schon von weitem roch es verlockend, und Ernesto vergaß einen Moment lang den Grund seines Besuches. Erstmals seit langem verspürte er wieder Hunger. Neben ihm kam Alonso ins Schwärmen und verlangte sofort eine Portion, gefüllt mit Hackfleisch und Zwiebeln, die er mit einer halben Zitrone beträufelte. Ernesto musste noch warten, während Alonso bereits genüsslich, mit verzückter Miene und geschlossenen Augen in die knusprigen Empanadas biss. Einträchtig, auf zwei wackeligen Plastikhockern sitzend, genossen sie ihr Mahl, ließen die Gerüche und Farben auf sich einwirken und rauchten anschließend ihre starken Zigaretten.

Plötzlich fragte Alonso, ohne seinen Freund dabei direkt anzublicken, wer ihn verfolge. Ernesto fuhr zusammen, gewann aber schnell wieder die Kontrolle über sich und fragte, wie er auf eine solch absurde Idee komme. Alonso lachte und zeigte auf zwei hübsche junge Frauen, die vorübergingen. Ob er denn glaube, dass er blind sei? Er habe schon lange bemerkt, dass er etwas zu verbergen habe. Sein Spaziergang durch die Straßen sei eine Farce, ständig halte er nach jemandem Ausschau. Er wolle nun endlich wissen, was mit ihm los sei. Alonso packte Ernesto an den Schultern und rüttelte ihn, als wolle er ihn wecken. Ohne eine Antwort zu geben, stand Ernesto auf, kehrte Alonso den Rücken zu und entfernte sich zügigen Schrittes, ihm nur noch zurufend, dass er ihm am meisten helfen könne, wenn er nichts frage. Nach einer Schrecksekunde versuchte Alonso, ihm nachzueilen; vergeblich, der Markt hatte Ernesto bereits verschluckt.

Auf Umwegen, einmal sogar den Bus in die Gegenrichtung benutzend, mühte sich Ernesto eine Stunde lang ab, unentdeckt nach San Marcos zu gelangen. Er hielt vor Schaufenstern an, um in den sich spiegelnden Vitrinen mögliche Verfolger auszumachen, aber er konnte nur sein eigenes Gesicht erkennen. Nervös rauchte er eine Zigarette, steckte sich mit dem Stummel die nächste an, betrat schließlich eine Bar und setzte sich ans Fenster. Desinteressiert blätterte er in einer Sportzeitung, trank eine Tasse Kaffee und nahm dabei jeden Passanten ins Visier. Einige Male sah er den gleichen Mann vor dem Lokal vorbeigehen, und er atmete erst erleichtert auf, als eine Frau ihn umarmend begrüßte und sich das Paar entfernte. Ernesto verließ die Bar und blickte um sich, bis er von weitem die beiden niedrigen Kirchtürme von San Marcos ausmachte. Er beschleunigte seinen Gang, musste sich beherrschen, nicht zu rennen. Es schien ihm, als würden ihn alle beobachten und um seinen Besuch bei Padre Javier wissen. Seine Schritte hallten in den Straßen und er fürchtete, sich dadurch zu verraten. Endlich erreichte er die Kirche und trat durch das Seitenportal, den Lärm der Straße hinter sich lassend, in eine von Weihrauch geschwängerte Welt.

15

Ernesto netzte zwei Finger in einem marmornen Weihwasserbecken, beugte bei der hintersten Bankreihe kurz das Knie und bekreuzigte sich. Einige alte, schwarz gekleidete Kirchgängerinnen saßen im Gebet versunken in den Bänken, andere unterhielten sich flüsternd beim Eingangsportal, ihre Einkaufstaschen vor sich hingestellt, denn der Kirchenbesuch gehörte zu ihrem täglichen Ritual. Seine Augen gewöhnten sich schnell an das schummrige Licht. Nur das Hallen der Schritte und das Gemurmel der Gläubigen drangen an sein Ohr. Ernesto senkte wie zum Gebet den Kopf und fragte sich, wann er das letzte Mal in einer richtigen Kirche gewesen war. Wie alle anderen Soldaten musste er am Sonntag den Feldgottesdienst des Militärkaplans besuchen, der in der Turnhalle der Kaserne zelebriert wurde und einer langweiligen Pantomime glich. Die Rekruten saßen auf den hinteren Plätzen – die vorderen waren den Offizieren vorbehalten –, und außer dem Läuten der Messglocke waren nur die in der Distanz unverständlichen, monotonen Worte des Kaplans zu vernehmen, der ihnen den Rücken zukehrte. Obwohl Ernesto katholisch erzogen worden war, stand er der Religion gleichgültig gegenüber. Nun aber stiegen unweigerlich Kindheitserinnerungen an seinen Beichtvater auf, der von ihm immer genau wissen wollte, durch welche sündigen Handlungen er sich Schuld aufgeladen habe, wobei er seine Hand auf Ernestos Schenkel legte.

Jäh durchfuhr ihn ein Ruck und er wurde sich wieder bewusst, warum er hier saß. Er musste sich beherrschen, um sich nicht suchend nach dem unbekannten Priester umzusehen. Eine gebeugte Frau verließ den Beichtstuhl, aber sie war, ihren Rosenkranz festhaltend, so in sich versunken, dass er es nicht wagte, sie anzusprechen. Wen konnte er fragen? Es war ja bekannt, dass im ganzen Land Nachbarn, Arbeitskollegen, selbst Kirchenleute und langjährige Freunde einen bei der politischen Polizei denunzieren konnten. Würde der Küster Verdacht schöpfen? Überwachte die politische Polizei Padre Javier bereits? Das Gefühl, beobachtet zu werden, weckte ihn aus seinen Gedanken. Sein erster Impuls war, aufzustehen und davonzulaufen, aber er zwang seinen Blick wieder auf die zum Gebet gefalteten Hände. Vor seinem inneren Auge sah er Carlos und seinen Komplizen auf sich zukommen, die ihn am Arm nach draußen zerrten, wo Solano mit einem tadelnden Blick wartete. Ernesto atmete tief durch und schalt sich einen Narren, denn bei denen vielen Haken, die er geschlagen hatte, konnte ihn niemand verfolgt haben. Er erhob sich schwerfällig von der harten Bank und wollte zum Ausgang gehen, als ihm ein Priester, er mochte über siebzig Jahre alt sein, in einer braunen Kutte entgegenkam und einen guten Tag wünschte. Ernesto erwiderte den Gruß, zögerte unmerklich und wollte gerade weitergehen, als der Priester sich erkundigte, ob ihm die Kirche gefalle. Er habe ihn noch nie gesehen und es sei selten, dass junge Leute hier vorbeikämen. Mit leiser Stimme erwiderte Ernesto, dass er Ruhe gesucht und für seine Familie gebetet habe. Der Priester blickte ihn anerkennend an und meinte, dass das Gebet wohl die stärkste Kraft auf Erden sei und schon manches Herz erleichtert habe. Er sei überzeugt, dass eine ernsthafte Auseinandersetzung im Gebet, die inständige Fürbitte einen Menschen verändern könnten, sofern die Worte nicht einfach gedankenlos oder vorgegeben gesprochen würden. Ernesto horchte auf und nahm seinen ganzen Mut zusammen, um zu fragen, ob er hier Padre Javier finde, als eine Frau auf sie zukam und den Priester bat, beichten zu können. Dieser nickte ihr zu und bat sie, einige Minuten zu warten. Die Frau entfernte sich in Richtung Beichtstuhl, und Ernesto wandte sich zum Gehen, als ihn der Priester mit einer Selbstverständlichkeit, die keinen Argwohn aufkommen ließ, fragte, ob er jemanden suche. Ernesto räusperte sich und erklärte befangen, dass er Padre Javier suche. Freundlich blickte ihn der Mann an und schwieg einige Sekunden, so dass sich Ernesto bemüßigt fühlte, die Leere zu füllen. Schnell erklärte er, dass er Padre Javier kenne und bei ihm beichten möchte. Die Augen des Priesters nahmen einen unbestimmten Ausdruck an und er erkundigte sich, wieso er gerade bei Padre Javier beichten wolle. Ernesto fühlte sich in die Enge getrieben, verfluchte seine Unvorsichtigkeit und sagte bei schon halb geöffneter Kirchentüre, dass er nun gehen müsse, denn sein Urlaub ende bald, aber der Padre blieb hartnäckig und wiederholte seine Frage. Ernesto stammelte, dass er Padre Javier schon seit Kindheit kenne und er einzig zu ihm Vertrauen habe. Aber der Priester gab sich mit seiner Antwort nicht zufrieden und erkundigte sich nach seinem Namen, damit er dem Padre eine Nachricht hinterlassen könne. Ernestos Angespanntheit war mit Händen greifbar, und nur das Vorbeigehen des Küsters ersparte ihm eine Antwort. Der Priester winkte ihn zu sich und erklärte, dass dieser junge Mann beichten möchte. Er müsse sich jedoch noch kurz gedulden, weil er noch etwas zu erledigen habe. Zwischenzeitlich solle der Küster ihm die Kirche zeigen und ihn in einer Viertelstunde zum Seiteneingang begleiten. Mit zügigen Schritten entfernte er sich und ließ den überrumpelten Ernesto in der Obhut des Küsters zurück.

Es pochte in Ernestos Ohren. Verlegen begrüßte er den Mann, der ihn durch seine dicken Brillengläser argwöhnisch musterte. Er hatte etwas Unterwürfiges an sich, was sich in einer leicht gebeugten Haltung des Oberkörpers äußerte. Mehrmals wollte sich Ernesto umdrehen, weil er meinte, der Küster spreche mit jemand anderem, bis er merkte, dass der Mann beim Reden einfach an ihm vorbeischaute. Ernesto musste sich anstrengen, ihn zu verstehen, denn der Küster öffnete beim Sprechen seine dünnen Lippen kaum, so dass er nur schwer zu hören war. Schütteres Haar bedeckte seinen Kopf, und sein glattrasiertes Kinn wies einige kleine, weitgehend verheilte Rasierschnittwunden auf, besonders rund um den spitzen Adamsapfel. Die speckigen Hosen glänzten an einigen Stellen vor Abnutzung und waren schon mehrmals geflickt worden. Auffällig lange Hände lugten aus den grauen Hemdsärmeln hervor, und die bleichen Finger des Küsters schienen kalt zu sein. Ernesto folgte dem Mann, der ihn auf verschiedene Wandmalereien mit Heiligen hinwies, deren Häupter von golden leuchtenden Aureolen umgeben waren. Ernestos Schritte hallten derart, dass er fürchtete, alle Aufmerksamkeit auf sich zu ziehen; er trat deshalb unweigerlich leiser auf. Er spürte zudem, dass ihn der Küster mit schlecht verhohlener Neugier von der Seite musterte, was ihn zusehends irritierte. Sie durchquerten das Mittelschiff und begaben sich auf die rechte Seite, wo unter gotischen Bögen die zwölf Stationen von Christis Leiden abgebildet waren. Vor einer dunklen Nische blieben sie eine kurze Weile stehen, weil der Küster abgebrannte Kerzen von einem Ständer einsammelte. Dabei fiel Ernestos Blick auf einen in Stein gehauenen Gekreuzigten, der in Todesqualen weit nach vorne geneigt war. Die in so hilflosen Formen ausgedrückten Gefühle der Figur bewirkten in ihm, dass er sich noch elender fühlte. Nervös spähte Ernesto nach hinten und fürchtete, dass der Padre jeden Moment mit der Polizei kommen und auf ihn zeigen werde. Aber nur der Küster winkte ihm zu und erhob seine unangenehm knarzende Stimme, als er auf eine Holzstatue der Heiligen Maria mit dem Jesuskind wies. Ernesto versuchte, ihm aufmerksam zuzuhören, aber in Gedanken suchte er hektisch nach einer Möglichkeit, die Kirche so schnell wie möglich zu verlassen. Während er sich noch über sein dilettantisches Vorgehen ärgerte und mit einem Ohr den Ausführungen des Küsters lauschte, kam ihnen der Priester entgegen und forderte Ernesto auf, mitzukommen. Vorbei am Altar gelangten sie über eine Treppe hinunter in die Krypta und bogen in einen Seitengang ab, der zu Ernestos Überraschung in eine Muttergottes-Kapelle mündete. Kühle Feuchtigkeit haftete an den asymmetrischen Steinquadern, welche die mit Fresken bemalte Decke stützten. Ein kleines, aus farbigen Glasplatten zusammengefügtes Oberlicht erhellte den Raum schwach und warf je nach Sonnenstand rot-blaue oder gelbliche Farben an die Wände. Auf der rechten Seite des Raumes leuchtete blass ein rotes Ewiglicht.

Der Priester wies ihn mit einer Geste an, auf einer hölzernen Bank Platz zu nehmen, und stellte sich selbst mit dem Rücken gegen die verschlossene Türe. Wie ein Jäger nahm er Ernesto ins Visier, bereit, die Falle im nächsten Moment zuschnappen zu lassen. Gespannte Ruhe lag zwischen ihnen, bis der Priester mit ausdrucksloser Stimme fragte, was er hier suche. Ernesto setzte nicht sofort zu einer Antwort an, so dass ihm der Padre eine Spur ärgerlicher wiederholte, dass er wissen wolle, weshalb er hier sei. Er habe keine Zeit, sich mit Lügnern herumzuschlagen, die seiner Gemeinde und ihm nur schaden würden. Ultimativ forderte er Ernesto auf, zu sagen, aus welchem Grund er Padre Javier sprechen wolle. Danach solle er verschwinden und sich nie mehr blicken lassen. Ernesto saß wie auf glühenden Kohlen und wusste nicht, was antworten, als ihm der Padre mit zusammengezogenen Brauen zu verstehen gab, dass er sich beim besten Willen nicht an ihn und seine Beichten erinnern könne. Barsch forderte er ihn auf, zu gehen.

Mit einem Male wurde Ernesto bewusst, dass es Padre Javier war, der zu ihm sprach, und er realisierte, wie stümperhaft er sich angestellt hatte. Der Priester öffnete die Türe und forderte ihn auf, die Kapelle zu verlassen, aber Ernesto blieb sitzen und sagte mit leiser Stimme, dass Alba tot sei. Ein kurzes, kaum wahrnehmbares Zucken der Augen huschte über des Priesters Gesicht. Argwöhnisch fixierte er Ernesto, schloss die Türe langsam wieder und lehnte sich dagegen. Stockend und unbeholfen begann Ernesto zu erzählen, verhaspelte sich immer wieder und fand nicht den richtigen Anfang. Dann sprudelten die Namen Pablo und Alejandro aus ihm heraus, und er sagte, dass sie sich in größter Gefahr befänden und das Land umgehend verlassen müssten. Padre Javier musterte ihn zunächst ausdruckslos und fragte ihn dann, warum er ihm das erzähle. Er kenne weder eine Alba noch die beiden anderen. Ernesto kamen plötzlich Zweifel, ob er es wirklich mit Padre Javier zu tun hatte oder ob er in eine Falle getappt war. Er nahm allen Mut zusammen und bat darum, beichten zu dürfen, denn kein Priester dürfe ein solches Ansinnen abschlagen. Sein Herz schlug wild und er wartete ängstlich auf die Reaktion des Padre, der ihn stumm beobachtete, die Hände faltete und abwartete. Schließlich meinte er zu Ernesto, dass er ihn höre und er in Demut und Reue seine Sünden bekennen solle. Erleichtert atmete Ernesto auf, denn er wusste, dass dies die einzige Möglichkeit war, das Vertrauen des Priesters zu gewinnen. Entweder schaufelte er sich sein eigenes Grab und lieferte sich einem Spitzel Solanos aus oder er konnte Albas letzte Bitte erfüllen und die beiden Männer vielleicht noch retten. Er berichtete von seinen Einsätzen und der Begegnung mit Alba. Je länger er redete, desto mehr reiste er in der Zeit zurück. Er wurde zu seinem eigenen Chronisten und hörte sich sagen, dass er einen Mann erschossen und Solano bei der Beseitigung von Leichen geholfen hatte. Aufgewühlt und weil sein Hals wie zugeschnürt war, musste er seinen Bericht mehrmals unterbrechen. Er versuchte, sich aller Details zu erinnern, Albas Worte genauso wie die damalige Situation und sein eigenes Handeln getreulich zu schildern, bis zu dem Punkt, als Alba ihm die Waffe aus der Hand genommen hatte.

Padre Javier rührte sich nicht, und nur der angespannte, nach vorn gebeugte Körper ließ seine Erschütterung erahnen. Ernesto wusste nicht, wie lange er geredet hatte, und die Minuten dehnten sich zur Ewigkeit. Tränen der Scham und der Wut rannen ihm über das Gesicht, als er über Solano sprach. Erst nach einer Weile realisierte er, dass ihm der Padre seine volle Aufmerksamkeit geschenkt hatte. Mit dem Rücken zu Ernesto gewandt, das Altartuch sorgsam zurechtziehend, fragte ihn Padre Javier, wieso er das Risiko auf sich genommen habe, hierherzukommen. Er wisse doch genau, dass er mit dem Schlimmsten rechnen müsse, falls Solano – Ernesto zuckte beim Namen zusammen – davon erfahre. Schweigend blickte Ernesto in den Raum und die Frage des Priesters lastete in der Abgeschlossenheit der Kapelle schwer auf seinem Herzen. Er versuchte zu sprechen, brachte aber nur ein trockenes Räuspern hervor. Langsam hob er seinen Kopf, so dass er Padre Javier von Angesicht zu Angesicht gegenüberstand und fragte, ob er für Alba eine Kerze anzünden dürfe. Mit einer zustimmenden Geste wies Padre Javier auf zwei in den Stein geschlagene Nischen; in der einen lagerten die Kerzen und in der anderen war ein kleiner Halter befestigt. Ernesto suchte eine Kerze aus und zündete behutsam den Docht an. Unruhig begann die Flamme zu brennen. Mit beiden Händen drückte er das Wachs so, dass das kleine Licht mit seiner warmen Farbe die dunkle Nische erhellte.

Plötzlich klopfte es leise und der Küster öffnete zögernd die Türe. Der Padre drehte sich um und gab dem Mann mit einer Geste zu verstehen, dass alles in Ordnung sei und er wieder gehen könne. Er bemerkte Ernestos Argwohn und sagte, dass der Küster ein komischer Kauz sei, man seine Dienste aber schätze.

Daraufhin schwieg Padre Javier wieder, stützte sich nach vorne gebeugt mit den Ellenbogen auf den Knien ab und verharrte in dieser Stellung, als ob er das Gehörte einordnen müsste. Kraftlos hob er schließlich die rechte Hand und Ernesto vernahm, wie er leise die lateinischen Worte «Misereatur tui omnipotens Deus, et dimissis peccatis tuis, perducat te ad vitam aeternam» sprach, um die Beichte mit einer Bekreuzigung vor Ernestos Kopf zu beenden. Beide schwiegen, und außer dem Flackern der Kerzen bewegte sich nichts. Padre Javier schloss die Augen, die zugleich Güte und die ganze Beschwerlichkeit eines langen Lebens ausdrückten, und erklärte Ernseto, dass er ihn von seinen Sünden losgesprochen habe. Aber nur einen Atemzug lang verschaffte die Absolution Ernesto Erleichterung; dann machte sich ein schales Gefühl in ihm breit, weil er erkannte, dass der Druck nicht gewichen war. Entmutigt und immer noch in großer Gewissensnot wandte er sich dem Padre zu. Mit welchem Recht, stieß er hervor, könnten ihm die Sünden im Namen eines Gottes vergeben werden, der es zugleich zulasse, dass man zum Verbrecher werde? Padre Javier lehnte sich zurück und erwiderte, dass es aufgrund der Erbsünde keinem gelänge, längere Phasen ohne Sünde zu leben. Er habe bislang noch niemanden getroffen, der frei davon sei, weil der Sündenfall sich unaufhörlich wiederhole. Und letztlich sei es müßig, darüber nachzudenken, was man unter Sünde verstehe, denn nur durch sie könne man herauszufinden, wie weit man gehen dürfe. Sündigen bedeute etwas zutiefst Menschliches und etwas Hilfreiches, weil es einem den Unterschied zwischen Gut und Böse aufzeige. Die Sünde werde jedoch dann zum Verbrechen, wenn sie im vollen Bewusstsein um ein Unrecht begangen werde oder wenn sie dazu diene, die eigene Gier auf Kosten eines anderen zu befriedigen. Die Gier habe wiederum, wie so vieles andere auch, mehrere Seiten; werde sie als egoistische Lust gelebt, so folge ihr ein Nachgeschmack der Leere. Werde die Gier jedoch als solche erkannt, könne sie hilfreich sein und aus ihr Verständnis und Güte entstehen. Wären wir frei von Gier, fuhr Padre Javier fort, so würden wir auch nichts entdecken. Die Natur habe es so eingerichtet, dass jeder Mensch sich weiterentwickeln müsse, und dies bedeute auch, gierig zu sein und Fehler zu begehen. Und somit schließe sich der Kreis wieder.

Ernesto war verwirrt, denn seine traditionellen Vorstellungen von Sünde und Vergebung stimmten nicht mit dem überein, was der Priester erzählte. Er verstand auch nicht, wieso er in einem Atemzug von Sünde und Gier sprach und was dies mit ihm zu tun hatte. Dumpfer Groll stieg in ihm hoch, weil er spürte, dass Padre Javier ihn mit Worten zwar freisprach, zugleich aber an seine eigene moralische Verantwortung appellierte. Wieder saßen sie sich schweigend gegenüber, eingebettet in die stille Atmosphäre der Kapelle. Bis sich der Padre erhob und zu einer wenige Schritte entfernten kleinen Jungfrau-Maria-Statue ging. Mühsam kniete er vor dem kleinen Gitter nieder, hinter dem sich die kunstvoll geschnitzte Figur befand, die eine besondere Anmut und Gelassenheit ausstrahlte. Müde legte Padre Javier seine Stirn auf den Gitterrand und hielt sich mit beiden Händen daran fest. Dann hob er seinen Blick und schaute die bekrönte Marienfigur an, die ein bis zu den Fußspitzen reichendes Gewand sowie einen von den Schultern herabfallenden Umhang trug. In ihrer linken Hand hielt sie eine Blume, mit der Rechten stützte sie das auf ihren Knien sitzende, in einem Buch lesende Kind. Padre Javier zeigte auf die Figur und meinte, dass diese großartige Statue, die so viel Ruhe und Demut ausstrahle, von Menschenhand geschaffen worden sei. Wie lange, und dabei wandte er sich Ernesto zu, glaube er, dass der Künstler daran gearbeitet habe? Ernesto wunderte sich über die Frage, weil er sie nicht in Zusammenhang mit der vorangegangenen Beichte bringen konnte. Die Figur sei mehr als dreihundert Jahre alt und der Künstler habe zuvor unzählige solcher Statuen geschnitzt und bemalt, erklärte der Padre. Diese hier, und Padre Javier schaute sie liebevoll an, sei in mehr als zwei Jahren Arbeit entstanden und die Frucht Dutzender von Entwürfen, die entweder missraten waren oder nicht der präzisen Vorstellung des Künstlers entsprochen hatten. Sein ganzes Können, seine Liebe für Details, gepaart mit seiner genialen Intuition, hätten ihn eine Gestalt schaffen lassen, die vollendet sei. Genauso sei es im Leben. Bevor man mit etwas zufrieden sein könne, müsse man Lehrgeld bezahlen, sei dies nun mit Arbeit oder auch als bittere Rückschau auf einen Lebensabschnitt, in dem man falsch gehandelt habe. Erfahrenes Leid führe häufig dazu, dass wir Mitgefühl für das Leiden anderer entwickeln und ihnen in großer Not beistehen könnten. Auch das sei eine Form der Vollendung, denn alles, was mit Sorgfalt und Achtsamkeit getan werde, sei hilfreich und gut.

Ernesto musste ein Husten unterdrücken und fragte den Padre, ob er ihn verachte, weil er getötet habe. Der Priester schaute ihn ernst an und erwiderte, dass es äußere Umstände geben könne, unter denen man zwangsläufig schuldig werden müsse. Als er Ernestos stummen Einwand und den Zweifel bemerkte, der sich in seinem Blick abzeichnete, öffnete er die Hände zu einer Geste der Nachsicht und meinte, dass man sich oft ein vorschnelles Urteil bilde. Die Unterscheidung zwischen Gut und Böse könne nicht immer eindeutig getroffen werden. Würde man diesen Gedanken noch weiterspinnen, käme man vielleicht zu dem Schluss, dass wir für die Folgen unseres Tuns nicht verantwortlich seien. Dem sei aber nur bedingt so, weil das Leben einen ständig vor neue Entscheidungen stelle, die so oder anders gelöst werden könnten. Wir hätten nämlich immer wieder aufs Neue die Möglichkeit, uns für das Gute, das Böse oder das Nichtstun zu entscheiden. Da die Reaktion auf unsere Handlungen, seien sie auch noch so klein, nicht immer unmittelbar eintreffe, wähnten wir uns in der irrigen Sicherheit, dass nichts geschehe. Gewisse Menschen müssten in schwierigsten Situationen ausharren, fuhr der Padre fort, nur um anderen, die sich in einer noch schlimmeren, ja aussichtslosen Lage befänden, beizustehen. Entrüstet fragte Ernesto, wer sich das Recht anmaßen dürfe, solches zu verlangen. Es könne wohl nicht Gott sein, der nach Gutdünken einmal Glück und einmal Leid verteile. Padre Javier schaute ihn durchdringend an und erwiderte ruhig, dass er nicht sicher wisse, ob es wirklich einen Gott gebe. Möglicherweise sei das Leben nur auf eine Laune der Natur zurückzuführen und jedes Lebewesen ein Spielball der Urgewalten. Falls es aber einen Gott gäbe, dann sei dieser Gott nicht vollkommen.

Sekunden lang war eine Leere in der Kapelle zu spüren, die sich bis in die hinterste Ecke ausbreitete. Ungläubig starrte Ernesto Padre Javier an. Erst allmählich begriff er die Ungeheuerlichkeit dieser Aussage, aber Padre Javier fuhr mit einer Selbstverständlichkeit fort, die keinen Zweifel an seinen Worten aufkommen ließ. Dieser ominöse Gott entspringe unserem Wunschbild und diene als Projektionsfläche für unsere Hoffnungen und Ängste. Das Wissen um die Vergänglichkeit aller Dinge und der Gedanke an den eigenen Tod seien derart belastend, dass nur die Hoffnung auf ein Paradies das Leben erträglich mache. Deshalb seien schon vor Urzeiten Götter mit übernatürlichen Kräften geschaffen worden, um einer feindlichen Natur etwas anderes als Ohnmacht entgegenzusetzen. Nicht genug damit habe auch der Teufel erfunden werden müssen, weil nur dank ihm der Unterschied zwischen Gut und Böse sichtbar gemacht werden konnte. So sei eine Religion entstanden, die vorlebe, dass man ohne sie nicht leben könne. Die Menschen seien es gewohnt, die Verantwortung für ihr Tun und Lassen anderen zu übertragen und die Konsequenzen zu ignorieren. Nur zu gern ließen sie sich deshalb von Priestern die Zeichen Gottes und das Wirken des Satans deuten und begäben sich damit freiwillig in die Abhängigkeit der Kirche. Dieser allmächtige Gott dulde keinen Widerspruch und seinem beherrschenden Willen müssten sich alle unterwerfen, denn nur wer ihm gehorche, sei sich eines fernen Tages des Paradieses und der Unsterblichkeit sicher. Gottes Allmacht sei für die Kirche wie ein maßgeschneidertes Kleid, in welchem Macht und Intoleranz Platz hätten.Manchmal denke er, fuhr Padre Javier fort und ging in der Kapelle hin und her, dieser Gott sei zu einer Art Versicherung geworden, auf die man im Notfall oder beim Nahen des Todes zurückgreifen könne. Zu Lebzeiten sei die Prämie ein bedingungsloser Glaube und das Anerkennen einer übernatürlichen Macht; nach Ablauf der Versicherungsdauer stehe dann denjenigen der Weg ins Paradies offen, die der Kirche gegenüber gehorsam waren.

Erschöpft hatte sich der Padre gesetzt und seine Hände gefaltet. Er schien eher zu sich selbst als zu Ernesto zu sprechen. Mit einem fast ironischen Lächeln fuhr er fort, dass es viel wahrscheinlicher sei, dass alles, was ein Mensch erlebe, der Schöpfung seiner eigenen Sinne entspringe und nichts mit Gott zu tun habe. Es stelle sich sogar die Frage, ob wir nicht alle einer Illusion erlägen und ob das, was wir als real ansähen, überhaupt existiere. Und dann fragte er Ernesto mit einem seltsamen Ausdruck in den Augen, was denn Gott wohl vor der Erschaffung des Universums getan habe. Seine Stirne legte sich in Falten, als hätte er etwas gefragt, das ihn selber verwirrte, und er bemerkte, dass diese Gedankenspiele wohl zu weit führten. Er versuchte, Ernesto zu trösten, denn ihm war dessen Verwirrung nicht entgangen, und er fügte leise an, dass Gott wohl am ehesten mit der Liebe gleichzusetzen sei, die ebenso unsichtbar wie mächtig sei.

Padre Javiers blasphemisch anmutende Gedanken hatten Ernesto aufgewühlt. Er wunderte sich, wie ein Vertreter der Kirche solche Äußerungen von sich geben konnte. Sukzessive verdichteten sich Ernestos Überlegungen zu der Vorstellung, dass der Padre aufgrund seines hohen Alters nicht mehr klar bei Sinnen wäre. Zugleich hatten sich seine Worte wie Stacheln in Ernestos Inneren festgesetzt. Wie war es möglich, fragte er sich, dass Alba sich diesem gottlosen Priester anvertraut hatte? War sie Mitglied einer kommunistischen Zelle und Padre Javier ihr Komplize? Zweifel machten sich breit. Sein Weltbild glich zunehmend einem schwankenden Floß, das sich rasend schnell einem Strudel näherte, so dass es unmöglich war, das Gleichgewicht zu halten. Es gebe möglicherweise keinen Gott, hatte Padre Javier gesagt, der für seine Schäfchen sorge, wenn sie ihm gehorchten, und sie bestrafe, wenn sie böse seien. Hingegen wohne allem etwas Göttliches – und zugleich auch etwas Teuflisches – inne, und wir alle hätten die Möglichkeit, Gutes oder Schlechtes zu tun. Die Grenze zwischen Hell und Dunkel sei fließend, selten eindeutig, denn das eine bedinge das andere. Gäbe es nichts Schlechtes, wüsste man nicht, was gut wäre.

Mit seinen gütigen Augen blickte der Priester Ernesto an. Ein feines Lächeln erschien auf seinem Gesicht, und sein ganzes Wesen strahlte Weisheit und Abgeklärtheit aus, als er sagte, dass in letzter Konsequenz jeder im Leben so handle, wie er sich zur Frage des eigenen Sterbens stelle. Wichtig dünke ihn, dass ein Mensch nicht blindlings nach den Grundsätzen einer Religion lebe, sondern vielmehr achtsam sei und niemandem absichtlich Schlimmes zufüge. Die Liebe sei wahrscheinlich das von uns gesuchte Göttliche, denn nur sie alleine könne zu den Herzen vordringen. Liebe, fuhr er fort, könne schon aufgrund der vielen Begegnungen, die uns zuteil würden, nicht auf eine einzige Person beschränkt sein. Ebenso müsse sich niemand einer allein seligmachenden Moral unterwerfen, die letztlich nur eine allgemeine Hausordnung sei, die das Zusammenleben regle. Zu oft vergesse das Individuum, dass es mehr als zwei Wahrheiten gebe, und es sei ihm auch noch niemand begegnet, der das Absolute erfasst habe. Nachdem er so seinen Worten ein letztes Mal Raum gegeben hatte und beide in der Stille verharrt hatten, erhob sich Padre Javier und begleitete Ernesto durch die unterirdischen Gewölbe zu einem Hinterausgang. Beim Abschied legte er ihm die Hand auf die Schulter und sagte, dass er nun ja wisse, wo er ihn finden könne.

Aufgewühlt stand Ernesto vor der Kirche. Eine trockene Hitze schlug ihm entgegen, und es brauchte eine Weile, bis sich seine Augen wieder an das gleißende Sonnenlicht gewöhnt hatten. Zweifel, ob es richtig gewesen sei, diesen sonderbaren Priester aufzusuchen, plagten ihn. Statt ihm Beistand zu gewähren, hatte ihn dieser Alte mit befremdlichen Gedanken konfrontiert, ja sich an der Kirche versündigt. Selbst nichtpraktizierenden Katholiken wäre es nie in den Sinn gekommen, Gottes Existenz und die Rolle der Kirche in Frage zu stellen, und Ernesto nahm sich vor, den Padre das nächste Mal zu fragen, weshalb er überhaupt Priester geworden sei. Zugleich konnte er diese abstrusen Ideen nicht mit der offensichtlichen Güte von Padre Javier in Einklang bringen. Ernesto war bewegt von etwas, das er nicht verstand. Als ihn ein kleiner Junge um Geld anbettelte, schaute er ihn verständnislos an und machte sich auf den Weg zum Markt, wo er Alonso zu treffen hoffte.

16

Alonso hatte Ernesto schon von weitem erspäht und kam ihm mit einem amüsierten Grinsen entgegen. Er stieß ihn an und meinte, ob seine Neue so attraktiv sei, dass er nicht von ihr lassen könne. Ernesto schüttelte nur den Kopf und sagte, er solle nicht so viel fragen. Alonso kniff die Augen zusammen und schürzte die Lippen. Er holte Luft, als ob er ins Wasser springen wollte, plusterte sich auf und deutete mit seinen angewinkelten Armen hektische Flugbewegungen an, bevor er ein kräftiges Kikeriki von sich gab. Verschämt imitierte er mit seinem Fuß eine Kratzbewegung und ließ mit schmachtendem Blick die Zungenspitze über die Lippen gleiten. Dann hielt er sich eine Handfläche als Spiegel vor das Gesicht und zog sich mit einem imaginären Lippenstift schwungvoll die Lippen nach. Mit einem Taschentuch tupfte er sich sorgfältig die Stirne ab und strich sich mit dem Zeigefinger über die Augenbrauen, wobei er diese gekünstelt zupfte. Ruckartig, mit einer theatralischen Geste fuhr er sich durch die Haare, um eine eingebildete Locke aus der Stirn zu streichen. Dann tänzelte er auf den Zehenspitzen um die eigene Achse, hielt seine geöffneten Hände auf Höhe der Brust und machte langsame, schwer wippende Bewegungen, um den Umfang der Oberweite anzuzeigen. Nicht genug damit, warf er sich ins Hohlkreuz, um mit dem Hintern wackeln zu können. Er schlug sich vor die Stirn, als ob er etwas vergessen habe und seine zum Kuss gespitzten Lippen ließen einen hohen Singsang ertönen, während er mehrmals den Namen Ernesto hauchte. Dann blieb er stehen, schaute sich um, ob ihm niemand zusah, und kreiste obszön, mit nach oben verdrehten Augen und einem tiefen Stöhnen, sein Becken. Obwohl es ihm nicht ums Spaßen war, musste Ernesto lachen und boxte Alonso spielerisch auf die Brust. Abrupt hörte Alonso auf, krümmte sich stöhnend zusammen und stieß hervor, dass er tödlich getroffen sei. Dann streckte er sich genüsslich und strahlte Ernesto mit unschuldigen Augen und seinen auseinanderstehenden Schneidezähnen an. Beide genossen diesen Augenblick der Ausgelassenheit, bis Alonso unvermittelt ernst wurde und fragte, was mit ihm los sei. Ernesto habe sich in den letzten Wochen verändert, und er glaube, dass es mit den Einsätzen bei Solano zu tun habe. Alonso sagte mit einer Bestimmtheit, die kein Außenstehender ihm zugetraut hätte, dass er als sein Freund wissen wolle, was vorgefallen sei. Ernesto wurde sichtlich nervös und erwiderte abweisend, dass er nicht darüber reden dürfe. Alonso erklärte, dass er ein Freund sei, dem man vertrauen könne. Ernesto benehme sich wie ein Verbrecher, der irgendwo Leichen verscharrt habe. Ernesto wurde blass, als er das hörte, und einen Herzschlag lang fragte er sich, ob Alonso tatsächlich etwas wusste und somit eine Gefahr für ihn darstellte. Er musterte den Freund prüfend und sagte dann leise, dass er vielleicht eines Tages seine Unterstützung brauchen werde. Jetzt solle er aber schweigen, denn zu viel Wissen könne gefährlich sein und alle ins Unglück stürzen. Alonso setzte zu einer Antwort an, aber Ernesto hielt ihn jäh am Arm fest, trat sehr nahe an ihn heran und bat ihn eindringlich, endlich den Mund zu halten. Alonso erbleichte und jeder Schalk verschwand aus seinen Augen. Sein Blick drückte Befremden aus, offensichtlich fühlte er sich verletzt. Schweigend entzog er sich Ernestos Griff, drehte sich um, eilte über die Straße, einem laut hupenden Auto ausweichend, und verschwand in einer Seitengasse.

Erst jetzt wurde sich Ernesto seiner Grobheit bewusst, aber Alonso war schon außer Sicht. Ein würgender Hustenreiz überkam Ernesto. Mit beiden Händen hielt er zitternd ein Streichholz, und erst nach dem dritten Versuch gelang es ihm, sich eine Zigarette anzuzünden. Das tiefe Inhalieren des Rauches schien ihn zunächst zu beruhigen, aber die Anspannung legte sich nicht. Planlos ging er durch die Straßen, und abermals nisteten sich Fluchtgedanken bei ihm ein. Nur zu gut erinnerte er sich, von Kameraden gehört zu haben, dass Desertion ein hoffnungsloses Unterfangen sei, weil die Nachbarstaaten die Flüchtigen nicht nur festnahmen, sondern konsequent zurückschickten. Wer Glück hatte, wurde nur an die Grenze gestellt, aber in den meisten Fällen übergaben sie die Deserteure der hiesigen Militärpolizei.

17

Solano saß an einem peinlich aufgeräumten eichenen Schreibtisch über ein Dossier gebeugt. Mit Rotstift strich er verschiedene Namen an, einzelne Einträge versah er mit einer blauen Markierung. Gedankenversunken zog er an seinem Zigarillo und blies den Rauch vor sich hin. Vier junge Offiziere standen vor einer Tafel, an der die Karte eines Stadtteils angebracht war, hakten Straßen und Häuser ab und steckten farbige Fähnchen ein, wo Sperren errichtet und die Einsatzkräfte positioniert werden sollten.

Die Aktion war für den kommenden Morgen um vier Uhr geplant. Sie galt als Antwort auf mehrere Anschläge der letzten Woche, bei denen eine Patrouille der Militärpolizei in einen Hinterhalt geraten und zwei Soldaten erschossen worden waren. Gleichentags hatten Guerilleros eine Polizeistation mit Molotowcocktails angegriffen, und am Abend war ein Marineoffizier einer Messerattacke zum Opfer gefallen. In einer einzigen nächtlichen Aktion waren Dutzende von Strommasten und Eisenbahnschienen gesprengt sowie Hunderte von Plakaten mit den Namen von Vermissten an Häuserwände geklebt worden. Trotz weitgehender Eliminierung der Führungsriege und der Kommandostruktur des Movimiento Revolucionario kam es nach wie vor zu handstreichartigen Überfällen, die wie schmerzhafte Nadelstiche wirkten. Die Militärjunta wurde von den präzis geführten Attacken umso mehr überrascht, als das Movimiento erstmals wieder in der

Lage zu sein schien, geschlossen koordinierte Aktionen zu lancieren. Solano und die Offiziere waren mit den letzten Vorbereitungen für den bevorstehenden Einsatz beschäftigt, wobei die Festnahme von mehreren Verdächtigen und Sympathisanten des Movimiento geplant war, als Oberst Menéndez das Büro betrat. Gravitätisch stelzte er durch den Raum und musterte die Offiziere, die sofort Haltung angenommen hatten. Solano lehnte sich in seinem Sessel zurück, einen Zigarillo im Mund, und grüßte den Garnisonskommandanten mit einer legeren Handbewegung. Mit dem Rotstift zeigte er auf das vor ihm liegende Papier und bemerkte mit gerunzelter Stirne, dass er für die Aktion mindestens hundertfünfzig Mann und vier Hunde benötige. Menéndez nahm die Liste zur Hand, sah sie akribisch durch und fragte Solano, wie er vorzugehen gedenke. Es sei ihm sicher bewusst, dass es dieses Mal keine Patzer geben dürfe, denn zwei der wichtigsten Kader des Movimiento seien nach wie vor spurlos verschwunden. Es bestehe der dringende Verdacht, dass diese aufgrund einer Warnung in letzter Minute hätten fliehen können. Menéndez machte eine Pause, um seine Worte wirken zu lassen, und schaute Solano dabei mit forschendem Blick an. Er glich einem auf der Lauer liegenden Fuchs, der glaubte, sein Opfer in die Enge getrieben zu haben, aber Solano hielt die Spannung aus. Er schien sie sogar zu genießen und zog sein Schweigen in die Länge, so dass sich der Garnisionskommandant bemüßigt fühlte, fortzufahren. Er straffte seine Schultern. Dann holte er ein goldenes Etui aus der Jacke, dem seine kurzen Finger eine Zigarette entnahmen, die er bedächtig in ein elfenbeinfarbenes Mundstück steckte. Mit einem Klicken sprang die kleine Flamme aus dem perlmutverzierten Feuerzeug. Aus zusammengekniffenen Lippen stieß er den Rauch in die Luft und wischte sich verstimmt einige Tabakkrümel vom gut gebügelten Revers. In tadelndem Ton meinte Menéndez, dass er keine weiteren Halbheiten mehr tolerieren könne, denn ihm obliege die Verantwortung für alle Untergebenen, wobei er das letzte Wort besonders betonte, um allen klarzumachen, wer hier das Sagen hatte. Solanos Augen zuckten leicht, als hätte ihn jemand angestoßen, und erwiderte mit süffisantem Lächeln, dass es nicht an ihm liegen solle. Würde man ihm ausgebildete Männer statt junge und unerfahrene Soldaten zur Verfügung stellen, hätten die Gesuchten keine Chance. Menéndez antwortete nicht, sondern schaute gelangweilt die Karte an der Wand an und erwähnte beiläufig, dass er von allen Beteiligten vollen Einsatz erwarte. Solano legte seinen Zigarillo auf den Rand des Aschenbechers, nicht ohne vorher sorgfältig die ausgeglühte Asche abzustreifen. Mit einem ärgerlichen Unterton fragte er den Kommandanten, ob er denn an seiner Planung und dem Einsatzwillen seiner Männer zweifle. Über Menéndez' Gesicht huschte eine hämische Genugtuung, denn es war ihm gelungen, Solano zu provozieren und den anderen zu zeigen, wer hier den Ton angab. Entspannt zog er eine goldene Taschenuhr hervor und klappte den Deckel auf, um demonstrativ die Zeit abzulesen. Seinen kleinen Triumph konnte Menéndez jedoch nur kurz genießen, denn Solano erwiderte mit kaum verhohlenem Zynismus, dass die beiden Gesuchten vielleicht wegen einer undichten Stelle in der Heeresleitung hätten fliehen können. Die Stimmung im Raum wurde mit einem Male frostig und die anderen Offiziere hielten unversehens in ihrer Tätigkeit inne. Menéndez lief rot an. Eine heftig pulsierende Ader an der Stirne und das nervöse Zucken des rechten Auges verrieten seinen Zorn.

Die sechs erstarrten Personen schienen wie von einem Künstler zum Stillleben gruppiert, als Solano durch das Abreißen eines Zündholzes die Stille durchbrach. Gönnerhaft, sich seiner Stellung bewusst, beschwichtigte er Menéndez mit ausgebreiteten Armen und erklärte jovial, dass doch jetzt nicht der Zeitpunkt sei, um sich über Kompetenzen zu streiten, denn alle hätten ja das gleiche Ziel, nur die Wege seien manchmal verschieden. Mit einer Geste der Großherzigkeit behändigte er aus einem Schrank eine Flasche Cognac, stellte sechs bauchige Gläser auf ein rundes Tablett und füllte sie mit dem goldenen Saft. Mit untergeschlagenen Beinen lud er Menéndez und die sichtlich verlegenen Offiziere, die um Solanos direkten Draht zum Staatspräsidenten General Dos Santos wussten, ein, auf das Gelingen der Aktion anzustoßen. Menéndez Gesicht war immer noch rot vor Entrüstung. Bloßgestellt vor seinen Offizieren, schwor er sich, Solano eines Tages auszuschalten, aber dafür war der Zeitpunkt noch nicht gekommen. Mit versteinerter Miene hob er sein Glas und brachte ein eisiges Lächeln zustande.

18

Seit dem Besuch bei Padre Javier waren mehrere Tage verstrichen und Ernesto verrichtete in der Werkstatt wieder die anfallenden Aufträge. Seine Gefühle pendelten zwischen Gleichgültigkeit und unterschwelliger Angst hin und her. Alonso sah er selten, sein Freund ging ihm augenscheinlich aus dem Weg. Ernesto wusste nicht, wie er sich verhalten sollte, um wieder Zugang zu ihm zu finden sollte. Er löste das Problem, indem er jeden aufkommenden Gedanken an Alonso verdrängte. In langen Nächten lag er mit offenen Augen im Bett und versuchte, den Schlaf hinauszuschieben, um die Alpträume zu bannen, die ihn immer öfter heimsuchten. Schlief er endlich ein, wurde er von einem trockenen Husten geweckt, der sich in seiner Brust und seinem Rücken festgesetzt hatte. Die Schlaflosigkeit zehrte zusätzlich an seinen Kräften und eine tiefe Mattigkeit legte ihm dunkle Ringe um die Augen. Während der Arbeit schweiften seine Gedanken immer wieder zu Padre Javier, und je länger er über ihn nachdachte, desto mehr geriet sein Weltbild ins Wanken. Konnte es sein, dass die Kirche ihre Macht missbrauchte und das Wort Gottes gezielt zum Vorteil des Klerus auslegte, oder war es gar so, dass die Bibel schlechthin ein Machwerk der Manipulation war, um sich die Menschen gefügig zu machen? Padre Javiers irritierende Worte hatte er zunächst als ketzerische Gedanken eines konfusen Greises abgetan, aber der Stachel des Zweifels steckte in seinem Inneren. Auf seine Bitte um Beichte hatte ihm Padre

Javier geantwortet, dass diese meistens nur ein Vehikel sei, um sich auf billige Art von Schuld zu entlasten. Dabei wäre es doch geboten, auf diejenigen zuzugehen, denen man Leid zugefügt habe. Zudem verschaffe die Beichte den Priestern Macht, weil man letztere demütig um Vergebung bitten müsse.

Ernesto wusste nicht mehr, wo ihm der Kopf stand. Er kam erst wieder zur Besinnung, als er mit seinen Kameraden beim Feldwebel antreten musste, was gleichbedeutend mit einem bevorstehenden Einsatz war. Rodríguez teilte den Fahrern die entsprechenden Fahrzeuge zu, und als sein Name nicht aufgerufen wurde, war Ernesto klar, was dies bedeutete.

Punkt drei Uhr in der Früh fuhr Ernesto bei der Offiziersmesse vor, wo ihn bereits ein übelgelaunter Solano, zusammen mit Carlos und dessen Begleiter, bereits erwartete. Offensichtlich musste er sich über etwas aufgeregt haben, denn Solano brachte nicht einmal sein zynisches Lächeln zustande. Ernesto lenkte den Wagen durch leere Stadtviertel, vorbei an mit Sandsäcken gesicherten Kontrollposten. Die karge Straßenbeleuchtung warf ihr gespenstisches Licht auf dunkle Mauern; irgendwo sah man eine am Hinterlauf lahmende Katze in einer umgestürzten Mülltonne nach etwas Fressbarem wühlen. An einer Kreuzung teilte sich die Kolonne. Einige Fahrzeuge fuhren in Richtung des Stadtzentrums. Ernesto nahm die Abzweigung nach links und folgte einem Kastenwagen, der vor einem heruntergekommenen Mehrfamilienhaus hielt. Blitzschnell wurde die Hecktüre geöffnet und zwei Uniformierte eilten mit hechelnden Schäferhunden an ihrer Seite ins Haus. Aus der Gegenrichtung kamen ihnen in hohem Tempo mehrere Jeeps entgegen, die sich wie ein Wall quer zur Straße stellten. Dutzende junger Soldaten sprangen mit angespannten Gesichtern von den Ladebrücken der Fahrzeuge. Unverzüglich nahmen sie an den ihnen zugewiesenen Plätzen Stellung und riegelten so den ganzen Häuserblock hermetisch ab. Mechanisch, wie erstarrte Figuren, hielten sie ihre Gewehre im Anschlag, während Unteroffiziere mit ihren Trupps in die Häuser stürmten. Zivilbeamte, die die Gegend seit Stunden überwachten, verließen ihre am Straßenrand geparkten Autos und teilten den Offizieren die Beobachtungen der letzten Stunden mit. Solano, sichtlich angespannt, eilte mit Carlos zum nächstgelegenen Haus.

Minuten später wurden zwei Frauen und mehrere Männer auf die Straße getrieben. Einer der Männer strauchelte, und bevor ihn ein Soldat am Arm packen konnte, brach er unvermittelt aus der Gruppe aus, nutzte den kurzen Augenblick der allgemeinen Überraschung und schlug einen Haken. Geduckt rannte er auf die andere Straßenseite. Mehrere Schreie hallten durch die Gegend, aber der Flüchtende rannte weiter, bis ihn ein dunkler Schatten einholte, von hinten ansprang und auf den Asphalt warf. Mit den Händen vor dem Gesicht versuchte er, sich vor dem Schäferhund zu schützen, wollte ihn abwehren, doch das Tier verbiss sich in seinen Gliedmaßen. Der ungleiche Kampf spielte sich direkt vor Solano ab, der von der anderen Straßenseite her interessiert zusah. Ein ärgerlicher Zug spielte um seinen Mund, als der Hundeführer das Tier von dem blutüberströmten Mann zurückrief und damit die Vorstellung vorzeitig beendete.

Soldaten trieben die Menschen zu den bereitgestellten Fahrzeugen. Ernesto saß immer noch im Auto, als plötzlich mehrere Schüsse durch die Luft peitschten. Ein Mann war von der Ladebrücke eines Mannschaftswagens gesprungen und davongerannt, wohl wissend, dass er eine perfekte Zielscheibe abgab. Möglicherweise war genau das auch sein Ziel, denn in den Verliesen der politischen Polizei war das Schicksal eines jeden besiegelt. Mehrere Meter konnte die Gestalt noch rennen, bevor sie im fahlen Licht der Straßenlaternen, von Kugeln getroffen, unter bizarren Verrenkungen stürzte, noch einmal kurz den Oberkörper aufbäumte und zusammenbrach. Solano näherte sich dem Gefallenen ganz gemächlich, packte den Mann an den Haaren, leuchtete mit einer Taschenlampe in sein Gesicht und ließ den Kopf dann mit einem ärgerlichen Blick zu Boden fallen. Gebannt hatte Ernesto auf die Szene gestarrt, unfähig, seinen Blick abzuwenden. Solano kehrte zurück, gab einigen Leuten Anweisungen und setzte sich schließlich gereizt auf den Beifahrersitz, einen Zigarillo anzündend. Im fahlen Licht der Lampe konsultierte er seine Liste, strich mehrere Namen durch, aber zwei Personen blieben wie ein schreiender Vorwurf auf dem Blatt stehen und machten Solano klar, dass er sein Ziel nicht erreicht hatte. Sein ganzer Körper drückte eine rohe Spannung aus. Rasant näherte sich ein Jeep, und bevor der Fahrer ihn ganz zum Stillstand gebracht hatte, sprang ein junger Offizier aus dem Wagen, salutierte und überreichte Solano ein Papier, das dieser aufmerksam studierte und mit seiner Liste verglich. Er zischte einen leisen Fluch. Ernesto bemerkte, dass Solano nichts tat, um seinen Verdruss zu verbergen. Sein sonst so souveränes Auftreten fiel in sich zusammen.

Unter den Festgenommenen waren die Gesuchten nicht, was wiederum bedeutete, dass die Gefangenen so lange verhört werden mussten, bis sie alles oder einfach irgendetwas gestanden, nur um in Ruhe gelassen zu werden. Solano brach die Aktion ab und hieß Ernesto, ihn ins Hauptquartier der Militärpolizei zu fahren. Jeweils zwei Uniformierte führten die mit Handschellen Gefesselten in das Gebäude, wo sie verhört wurden. Solano eilte in Begleitung von Carlos und dessen Kollegen in das Untergeschoss und Ernesto atmete auf, dass er nicht mitgehen musste. Er hielt sich bei dem Fahrzeug auf, putzte mit einem Lappen die Scheiben und versuchte, die aufkommende Panik zu bekämpfen, denn er fürchtete, wieder in die Hacienda fahren zu müssen. Nach einer halben Stunde erschien Solano mit seinen Begleitern und einem unbekannten Mann, bei dem es sich offensichtlich um einen Vorgesetzten handelte, da seine Gesten Autorität ausdrückten. Ernesto schnappte einige Gesprächsfetzen auf, in denen von einem Pablo und einem Alejandro die Rede war. Zuerst konnte er sich keinen Reim auf das Gehörte machen, bis ihm mit einem Schlag bewusst wurde, dass es sich um die beiden Gesuchten handeln musste und dass es die Personen waren, deren Namen er im Auftrag von Alba Padre Javier genannt hatte. Sein Herz begann zu hämmern, seine Hände wurden feucht. Schweißperlen bildeten sich auf seiner Oberlippe und der Magen fühlte sich flau an. Ein wahnwitziger Film lief vor seinem inneren Auge ab; er sah schon die triumphierenden Blicke der Männer, weil sie das Leck gefunden hatten. Auf einmal näherte sich ihm Carlos mit seinem Kollegen, und ein kalter Schauder kroch in Ernesto hoch. Sein Atem stockte. Ein unsichtbarer Schraubstock schnürte ihm die Brust zu. Mit aller Kraft musste er sich zwingen, die beiden nicht anzuschauen. Verbissen putzte er mit dem Lappen die Windschutzscheibe, während er spürte, dass sie auf ihn zuhielten. Mit jedem Schritt, den sie näherkamen, steigerte sich seine Angst. Als ob er das Unausweichliche magisch bannen wollte, schob er seinen steifen Körper in ihre Richtung, denn er wollte dem, was kommen sollte, mit offenen Augen entgegentreten, und sich dadurch einen Rest seiner Handlungsfähigkeit bewahren. Er konnte ihr Nahen förmlich riechen, denn eine scharfe Welle körperlicher Ausdünstungen stach ihm in die Nase. Plötzlich spürte er, wie ihn etwas an Wade und Gesäß berührte. Er wollte schreien, aber sein Mund blieb stumm. Das Grauen erfasste ihn, als etwas Warmes, Feuchtes seine Hand berührte und seine Finger ab leckte. Sein Körper war wie erstarrt, als er das typische Lachen von Carlos hörte, der dem Hundeführer zurief, sein Tier solle gefälligst nicht die eigenen Leute, sondern nur das Gesindel beißen. Als Ernesto aufblickte, merkte er, wie ihn Carlos grinsend, mit der Zigarette in der Hand ansah, während der Mann seinen Hund zu sich rief. Carlos stellte einen Koffer vor Ernestos Füße und befahl ihm, diesen im Wagen zu verstauen.

19

Am nächsten Tag wurde Alonso auf die Kommandantur bestellt, festgenommen und ins Hauptquartier der Militärpolizei verbracht. Man verhörte ihn während zweier langer Tage, und als er tot zusammenbrach, wurden seine Eltern aufgefordert, die Leiche abzuholen. Als Todesursache wurde im Tagesjournal «Sprung aus dem Fenster» festgehalten. Die Nachricht verbreitete sich in Windeseile, aber niemand wagte offen, Fragen zu stellen.

Ernesto war zutiefst erschüttert, als er davon hörte, und außerstande, den Verlautbarungen zu glauben. Erst als zwei Unteroffiziere den Spind von Alonso leerten und dessen wenige Habseligkeiten in einen Sack packten, begriff er, dass sein Freund nicht mehr da war. Der Gedanke, dass sich Alonso umgebracht haben sollte, war absurd, und er musste unweigerlich an die vielen Menschen denken, die sich in der Haft angeblich das Leben genommen hatten. Einige Tage zuvor war das Gerücht umgegangen, ein Angehöriger der 5. Kompanie habe die Guerilleros vor dem Zugriff gewarnt, und der Verdacht war auf Alonso gefallen. Niemand konnte sich jedoch vorstellen, dass Alonso etwas damit zu tun hatte, denn allein von seiner Funktion her hatte er nicht den geringsten Zugang zu entsprechenden Informationen. In der Kantine schossen Spekulationen ins Kraut, aber niemand wäre auf die Idee gekommen, Alonso einen Verräter zu nennen. Seine fröhliche Art und sein Talent, Possen zu reißen und rohe Derbheit zu verbreiten, ließ die meisten daran zweifeln, dass er zu einem Verrat überhaupt in der

Lage gewesen wäre. Ganz allmählich realisierte Ernesto, dass er selbst mit Alonso in Verbindung gebracht werden konnte, denn viele wussten um ihre gemeinsame Freundschaft. Erst jetzt wurden ihm mögliche Zusammenhänge bewusst, und er dachte an den gemeinsamen Ausflug in die Stadt und seinen anschließenden Besuch bei Padre Javier. Konnte es sein, dass Alonso ihm doch gefolgt war und sie beide beschattet worden waren?

Mühsam versuchte Ernesto, seine Gedanken zu ordnen, aber es drängten sich ihm nur bruchstückhaft wirre Szenen auf. Er sah die Verzweiflung in Albas Augen, dann wieder Alonsos ansteckende Späße auf dem Markt. Gleichzeitig hörte er das Ächzen des Windrades auf der Hacienda und die Schreie der Gefolterten, die von Solanos spöttischem Grinsen begleitet waren. Wie eine Sturzflut brachen die Bilder über ihn ein, und mit Entsetzen fragte er sich, ob Alonso als Lockvogel gedient hatte und sterben musste, um ihn, Ernesto, überführen zu können.

Ernesto wühlte in seinen Erinnerungen und überlegte fieberhaft, ob er Alonso aus Versehen etwas angedeutet und sich damit verraten haben könnte. Er traute seiner eigenen Wahrnehmung nicht mehr, tröstete sich aber zugleich mit dem Gedanken, dass sein Freund immer von einer heimlichen Beziehung zu einer Frau ausgegangen war. Scham stieg in ihm auf, weil er seit ihrer letzten Begegnung nicht mehr mit ihm gesprochen hatte. Nur schon der Gedanke, dass er Alonso in Gefahr gebracht hatte, war ihm unerträglich.

Der Sonntag riss zusätzliche Wunden auf, als der Militärkaplan vor der versammelten Kompanie von der Todsünde sprach, die sich Alonso durch seinen Selbstmord aufgeladen habe. Er habe sich nicht nur an Gott, sondern auch am Vaterland versündigt, weil er beide verraten habe. Seine auf Matthäus aufbauende Predigt kreiste um das jüngste Gericht und die Verdammnis, die den erwarte, der ein frevelhaftes und sündiges Leben führe. Die einen, hob er mit drohender Stimme an, werden zur ewigen Strafe hingehen, die anderen, die Gerechten, in das ewige Leben. Es bliebe ihm, fuhr der Kaplan fort, nur noch, für die verlorene Seele zu beten. Angewidert von diesen Worten wäre Ernesto am liebsten aufgestanden und gegangen, aber er war sich sicher, dass prüfende Augen auf ihm lagen und jede seiner Reaktionen beobachtet wurde.

20

Der Sommer ging in den Herbst über und es wurde merklich kühler. Zerrissene Wolkenfetzen zogen über den Himmel, der Regen peitschte über den Appellplatz. Ernesto war in der Werkstatt beschäftigt und versorgte eine Lagerkiste um die andere. Seine Bewegungen waren fahrig, die Nerven lagen blank. Er zuckte zusammen, als er laute Stimmen und eilige Schritte hörte, die sich der Garage näherten. Eine Türe fiel krachend ins Schloss und das Anlassen von Motoren war zu hören. Auffrischender Wind und das Geräusch des Regens, der auf das Blechdach prasselte, verstärkten den Lärm.

Erstmals erlaubte sich Ernesto, den Gedanken an seine eigene Festnahme zu Ende zu denken, obgleich sich alles in ihm dagegen sträubte. Kopflos griff er nach einem großen Wagenheber, doch rasch wurde ihm das Lächerliche seiner Handlung bewusst, denn Widerstand war ja die größte Herausforderung für Solano. Dennoch wollte er nicht wie Alonso enden. Eher ließe er sich hier an Ort und Stelle erschießen.

Feldwebel Rodríguez stampfte mit zwei jungen Soldaten fluchend und triefend vor Nässe in die Werkstatt; er klopfte sich das Wasser von der Uniform, während die anderen ein Motorrad mit Seitenwagen in eine Ecke schoben. Erstaunt blickten sie auf, als sie Ernesto mit dem Wagenheber in der Hand sahen, bis ihn ihn Rodríguez anherrschte, nicht so blöd herumzustehen, sondern gefälligst seinen Kameraden beim Abdecken der Fahrzeuge zu helfen. Erst jetzt wandelte sich

Ernestos Furcht in Erleichterung, aber ehe er sich erholen konnte, rief ihn Rodríguez zu sich ins Büro und wies ihn an, in einer Stunde mit dem Ford bei der Offiziersmesse vorzufahren.

Ernesto sah Solano schon von weitem, wie er sich anschickte, das Gebäude zu verlassen. Wenig später stieg er zu ihm ins Fahrzeug und befahl, zur Plaza de Armas zu fahren. Schweigend durchquerten sie die verwaisten Straßen. Nur das monotone Scheuern der Scheibenwischer unterbrach die Stille. Solano zog an seinem Zigarillo und blickte gelangweilt nach draußen. Ernesto war erleichtert, dass weder Carlos noch dessen Kollege dabei waren, denn so war die Wahrscheinlichkeit geringer, dass sie zur Hacienda fahren würden. Kurz vor der Plaza de Armas hieß ihn Solano, die Abzweigung in Richtung Markt zu nehmen. Sie fuhren an armseligen Gestalten vorbei, die im Dämmergrau der dürftigen Straßenbeleuchtung Pfandflaschen aus Abfallbehältern fischten, um sie für ein paar Münzen an einen Zwischenhändler zu verkaufen. Solano dirigierte ihn durch kleine Straßen, bis Ernesto plötzlich bemerkte, dass sie auf die Kirche San Marcos zuhielten. Mit feuchten Händen umklammerte er das Lenkrad. Vor der Kirche brachte er das Auto zum Stehen. Solano forderte ihn auf, ihm zu folgen. Sie betraten das Gotteshaus durch das Hauptportal, durchquerten das Mittelschiff und stiegen die Treppe zur Krypta hinunter. Ernesto fühlte sich elend, seine Gedanken überschlugen sich und er blickte verstohlen umher. Solano klopfte an eine dunkle Eichentüre. Ein ängstlich-misstrauischer Mann öffnete zuerst ein kleines, von einem Gitterstab geschütztes Fenster, bevor er nach einem ängstlichen Blick auf Solano zaghaft aufschloss und sie in den schwach erhellten Raum eintreten ließ. Erst jetzt bemerkte Ernesto, dass es der Küster war, der ihnen geöffnet hatte und dessen Unruhe mit Händen zu greifen war. Solano setzte sich auf einen Stuhl und bedachte den Mann mit einem spöttischen Blick. Beide schien ein stilles Einverständnis zu verbinden, aber auch so etwas wie gespannte Wachsamkeit, weil keiner dem anderen traute. Ernesto stand verloren im Raum, den Blick auf Solano gerichtet, als dieser ihn fragte, ob er den Mann nicht begrüßen wolle, den er doch vor einigen Wochen kennengelernt habe. Obgleich der Küster sein serviles Auftreten nicht ablegen konnte, war ihm die Genugtuung anzusehen, die einem Denunzianten eigen ist. Seine Stimme hatte den Beiklang der Dienstfertigkeit, als er zum Sprechen ansetzte, und sein markanter Adamsapfel bewegte sich mechanisch auf und ab. Zugleich war sein Verhalten von Furcht geprägt, wie es seinem feigen Charakter entsprach. Leise, die Lippen kaum bewegend, so dass Solano ihn wiederholt auffordern musste, lauter zu sprechen, erklärte er, dass Padre Javier diesem Soldaten die Beichte abgenommen habe. Seither sei der Priester nicht mehr gesehen worden und man mache sich im Kloster große Sorgen. Ernestos Atem stockte und er stellte mit Erleichterung und Entsetzen zugleich fest, dass Padre Javier sich nicht mehr in der Kirche aufhielt. Solano forderte den Küster auf, weiterzufahren, und hakte sodann nach, ob er sich in der Person dieses Soldaten nicht getäuscht habe. Mit einem verschlagenen Glitzern in den Augen blickte der Küster in Ernestos Richtung und grinste. Solano strich sich mit dem Zeigefinger ein verirrtes Haar aus der Stirn und gab Ernesto einen ungeduldigen Wink, ihm zu folgen. Zügigen Schrittes verließ er die Kirche und Ernesto beeilte sich, ihm die Wagentüre zu öffnen. Seine Gedanken überschlugen sich. Wer hatte ihn und Padre Javier verraten? Der Küster schien selbst unter einem gewissen Druck gestanden zu haben, oder hatte er sich getäuscht?

Solano zündete sich einen Zigarillo an und blickte auf die Windschutzscheibe, wo sich die Regentropfen zu winzigen Bächen vereinten, zuerst langsam und dann schneller werdend den Weg nach unten suchten. Mehrere Minuten verharrten beide in gespannter Stille, bis Solano schließlich fragte, weshalb Ernesto bei Padre Javier gebeichtet habe. Er wisse wohl, dass das Beichtgeheimnis sakrosankt sei, aber er könne sich nicht vorstellen, dass ein so junger Mann, der keinerlei Beziehung zur Kirche pflege, bei einem fremden Priester aus heiterem Himmel eine Beichte ablege, obschon der Militärkaplan allen Soldaten zur Verfügung stehe. Danach schwieg Solano und überließ sich für eine Weile dem Trommeln des stärker werdenden Regens. Sicherlich werde Ernesto ihm nun erklären, fuhr er dann fort, dass es leichter sei, die Beichte bei einem Unbekannten abzulegen. Ein bisschen Distanz zur Armee sei unter Umständen sogar gut und richtig. Er stelle sich aber trotzdem die Frage, weshalb ein junger Soldat auf einmal das Bedürfnis verspüre, zu beichten. Der Schluss liege nahe, dass er etwas zu verbergen habe. Noch interessanter sei, dass er ausgerechnet einen Priester aufgesucht habe, der, um es vorsichtig auszudrücken, als aufrührerischer Geist bekannt sei. Ernesto fühlte sich in die Enge getrieben, versuchte aber, ruhig zu bleiben, denn er spürte instinktiv, dass sein Verhalten ausschlaggebend, ja überlebenswichtig war. Solano blickte ihn von der Seite an und ließ genussvoll den Rauch entweichen. Könne es sein, fuhr er gedehnt fort, dass er Padre Javier etwas von seiner Arbeit in der Hacienda gebeichtet habe? Wäre es sogar möglich, dass er sein Versprechen gebrochen und einer außenstehenden Person, selbst wenn es sich nur um einen Priester handelte, von den Einsätzen berichtet habe? Solano legte eine quälend lange Pause ein. Rauchend fixierte er Ernesto, während der Regen unaufhörlich auf das Dach prasselte. Er spinne seine Gedanken noch weiter, begann er endlich wieder, und frage sich, wie es möglich gewesen sei, dass kurz vor der letzten Razzia zwei gesuchte Guerilleros hätten fliehen können. Je länger er darüber nachdenke, desto mehr habe er den Eindruck, dass er, und dabei blies er Ernesto den Rauch von der Seite her ins Gesicht, etwas damit zu tun habe. Zudem habe Alonso beim Verhör gestanden, dass er ihn beim Betreten der Kirche gesehen habe. Ernesto blickte erschreckt auf und merkte im gleichen Moment, dass er sich durch diese Reaktion verriet. Sein Herz pochte heftig gegen die Rippen, und blitzschnell erfand er eine, wie ihm schien, plausible Erklärung für den Besuch bei Padre Javier. Er habe Alonso aus Scham verschwiegen, dass er mit einem Priester über seine Eltern habe sprechen wollen. Deshalb hätten sie sich am Markt getrennt, und er habe Alonso im Glauben gelassen, dass er ein Mädchen treffen werde. Ob ihm Alonso gefolgt sei, wisse er nicht. Solano blickte ihn mit seinen kalten Augen durchdringend an. Sein Schweigen galt zugleich als Einladung, weiterzulügen, ihm irgendetwas zu erzählen und sich dadurch gleich einem zappelnden Fisch nur noch mehr in den Maschen des Netzes zu verfangen.

Die Straßenlaterne warf ihren schwachen Schein auf den glänzenden Asphalt und vereinzelt waren Passanten zu sehen, die eilenden Schrittes die Straße überquerten. Verzweifelt versuchte Ernesto, das unerträgliche Schweigen auszuhalten. Der dichte Rauch im Fahrzeug reizte ihn zum Husten und er musste gegen den Zwang ankämpfen, nicht alles zu erzählen. Wie lange, fragte er sich, würde es noch dauern, bis ihn Solano in die Ecke getrieben und erledigt hatte? Er sah sich schon auf der Hacienda, diesmal auf der anderen Seite, an den Stuhl gebunden und den Strom angeschlossen. Aber nichts geschah, und Ernesto empfand das auferlegte Schweigen als eine besonders perfide Art der Tortur, denn eine innere Stimme schrie ihm immerfort zu, sich endlich von diesem Druck zu befreien, zu reden, nur um dann für kurze Zeit die Erleichterung des Geständnisses zu verspüren. Solano schaute ihn mitfühlend an, als ob er um seine inneren Kämpfe wisse und sie nachvollziehen könne. Er nutzte die Kraft des Schweigens, schien alle Geduld der Welt zu haben.

Nach einer Ewigkeit stellte Solano das Radio an und drehte den Knopf so lange durch ein Gewirr von Worten und Musik, bis er beim melancholischen Spiel eines Akkordeons angelangt war. Völlig überraschend fragte ihn Solano, ob er sich noch erinnere, wann sich seine Mutter von dem alkoholabhängigen Vater getrennt habe. Ernesto wurde von dieser Frage derart überrumpelt, dass er Solano verblüfft anschaute. Aber der ließ ihm keine Zeit nachzudenken, sondern meinte gedehnt, dass es für ihn sicher schwer gewesen sei, die Mutter zu verlieren. Die Stirne in Falten gelegt, zündete er sich einen neuen Zigarillo an und öffnete einen Spalt breit das Fenster, so dass der Rauch in dünnen Schwaden nach draußen entweichen, der Regen aber nicht ins Wageninnere dringen konnte. Ernesto versuchte fieberhaft, Solanos Worte einzuordnen, denn er wusste nicht, worauf dieser hinauswollte. Ein diffuser Schmerz durchfuhr ihn bei dem Gedanken an seine Mutter, die er vor langen Jahren das letzte Mal gesehen hatte und deren Bild in ihm bereits verblasst war. Solano senkte die Stimme und fuhr fort, dass seine Mutter eine Schönheit gewesen sei und er gut verstehen könne, dass sie seinen Vater, der eine solche Frau niemals verdient habe, verlassen habe. Hingegen könne er nicht begreifen, dass sie ihr einziges Kind bei dem brutalen Vater zurückgelassen habe, um ihre eigene Haut zu retten. Mit Recht sei sie deshalb von ihren Nachbarn als Hure bezeichnet worden. Ernesto erstarrte. Seine Hände instinktiv zu Fäusten geballt, musste er sich mit aller Kraft zurückhalten. Sein Kiefer schmerzte, so sehr presste er die Zähne aufeinander. Das Blut pochte in seinen Schläfen, bis er, einer Eruption gleich, Solano entgegenschrie, dass seine Mutter keine Hure sei. Er hörte seine Worte wie ein Echo widerhallen, doch sie waren ihm fremd, wie nicht zu ihm gehörend. Solano lehnte sich zurück, hielt den Zigarillo zwischen Daumen und Mittelfinger und zog mit gelangweilter Miene den Rauch ein, als hätte er ein gutes Geschäft abgeschlossen. Er habe ihn, meinte er gleichförmig, von Anfang an geschätzt, aber auch um die Instabilität seiner Gefühle und somit um die Möglichkeit seines Versagens gewusst. Lange habe er mit sich gehadert und trotz allem die Hoffnung gehegt, dass er sich in ihm nicht täusche. Aber letztlich habe er doch erkennen müssen, dass er ebenso labil und unzuverlässig sei wie seine Mutter. Ernesto fragte mit wiedergewonnener Ruhe, was er über seine Mutter wisse und warum er ihm das erzähle. Solano lauschte dem Regen und erwiderte nach einer Weile, dass es Frauen gebe, die einem alles versprechen, um einen Vorteil für sich herauszuschinden. Hätten sie ihr Ziel dann erreicht, würden sie ihre Meinung jedoch schnell ändern. Er schwieg einen Moment und fuhr dann spöttisch fort, dass sich seine Mutter nach der Trennung von ihrem Vater mit einem Gewerkschafter eingelassen habe. Skrupel habe sie nie gekannt; eine Frau, die ihr Kind zurücklasse, könne schwerlich als Mutter bezeichnet werden. Ernesto bebte, und Solano, der seine wunde Stelle gefunden hatte, stach von neuem mit Verachtung hinein und meinte, dass er nicht nur seiner Mutter, sondern auch seinem cholerischen Vater gleiche. Es sei also naheliegend, dass sich die junge, hübsche Frau von zwei charakterlich ähnlichen Männern befreit habe, wenn auch auf unrühmliche Weise. Unweigerlich erinnerte sich Ernesto an seinen Beichtvater aus der Kindheit, der ihm bei jeder Gelegenheit zu verstehen gegeben hatte, dass Gott in seiner Güte wiedergutmache, was durch die Bosheit der Mutter geschehen sei.

Ernestos Mund war trocken. Seine Muskeln brannten vor Anspannung. Solano genoss sichtlich das ausgedehnte Schweigen, bis er es mit einem maliziösen Lächeln brach und erzählte, dass Ernestos Mutter auf wundersame Weise ihr Gewissen entdeckt und den Wunsch verspürt habe, ihr Kind wiederzusehen. Zentnerschwer lastete die Stille auf Ernesto, während Solano ihn nicht aus den Augen ließ. Aber, fuhr Solano fort, ihr verlassener Ehemann habe gedroht, sie umzubringen, falls sie sich je wieder blicken lasse. Aus Kummer oder aus welchem Grund auch immer habe sie sich dann in die Politik gestürzt und die militanten Aktionen eines Gewerkschaftsbonzen unterstützt, bei Planungen von Anschlägen mitgeholfen, ja sich selbst die Hände blutig gemacht. Gewissermaßen als Strafe, so könnte man das zumindest sehen, habe sich ihr Liebhaber versehentlich durch einen selbstgebastelten Sprengsatz in die Luft gejagt, und sie habe, wenn auch auf andere Weise, ihren zweiten Mann verloren.

Ernesto hörte ihm gebannt zu, er wagte kaum zu atmen, als Solano fortfuhr, dass seine Mutter nach ihrer Festnahme wertvolle Informationen über ihren Liebhaber und seine Komplizen geliefert habe. Daraufhin habe man eine Splittergruppe dieser kommunistischen Brut festnehmen können. Es sei ihr auch nicht schwergefallen, ihre Kameraden preiszugeben, weil es offensichtlich ihrem Charakter entsprochen habe, nur das zu tun, was für sie mit einem Vorteil verbunden war. Solano dehnte die Worte, um ihnen Gewicht zu verleihen. Nach einer kunstvollen Pause setzte er fast beiläufig hinzu, Ernestos Mutter habe es richtiggehend gedrängt, von ihrem verlorenen Sohn zu berichten. Er begreife nun sicher, fuhr er zu Ernesto gewandt fort, dass er ihn habe kennenlernen wollen. Bedauerlicherweise übrigens habe diese schöne Frau nach einem Verhör einen Herzstillstand erlitten.

Wie unter einem Stromschlag zuckte Ernesto zusammen. Sein Verstand war nicht mehr in der Lage, das Gesagte aufzunehmen, obwohl er Solano die ganze Zeit mit ängstlicher Aufmerksamkeit gefolgt war. Die Zunge klebte an seinem trockenen Gaumen. Sein Kinn vibrierte. Langsam, ja fast unscheinbar, begannen sich seine Gesichtszüge zu verzerren und ein unnatürlich gepresstes Lachen drang aus seiner Kehle. Gleichzeitig trat in seine Augen ein Schimmer des Wahnsinns, der von einem heftigen Zittern der Lippen begleitet war. Er schüttelte den Kopf hin und her. Interessiert verfolgte Solano das Spektakel, bis Ernestos Verzweiflung an Kraft verlor und er in sich zusammenfiel. Zögernd, als schäme er sich für diesen Ausbruch, richtete sich Ernesto auf und fragte Solano mit tonloser Stimme, ob er derjenige gewesen sei, der seine Mutter verhört habe. Zuerst reagierte Solano nicht, aber sein Körper drückte die Spannung einer aufgezogenen Feder aus. Als hätte ein anderes Wesen von ihm Besitz ergriffen, veränderte sich seine Körperhaltung und für einen kurzen Moment lagen Trauer und Bedauern in seinem Blick. Ernesto stellte seine Frage noch einmal, denn die Wahrheit über Solano und seine Mutter schien greifbar nahe zu sein, aber Solano scheuchte sein Ansinnen wie ein lästiges Insekt weg. Verächtlich warf er Ernesto vor, nur ein dummer und unerfahrener Junge zu sein, der keine Ahnung habe, was eine Beziehung zu einer Frau bedeuten könne. Ernesto begriff zuerst nicht, was Solano damit meinte, aber als erleuchte ein heller Blitz die schwarze Nacht wurde ihm mit einem Male alles klar. Sein Atem stockte, als würde das Denken alleine schon das Unglück vollziehen, denn er erkannte, dass Solano um seine Mutter geworben und ihr im Gegenzug für ihre Gunst die Freiheit versprochen haben musste. Aber was war dann geschehen, fragte sich Ernesto. Hatte sie sich mit Solano eingelassen oder hatte ihre Weigerung ihr Todesurteil bedeutet? In rascher Abfolge schoss ihm Frage um Frage durch den Kopf, so dass ihm ganz schwindlig wurde. Er starrte in Solanos glänzende Augen, in denen er Abgründe der Leidenschaft und des Begehrens erblickte. Solano hatte mit Gewalt etwas erzwingen wollen, aber seine Mutter hatte ihn zurückgewiesen und dafür mit ihrem Leben bezahlt. Mit einem Male wurde Ernesto klar, dass Solano ihn gezielt ausgewählt hatte, um sich, weil er bei seiner Mutter nicht ans Ziel gelangt war, an ihm zu rächen.

Solano ließ ihm keine Zeit zu weiteren Überlegungen. Er nannte ihn einen Feigling, der wie seine Mutter zum Lügen geboren sei, denn der Küster sei sich sicher, dass er mit Padre Javier über seine Einsätze auf der Hacienda gesprochen habe. Ernesto wollte protestieren, aber Solano schaute ihn nur angewidert an. Er nagelte ihn mit seinen Augen regelrecht fest, als er über den Zigarillo hinweg beiläufig hinwarf, dass auch sein Vater ihn als Ausgeburt einer Hure bezeichnet habe. Noch bevor Ernesto reagieren konnte, stieß Solano weiter in die Kerbe und fügte hinzu, dass sein Vater von ihm angewidert sei und nichts mehr von ihm wissen wolle. Ernesto hörte sich verzweifelt sagen, dass er von seinem Vater seit dem Eintritt in die Kaserne nichts mehr gehört habe. Aber er erntete nur einen kalten Blick Solanos, der ihn verächtlich aufforderte, den Motor zu starten und in die Kaserne zurückzufahren. Ernesto reagierte nicht, seine Hände umfassten das Lenkrad, als wollten sie jede Bewegung verhindern. Dies wäre wohl die letzte Fahrt am Steuer des Fords, das nächste Mal würde er hinten zwischen Carlos und dessen Kollegen sitzen. Er wollte nicht weiterdenken, denn die Furcht vor dem, was ihm bevorstehen mochte, würde ihn vollends handlungsunfähig machen.

Solano schien seine Gedanken erraten zu haben, er spürte, dass ihm sein Gegenüber allmählich entglitt. Der kleine Soldat, der seiner Mutter in vielem glich, drohte ihm gefährlich zu werden. Plötzlich hatte Solano den Revolver in der Hand, drückte ihn schmerzhaft in Ernestos Seite und zischte, er solle losfahren. Mit tauber Hand startete Ernesto den Motor, schaltete die Scheibenwischer ein und beschleunigte zögernd das Fahrzeug. Solano lehnte sich mit dem Rücken gegen das Seitenfenster und zielte mit der Waffe auf Ernestos Unterleib; er ließ ihn keinen Moment aus den Augen und es entging ihm nicht die geringste Bewegung. Aufs Äußerste angespannt folgte Ernesto den Anweisungen und lenkte den Ford durch die regnerische Nacht, während sich seine Gedanken überschlugen. Aber Solano ließ ihm keine Zeit nachzudenken, sondern befahl ihm an der nächsten Verzweigung, in eine nach links abbiegende Seitenstraße zu fahren, die erkennbar vom Zentrum weg führte. Ernesto spürte Solanos Blick auf sich gerichtet und schluckte trocken. Angestrengt suchte er nach einem Ausweg, bis ihn die Schweinwerfer eines entgegenkommenden Autos und ein schrilles Hupen aufschreckten. Es wurde ihm bewusst, dass ihm nur noch eine Viertelstunde Fahrzeit bis zur Kaserne blieb und er, wollte er nicht in der Hacienda enden, sofort eine Entscheidung treffen musste. Solano saß so weit abgerückt, dass es unmöglich war, ihm die Waffe zu entreißen. Ernesto zweifelte auch nicht daran, dass Solano beim geringsten Versuch auf ihn schießen würde. Einen kurzen Augenblick wiegte er sich in der trügerischen Hoffnung, dass er ihn bestechen, ihm als Gegenleistung für sein Leben Informationen über Padre Javier oder die beiden Flüchtigen geben könnte. Aber er kannte Solano und wusste, dass er sich nie auf einen Handel einlassen würde, bei dem er nicht alles gewann. Scham überkam ihn, das verraten zu wollen, was er zu schützen vorgegeben hatte. Die Zeit zerrann zwischen seinen Fingern.

Es regnete inzwischen mit solcher Heftigkeit, dass die Scheibenwischer nur den Bruchteil einer Sekunde freien Blick auf die Straße gewährten. Wollte er weiterleben, musste er jetzt agieren, denn die Ahnung, dass ihn bestenfalls ein Schuss ins Genick erwartete, wurde mehr und mehr zur Gewissheit. Übelkeit und Verzweiflung stiegen in ihm hoch, sein Körper verkrampfte sich und kalte Schauer liefen über seinen Rücken. Solano wies ihn an, langsamer zu fahren, denn Ernesto hatte unabsichtlich, als Ausdruck größter innerer Spannung, den Fuß stärker auf das Gaspedal gedrückt. Ernestos Gedanken jagten ziellos umher und lähmten sein Handeln. Einen Augenblick verharrte er wie in einem Vakuum, das schlagartig aufbrach, als er ein entgegenkommendes Auto kreuzte. Als fiele es ihm mit einem Mal wie Schuppen von den Augen, erkannte er die einzige Möglichkeit, sein Schicksal in die Hand zu nehmen, auch wenn er sich dazu auf ein Würfelspiel mit dem Tod einlassen musste. Erleichterung und eine große Ruhe breiteten sich in seiner Brust aus und gaben ihm neue Zuversicht. Freiheit, so wurde ihm mit einem Mal bewusst, bedeutete, selbst zu entscheiden und nicht zu warten, bis andere über einen verfügten. Sein Denken wurde wieder klar, und der Herzschlag passte sich dem ruhigen Rhythmus seines Atems an, während der Regen sintflutartig auf das Dach rauschte und die Reifen das Wasser wie Fontänen auf die Gehsteige spritzten.

21

Ernesto schaltete vom dritten in den vierten Gang. Mit aller Kraft presste er seinen Fuß auf das Gaspedal, beschleunigte das Auto und spürte die mächtige Kraft der Zylinder, die das Benzin immer schneller in den Motor pumpten, so dass der Ford über die Straßen schoss. Solano herrschte ihn an, sofort langsamer zu fahren, und drückte ihm den Revolver an die Wange. Vereinzelte Lichter von entgegenkommenden Fahrzeugen blitzten an ihnen vorbei, und Solano richtete seinen Blick angestrengt auf die nasse Fahrbahn. Der Zeiger des Tachometers huschte über die Hundertermarke und der Motor heulte auf, als er in den fünften Gang schaltete. Erneut schrie ihn Solano an, schlug ihm mit dem Lauf der Waffe auf den Kopf, aber er wusste, dass er bei dieser Geschwindigkeit nicht schießen konnte, ohne dass das führerlose Fahrzeug von der Fahrbahn abkäme. Immer und immer wieder hieb er auf Ernesto ein und versuchte, ihn vom Steuer wegzudrücken, aber Ernesto umklammerte das Lenkrad, scheinbar immun gegen die Schläge. Blut rann ihm über Stirn und Wange. Nur die weißen und roten Lichter der Armaturentafel warfen einen matten Schein auf den stummen Kampf zweier Schatten. Solano packte mit der linken Hand Ernestos Hals und drückte seine Finger auf den Kehlkopf. Ein brennender Schmerz durchfuhr Ernesto, und verzweifelt versuchte er, sich aus dem quälenden Griff zu befreien. Blitzartig stieß Solano mit der freien Hand die Waffe nach unten und zielte auf Ernestos Bein, aber bevor er schießen konnte, riss Ernesto das Lenkrad herum, so dass sie auf die andere Fahrbahn gerieten. Die grellen Scheinwerfer eines Lastwagens rasten auf sie zu. Ein langgezogenes Aufheulen der Hupe ertönte. Dunkle Umrisse einer immer größer werdenden Fahrerkabine kamen ihnen entgegen. Solano, von der Schwerkraft in die Ecke gepresst, starrte wie gebannt durch die Windschutzscheibe, unfähig zu handeln, als Ernesto kurz vor dem Zusammenprall den Wagen wieder nach rechts riss und dabei ins Schleudern geriet. Mit einem heftigen Knall schlug das Heck an einen harten Gegenstand, wodurch sich das Fahrzeug um die eigene Achse drehte und mit Wucht in ein weiteres Hindernis prallte, so dass die Scheiben klirrend zu Bruch gingen. Wie von einer unsichtbaren Hand gesteuert, drehte der Wagen ab, bevor er krachend aufschlug. Solano schlug es die Waffe aus der Hand, sein Körper wurde gegen die Frontscheibe geschleudert. Instinktiv presste Ernesto seinen Fuß mit aller Kraft aufs Bremspedal und der Ford prallte mit quietschenden Reifen gegen einen Baum, wurde hinten wie in Zeitlupe nach oben gehoben und fiel mit einem ächzenden Knall und metallischem Getöse auf die Straße zurück.

Ernesto hing blutüberströmt und in verrenkter Stellung über dem Lenkrad. Sein Oberkörper lag auf der Hupe und ein anhaltender schriller Ton durchzog die Nacht. Unaufhörlich prasselte der Regen durch die zersplitterten Scheiben in das Wageninnere. Benzindämpfe und der Gestank von verbranntem Gummi machten ihn schwindlig. Sein Schädel dröhnte heftig. Das Atmen fiel ihm schwer und er hustete Blut. Glühende Stiche durchfuhren seinen Brustkorb. Er wollte sich nach Solano umsehen, aber dessen Platz war leer, die Beifahrertüre weggerissen. Verzweifelt versuchte Ernesto, sich zu bewegen, aber seine Beine gehorchten ihm nicht. Ein Fuß stand in einem sonderbaren Winkel ab, und er wunderte sich darüber, bevor ihm mit einem Mal schwarz vor den Augen wurde. Regen weckte ihn auf und er brauchte eine Weile, um sich zu orientieren. Mit großer Anstrengung gelang es ihm, sich auf den Beifahrersitz zu ziehen, und als sein Oberkörper endlich das Lenkrad freigab, erstarb die Hupe gleich einer abgewürgten Sirene. Nach einer Ewigkeit konnte er der Länge nach aus dem Auto kriechen. Er berührte etwas Weiches. In blankem Entsetzen drehte er sich auf die Seite, so dass er eine Handbreit Distanz zwischen sich und Solano schaffen konnte. Solanos Blut vermischte sich mit einer immer größer werdenden Benzinlache. Er keuchte schwer, und seine glasigen Augen waren auf Ernesto gerichtet. Solano wollte etwas sagen, aber er brachte keinen Laut hervor. Der Ohnmacht nahe robbte Ernesto an ihm vorbei und zog seinen Fuß wie ein schweres, fremdes Gewicht hinter sich her. Solano streckte krampfhaft die Hände nach ihm aus, aber die Fingerkuppen vermochten nur kurz seine Hose zu berühren. Entkräftet ließ Ernesto den Kopf auf den Asphalt sinken. Nur wenige Meter hinter ihm lag Solano, der ihn im strömenden Regen noch immer fixierte und ihm etwas sagen wollte. Obwohl sich Ernesto Mühe gab, ihn zu verstehen, hörte er nichts, weil der Regen und das Geräusch des sich unablässig entlang der ausgeschlagenen Windschutzscheibe bewegenden Scheibenwischers die leise Stimme übertönten. Er wischte sich das Blut von den Augen, das pulsierend aus einer Wunde über die Stirne floss. Wie ein Tauber heftete er seinen Blick auf Solanos Mund, um die Worte von dessen Lippen abzulesen. Allmählich begriff Ernesto, was der andere sagte. Solanos Augen glänzten, während er krächzte, dass Ernestos

Mutter in der Hacienda gewesen und dass sie bis zuletzt gut gewesen sei. Ernestos Augen, von Blut verklebt, blickten Solano fassungslos an. Er glaubte sich verhört zu haben, zweifelte an seinem Verstand, aber immer und immer wieder vernahm er die gleichen Sätze, die sich mit den Bildern der Hacienda, von Alba, der steilen, zu den Gefängnis- und Folterräumen führenden Treppe und dem schreienden Mann auf dem Stuhl vermischten. Ein süßlich-bitterer Geschmack machte sich in seinem Mund breit und er erbrach ein Gemisch aus Blut und Galle. Immer noch vernahm er Solanos höhnische Stimme, als dieser von der Hacienda sprach und ihm prophezeite, dass auch er dort verrecken werde. Nur noch einzelne Wortfetzen drangen zu Ernesto herüber und schlugen wie Peitschenhiebe auf seinen Körper.

Ernesto legte sein Gesicht auf die zitternden Arme und versuchte, die Gedanken in seinem pochenden Schädel zu kanalisieren. Mit einem Mal verharrte er im Zustand innerer Kälte. Nichts focht ihn mehr an. Sein ganzes Sinnen trachtete nur noch danach, Solanos Stimme zum Schweigen zu bringen. Fieberhaft, alle Schmerzen ignorierend, drehte er sich auf den Rücken und dursuchte seine Taschen, bis seine Finger endlich ein zerquetschtes Schächtelchen ertasteten. Seine Hände brauchten Zeit, bis sie ein Streichholz herausklauben konnten, dann noch eines und noch eines. Sobald Ernesto einige beisammenhatte, wendete er sich unter größter Anstrengung, bis er Solano bäuchlings gegenüber lag. Zittrig hielt er die Schachtel in der einen Hand, während er mit der anderen ein Streichholz anzuzünden versuchte, aber entweder brach es ab oder er musste es durchnässt fallenlassen.

Solano schaute ihm verwundert zu, unfähig, sich zu bewegen. Seine Augen sprühten vor Spott, als wollte er sich über die ganze Welt lustig machen. Mit einem Male schien er aber zu begreifen, was Ernesto vorhatte. Seine Pupillen weiteten sich, nahmen den Ausdruck eines in die Enge getriebenen Tieres an. Stoßweise kamen ihm die Worte über die Lippen, als er Ernesto beschwor, nichts Unbesonnenes zu machen. Ernesto beachtete ihn nicht, weder als Solano ihn verfluchte, noch als er ihm versprach, alles zu seinem Vorteil zu regeln, ihn zu befördern, ja ihm Geld zu geben. Er solle, Solanos Stimme überschlug sich plötzlich, einfach Vernunft annehmen. Die Worte schossen wie giftige Pfeile aus Solanos Körper hervor, zuerst boshaft und dann bittend, doch Ernesto richtete seine ganze Konzentration auf das Entfachen der Flamme. Als endlich ein Streichholz Feuer fing, hob er es sachte und von der anderen Hand geschützt in die Höhe, als wolle er in einem feierlichen Akt eine Kerze anzünden. Solano überfiel Panik. Ein fremdartiges Stöhnen, das nicht zu ihm zu passen schien, brach aus ihm hervor. Gebannt und mit vor Schrecken geweiteten Augen verfolgte Solano jede einzelne Bewegung Ernestos. Mit der Kraft der Verzweiflung versuchte er, seinen Oberkörper zu heben. Ernesto hatte seine Augen auf die Flamme fixiert, schützte sie vor dem Regen. Dann ließ er das Streichholz mit weit ausgestrecktem Arm dort fallen, wo sich das Benzin in regenbogenfarbenen Kringeln auf dem nassen Asphalt ausgebreitet hatte. Blitzschnell entzündete sich die Flüssigkeit, raste wie eine Feuerwalze auf Solano zu, der bewegungslos in einer Benzinlache lag. Mit einem dumpfen Knall fing sein Körper Feuer und brannte sofort lichterloh. Ruckartig bewegte Solano die Arme, als ob er die Flammen noch abstreifen könne. Sein Mund war weit aufgerissen, und die sich verkrampfenden Glieder bewegten sich zuckend. Das Gesicht war zu einer schwarzen Fratze erstarrt, und der schon haarlose Kopf taumelte wie betrunken hin und her. Die brennenden Hände versuchten vergeblich, die Kleider von Solanos Körper zu reißen. Sein von hellen Flammen umhüllter Rücken beugte sich nach hinten, bevor die Hitze den letzten Atemzug verzehrt und ihm Hals und Lungen versengt hatte. Zischend erfasste das Feuer dann auch das Fahrzeug, das durch eine dumpfe Explosion erschüttert wurde. Die Flammen verschlangen Solano wie ein gewaltiges Ungeheuer.

Eine Stichflamme erfasste auch Ernesto. Der Druck riss ihn in die Höhe und raubte ihm den Atem, noch bevor das Feuer Haut und Haare verbrannte. Im Bruchteil einer Sekunde sah er sich, wie ein teilnahmsloser Beobachter, von der Druckwelle erfasst durch die Luft fliegen. Er spürte seinen Körper nicht, war frei von Angst, und eine nie gekannte Ruhe bemächtigte sich seiner. Die Zeit hatte sich aufgelöst, nichts engte ihn mehr ein, der Raum schien sich vielmehr zu dehnen. Unmerklich, ja fließend ineinander übergehend, war er in der Lage, alles um sich herum gleichzeitig wahrzunehmen. Gleichwohl merkte er, dass er unfähig war, das Geschehen in irgendeiner Weise zu beeinflussen. Sein Staunen zerbrach wie ein zu Boden fallender Spiegel in dem Moment, in dem sein Körper hart auf dem Asphalt aufschlug und ein durchdringender Schmerz ihn in die Realität zurückholte. Eine lähmende Schwäche kroch in ihm hoch, und bevor er das Bewusstsein verlor, wunderte er sich noch über die hell erleuchtete Straße. Dunkelheit, begleitet von einem Frösteln, hüllte seinen Körper ein.

22

Padre Javier hatte Pablo und Alejandro über verschiedene Kanäle zu erreichen versucht, aber die beiden waren wie vom Erdboden verschluckt. Bei seinen Erkundigungen musste er diskret vorgehen, weil er niemandem, nicht einmal seinen Fratres oder Mitarbeitern in der Kirche trauen konnte. Heimlich hatte er verschiedene Gewährsleute kontaktiert, aber die Antworten ließen quälend lange auf sich warten. Die Befürchtung, dass die beiden möglicherweise schon verhaftet worden waren, lastete zentnerschwer auf ihm. Zudem hatte er seit einiger Zeit das Gefühl, beobachtet zu werden und ertappte sich bei dem Gedanken, einer der Kirchgänger könnte ein Spitzel zu sein.

Es war kurz nach der Abendandacht, als Padre Javier seinen Küster die Kirche verlassen sah. Erst als sich dieser mehrmals umschaute, wurde der Padre stutzig und eine unbestimmte Ahnung drängte ihn, dem Küster zu folgen. In einer Seitenstraße stieg der Mann in ein Fahrzeug, das auf ihn gewartet hatte, und Padre Javier gelang es im letzten Augenblick, sich das Nummernschild des Wagens einzuprägen, bevor dieser um die Ecke bog. Noch am gleichen Tag bat er eine Bekannte, die ihr Auskommen als Schreibkraft bei der städtischen Verwaltung hatte, abzuklären, wer der Halter des Fahrzeuges sei. Seine Befürchtung wurde bestätigt, als sie ihm mitteilte, dass das Kennzeichen nicht registriert sei und sie deshalb nicht in Erfahrung bringen könne, auf wen der Wagen zugelassen war. Padre Javier war sich nun sicher, dass es sich entweder um ein Armeefahrzeug oder um eines der politischen Polizei handeln musste. Er wollte seinen Verdacht bestätigt sehen und fragte den Küster am nächsten Tag beiläufig, was er von der aktuellen politischen Situation halte. Der Mann wurde sichtlich nervös und wusste nichts zu erwidern. Umständlich wischte er sich mit einem Taschentuch die dicken Brillengläser sauber. Padre Javier schaute ihn in Erwartung einer Antwort gespannt an, was wiederum die Unruhe des Küsters steigerte. Verunsichert flüchtete er sich in ein unverständliches Gemurmel, bis er hervorbrachte, dass es heutzutage nicht ratsam sei, mit irgend jemandem über Politik zu reden. Padre Javier lachte kurz auf und meinte vorwurfsvoll, dass er – und dabei zeigte er auf sich – doch nicht irgend jemand sei. Mit seinen listigen Augen blickte er den Küster an, aber der Mann konnte seinem Blick nicht standhalten und die Angst und das Misstrauen waren mit Händen zu greifen. Auf seiner Stirne bildeten sich kleine Schweißperlen, das rechte Augenlid zuckte unmerklich. Padre Javier fuhr fort, dass die vielen Festnahmen eine Schande für das Land seien. Der Küster nickte übereifrig und murmelte ein zustimmendes Ja. Da gab ihm Padre Javier mit einem freundschaftlichen Klaps auf die Schultern zu verstehen, dass sie sich doch gut verstünden. Der Küster allerdings zuckte unter der Berührung wie elektrisiert zusammen. Mit der fadenscheinigen Begründung, er müsse in der Sakristei die liturgischen Gewänder und Geräte für den Gottesdienst bereitstellen, verabschiedete er sich von Padre Javier und eilte hinaus.

Der Priester war beunruhigt. Er hatte genug in Erfahrung gebracht, um sicher zu sein, dass der Mann etwas zu verbergen hatte. Nicht nur Alejandro und Pablo waren in höchster Gefahr, sondern auch Ernesto.

Er selbst war nun im Visier der politischen Polizei, denn er hatte Ernesto unabsichtlich zum Küster geführt, der möglicherweise einige Wortfetzen von ihrem Gespräch mitbekommen hatte. Schon dies allein reichte aus, um das Interesse der Behörden zu wecken. Padre Javier schalt sich einen Tor, nicht früher etwas bemerkt zu haben, aber er war mit zu vielen anderen Aufgaben beschäftigt gewesen, um den Küster, den er wegen seiner gewissenhaften Arbeit schätzte, einer kritischen Beobachtung zu unterziehen. Die Zeit eilte, denn wenn der Mann seine Informationen weitergegeben hatte, war es nur eine Frage von Stunden oder bestenfalls Tagen, bis er oder Ernesto zur Rede gestellt würden. Wohl genoss er einen gewissen Schutz des Klosters, aber sein unkonventionelles Handeln und provokatives Denken hatten ihm in der Vergangenheit nicht nur Freunde verschafft. Er kannte die hartnäckigen Gerüchte über das spurlose Verschwinden von mehreren Geistlichen. Schnelles Handeln war also geboten. Zügig begab er sich in das angrenzende Kloster, packte rasch eine kleine Tasche und bat Padre Espinoza, ihn bei der Armenspeisung zu vertreten, weil er noch einige unaufschiebbare Krankenbesuche erledigen müsse. Dann fuhr er mit dem öffentlichen Bus in Richtung der Plaza de Armas. An der Plaza Major bestieg er die Straßenbahn, die vom Zentrum wegführte, um kurz darauf mit einem Collectivo in die Nähe des Bahnhofs zurückzukehren. Er durchquerte schnellen Schrittes die kleinen kopfsteinbepflasterten Seitengassen und gelangte in eine lebhafte Einkaufsstraße. In einem Lebensmittelgeschäft befand sich ein Münztelefon, von wo aus er ein kurzes Gespräch führte. Unruhig warf er einen Blick auf seine Uhr und schätzte die Gehdistanz zum Bahnhof ab. Eine halbe Stunde dauerte es noch bis zur Abfahrt des Zuges. Bemüht, nach außen hin Ruhe und Gelassenheit auszustrahlen, betrat er die Bahnhofshalle und kaufte sich einen Fahrschein. Aus den Lautsprechern hallten Durchsagen, die von den einfahrenden Zügen übertönt wurden. Erst zum letztmöglichen Zeitpunkt begab er sich auf den Bahnsteig und stieg in einen Wagen dritter Klasse. Als der Zug ruckend anfuhr, lehnte er sich erschöpft an die Holzbank und schloss erleichtert die Augen. Er konzentrierte sich auf seinen Atem, um die Geräusche der anderen Fahrgäste auszublenden, und nach einer Weile wiegte ihn das regelmäßigen Tacke-tack, Tacke-tack der über die Schienen ratternden Räder in einen leichten Schlummer.

Bei Einbruch der Nacht erreichte der Zug einen baufälligen Bahnhof, der nur wenige Kilometer von der Landesgrenze entfernt war. Padre Javier stieg aus und überquerte die mit Sträuchern überwachsenen Abstellgeleise; er wartete einige Augenblicke, bis das rote Rücklicht des letzten Wagens in der Ferne verschwunden war. Ein mit Erz beladener Güterzug rollte durch die kleine Station, ließ die Scheiben des Bahnhofsgebäudes erzittern und wirbelte Staub und Abfall durch die Luft. Nur wenige Leute hielten sich vor dem verlotterten Holzbau auf, der von einer überdimensionierten Bahnhofsuhr dominiert wurde. Es gabe einen kleinen Warteraum mit einem vergitterten Kabäuschen, an dem Fahrscheine zu kaufen waren.

Padre Javier blickte sich suchend um und rieb sich den steifen Rücken. Nach wenigen Minuten hörte er das näherkommende Tuckern eines Motorrades; kurze Zeit später hielt das Gefährt mit pfeifenden Bremsen vor ihm. Vicente, ein kräftiger Mann mit struppigem Haar und Bartstoppeln schüttelte Padre Javier herzlich die Hand. Umständlich nahm Padre Javier in dem rostigen Seitenwagen Platz, und sie verließen über eine staubige

Schotterstraße den kleinen Ort in Richtung der schneebedeckten Berge, die in der Ferne noch undeutlich zu erkennen waren. Nur die funkelnden Sterne am aufkommenden Nachthimmel leuchteten ihnen den Weg, denn der Scheinwerfer des Motorrades funktionierte nicht. Sie fuhren an einem verlassenen Gehöft vorbei und gewannen allmählich an Höhe; der ächzende Motor quälte sich schlängelnd die Kurven hinauf. Der Fahrtwind ließ Padre Javier frösteln. Eine dumpfe Müdigkeit machte sich in seinen Gliedern breit. Langsam fuhren sie einem immer dunkler und größer werdenden Schatten entgegen. Nach einer letzten Biegung waren die blaugetünchten Mauern eines Klosters mit abgerundetem Kirchturm zu sehen. Eine Gestalt in brauner Kutte stand unter dem Torbogen und begrüßte Padre Javier mit einer stillen Umarmung. Die beiden tauschten sich kurz aus, durchquerten dann den runden Klostergarten und betraten das Refektorium, wo auf einem langen Tisch bereits Brot, Trockenfleisch und Wein bereitstanden. Padre Javier setzte sich erschöpft auf die Bank und faltete seine Hände zu einem stummen Gebet. Bedächtig brach er das Brot und aß schweigend, bevor er sich in einer Klause auf ein hartes Bett legte und sofort einschlief.

Das metallene Geläut einer Glocke unterbrach Stunden später seinen unruhigen Schlaf und rief zur Laudes. Padre Javier drehte sich jedoch zur Seite und überlegte gequält, was alles zu tun sei. Prior Sebastiano hatte ihm gestern noch berichtet, dass einer der beiden Vermissten auf dem Weg zu ihnen sei. Der andere blieb spurlos verschwunden, als ob es ihn nie gegeben hätte. Padre Javier befürchtete das Schlimmste. Rasch erhob er sich, denn er wollte nicht untätig im Bett liegen, obwohl sein Rücken von der langen Fahrt immer noch schmerzte. Er verließ seine Klause und ließ den Blick über die Berge schweifen, die in die zarten Farben der Morgenröte getaucht waren. Er wusch sich mit kaltem Wasser und trat danach in das kahle Refektorium ein, wo er von vier Fratres begrüßt wurde. Prior Sebastiano sprach ein Gebet und dankte für das heile Ankommen von Padre Javier. Sie teilten Brot und Käse und aßen schweigend. Erst als die anderen den Raum verlassen hatten, eröffnete Prior Sebastiano dem Pater, dass heute Nacht möglicherweise einer der Männer eintreffen werde. Vicente habe ihm heute Morgen mit einem Schmunzeln angekündigt, dass eine «Lieferung» anstehe, welche er anschließend über die Grenze bringen solle. Um wen es sich handle, wisse er allerdings nicht, und auch sonst sei nichts bekannt. Padre Javier entgegnete leise, dass dies kein gutes Zeichen sei, denn von einem Gewährsmann habe er erfahren, dass Alejandro und Pablo seine Nachricht erhalten hätten und unterwegs sein müssten. Mit einem Mal schrak Padre Javier zusammen, weil er sich erst jetzt wieder an Ernesto erinnerte. Er versuchte, das beklemmende Gefühl zu unterdrücken, der junge Soldat sei möglicherweise schon durch den Verrat des Küsters entdeckt und verhaftet worden. Wie konnte er Ernesto erreichen, ohne dass sein Interesse die Aufmerksamkeit noch mehr auf ihn lenkte?

Prior Sebastiano saß neben dem Padre auf einer steinernen Bank, als Vicente in seiner ungestümen Art den Hof überquerte und zu den beiden Männern stieß. Sie unterhielten sich einige Minuten und Vicente versprach, seine Vertrauensleute zu kontaktieren, um etwas über den jungen Soldaten in Erfahrung zu bringen. Er meinte jedoch, dass es schwierig werden dürfte, Informationen aus einer Kaserne zu bekommen. Kaum hatte er den Satz beendet, sprang er auf. Rastlos rief er schon im Fortgehen, dass ihm sicher etwas zu Ohren kommen werde. Auch Prior Sebastiano erhob sich und trotz seiner Leibesfülle gelang ihm das mit einer Leichtigkeit, die man ihm nicht zugetraut hätte. Er legte eine Hand auf Padre Javiers Schulter und nickte ihm aufmunternd zu, ehe er sich entfernte. Padre Javier blieb einen Moment in der wärmenden Morgensonne sitzen. Dann suchte er die kleine Klosterkirche auf. Wie so oft, wenn er hier war, setzte er sich in eine der hintersten Bankreihen und überließ sich der Stille, bis sein aufgebrachtes Herz ruhiger schlug.

Kurz vor Mitternacht hörte Padre Javier das vertraute Tuckern des Motorrades und begab sich rasch zum Torbogen, wo bereits Prior Sebastiano wartete. Vicente brachte das Fahrzeug neben dem Eingangstor zum Stehen und aus der Finsternis kam ihnen schemenhaft eine Gestalt entgegen. Padre Javier konnte zuerst nicht erkennen, um wen es sich handelte. Als ein Lichtschein auf das Gesicht fiel, beschleunigte er seine Schritte und ergriff mit beiden Händen stumm Alejandros Kopf. Die Männer sahen sich lange an, bis Alejandro mit rauer Stimme sagte, dass Pablo bei einer Razzia festgenommen und auf der Flucht erschossen worden sei. Albas Warnung habe Pablo zu spät erreicht. Der einzige Trost sei, dass er Alba in Sicherheit wisse, sonst hätte sie ihn ja nicht warnen können.

Padre Javier fühlte sich jäh niedergedrückt von seinem Alter und aller Last, die ihm zeitlebens begegnet war. Prior Sebastiano nahm Alejandro beim Arm und bat Padre Javier und Vicente, mit ihnen ins Refektorium zu kommen. Heißhungrig griff Alejandro nach Brot und Fleisch und schenkte sich Wein ein. Padre Javier räusperte sich, brachte es aber nicht fertig, Alejandro zu sagen, dass Alba tot war. Er erhob sich und erklärte, dass sie nun alle Ruhe bräuchten, um morgen das weitere Vorgehen planen zu können Vicente drängte jedoch darauf, noch in der Nacht die Grenze zu überschreiten, weil ihm sein Schwager, der bei der lokalen Polizei arbeitete, einen entsprechenden Tipp gegeben hatte. Sie beschlossen daher, dass sich Alejandro kurz hinlegen und um zwei Uhr in der Früh aufbrechen und mit Vicente zu Fuß die Grenze überqueren sollte. Alejandros Züge waren von Erschöpfung gezeichnet und er musste nicht zweimal aufgefordert werden, sich für eine Weile hinzulegen.

Padre Javier überquerte den Hof und betrat die Klosterkirche. Er setzte sich in der Dunkelheit wieder auf die hinterste Bank und hielt Zwiesprache mit einem Gott, von dem er immer weniger wusste, ob es ihn gab. Müde stützte er das Gesicht in seine Hände und verharrte lange in dieser Haltung, bis ihn das Knarren der Türe aus seiner Vertiefung riss. Erstaunt, dass die Zeit so schnell verflossen war, folgte er Vicente, der von Alejandro und Prior Sebastiano bereits erwartet wurde. Alejandro schulterte einen kleinen Rucksack und sah Padre Javier erwartungsvoll an. Der Padre brachte es wieder nicht übers Herz, mit ihm über Alba zu reden. Obwohl er wusste, dass Alejandro sich selbst gegenüber hart war und sich nicht so leicht unterkriegen ließ, erinnerte er sich doch, wie sehr er Alba verbunden gewesen war, dass er sie möglicherweise geliebt hatte. Als sie noch in seiner Gemeinde gelebt und in einer kleinen Zeitungsredaktion mit Pablo Texte für eine Kulturzeitschrift verfasst hatten, hatte er die beiden oft verstohlene Blicke tauschen sehen. Gleichzeitig drängte sich Padre Javier das Bild Ernestos auf, der von Alejandro so verschieden war. Alba musste in den letzten Tagen ihres Lebens eine Innigkeit mit ihm geteilt haben, die nur wenigen vergönnt war. Liebe, so entsann er sich einer seiner Predigten, sei nicht dosierbar, und es gebe keine Moral, die verbiete, mehr als einen Menschen zu lieben. Padre Javier vermied es, Alejandro in die Augen zu sehen. Stattdessen legte er seine Hände liebevoll auf dessen Schultern und setzte zum Sprechen an, aber Prior Sebastianos Blick ließ ihn innehalten, wohl wissend, dass jedes Wort das Zerbrechliche gänzlich zerstören könnte. Er zog Alejandro an sich und umarmte ihn stumm. Vicente öffnete das Tor und Alejandro drehte sich beim Hinausgehen ein letztes Mal um, bevor er von der Nacht aufgesogen wurde.

Am nächsten Morgen erschien Vicente zu früher Stunde und meldete, dass alles gutgegangen sei. Alejandro sollte ohne Schwierigkeiten weiterkommen, denn sie hätten ihren Grenzübertritt auf die Patrouillengänge der Grenzwächter abgestimmt. Noch ehe ihn Padre Javier fragen konnte, ob sich Alejandro nach Alba erkundigt habe, startete Vicente das Motorrad und rief ihnen, den Lärm übertönend, zu, dass er sich nun um seinen zweiten Auftrag kümmern müsse. Ratternd fuhr er die holprige Straße hinab und verschwand als kleiner werdender Punkt in der Landschaft.

Padre Javier musste noch einen Tag auf Nachrichten von Vincente warten. Nur dank seiner Disziplin und der täglichen Kontemplation gelang es ihm, die Ungewissheit auszuhalten. Er ging den anderen Fratres im Klostergarten und in der Küche zur Hand und merkte, dass die körperliche Arbeit ihn schnell ermüdete, doch das störte ihn nicht, denn so konnte er besser schlafen. Auch genoss er nach der permanenten Spannung, unter der er in der Stadt gestanden hatte, die Ruhe.

Als das vertraute Motorengeräusch endlich Vicentes Kommen ankündete, ließ Padre Javier seine Arbeit liegen und begab sich erwartungsvoll zum Tor. Vicente war aufgeräumter Stimmung und man sah ihm die Freude an, gute Nachrichten überbringen zu können. Padre Javier begleitete ihn ins Refektorium, wo Vicente einen großen Schluck Wein trank und sichtlich die Spannung genoss, mit der Prior Sebastiano und Padre Javier seinen Bericht erwarteten. Er wischte sich mit dem Handrücken den Mund sauber und berichtete von einem schweren Verkehrsunfall, bei dem ein Offizier umgekommen und sein Fahrer verletzt worden sei. Möglicherweise, aber das könne er noch nicht mit Sicherheit sagen, handle es sich bei dem Fahrer um den jungen Soldaten. Er vertraue auf seine Quellen, die ihm in den nächsten Tagen noch Näheres mitteilen würden. Prior Sebastiano strich sich über das schüttere Haar und fragte Vicente, ob er ausfindig machen könne, wo sich der verletzte Soldat befinde. Vielleicht werde er aufgrund der Schwere seiner Verletzungen zuerst in einem zivilen Krankenhaus behandelt, wo der Zugang einfacher wäre. Es könne sein, warf Vicente ein, dass der Mann im Hospital San Tomaso liege, denn nur dieses sei für Schwerverletzte eingerichtet.

23

Ernesto glitt von einem Zustand tiefster Nacht in den einer halbwachen Benommenheit. Das erste, was er wahrnahm, waren fremde und zugleich vertraute Geräusche, so dass er sich nicht orientieren konnte. Der scharfe Geruch von Desinfektionsmitteln und brennende Schmerzen überfielen seine Sinne. Die Zunge klebte taub an seinem Gaumen. Ein bitterer Geschmack von Äther hatte sich in seinem Mund ausgebreitet und immer wieder würgte ihn Brechreiz. Das Atmen fiel ihm schwer. Allmählich holten ihn undeutliche Stimmen ins Leben zurück und er versuchte, die geschwollenen Augen zu öffnen, aber sobald er das grelle Tageslicht erblickte, schloss er sie wieder. Jedes Zeitgefühl war ihm abhandengekommen. Trübe Gedanken flossen wie ein unruhiger Bach an ihm vorbei und er schickte sich erfolglos an, sie in klare Bahnen zu lenken. Als er ein Summen vernahm und sich instinktiv nach links drehen wollte, durchfuhr ihn ein stechender Schmerz, als hätte jemand tausend Nadeln in seinen Leib gebohrt. Mit einem tiefen Ächzen rollte er wieder auf den Rücken. Jeder Atemzug fühlte sich an, als säße ein Kobold auf seiner Brust und drücke ihn mit seinem Gewicht in die Matratze. Eine weibliche Stimme erkundigte sich, ob er etwas trinken wolle. Er öffnete vorsichtig die Augen und sah wie durch einen Schleier eine ältere Nonne, die Tee bereithielt und sachte seinen Kopf anhob, so dass er zuerst die gesprungenen Lippen netzen und dann ein wenig am Glas nippen konnte. Ernesto wollte sie fragen, wo er sei, aber die Worte blieben ihm im Hals stecken. Beruhigend kündigte sie das baldige Kommen des Arztes an. Es sei ein Wunder, dass er den schweren Unfall überlebt habe, aber mit Gottes Hilfe werde er wieder gesund werden. Als ob sie geahnt hätte, was er fragen wollte, sagte sie, dass er sich im Hospital San Tomaso befände und aus der Narkose erwacht sei. Man habe bereits nach ihm gefragt, ein gewisser Feldwebel Rodríguez sei schon hier gewesen. Aber für Besuche sei es noch viel zu früh. Ernesto wunderte und freute sich zugleich über die Anteilnahme, war aber zu schwach, etwas zu erwidern. Die Schwester kontrollierte die Infusion, fuhr ihm mit einem feuchten Tuch über die Stirne und wandte sich dann den anderen Patienten zu.

Schwerfällig blickte Ernesto an sich herunter und sah sein rechtes Bein eingegipst an einer Art Flaschenzug hängen, an dem ein Gewicht befestigt war. Auf den Armen und der Brust lagen lose feuchte Verbände, die seine Brandwunden abdeckten. Das Gesicht war mit einer dicken Salbe eingestrichen und die Haut schien zum Zerreißen gespannt. Erschöpft schloss er die Augen, hörte von weitem Wortfetzen, aber seine ganze Aufmerksamkeit war auf das Brennen in seinen Gliedern gerichtet. Vergeblich versuchte er, sein Denken auf etwas zu richten, das ihn von den Schmerzen ablenken könnte, die wellenartig seinen Körper quälten. Endlich, nach einer Ewigkeit zwischen Wachen und Dämmern, fiel er in einen erlösenden Schlaf.

Er erwachte erst wieder, als ihn mehrere Hände sachte anhoben, jemand seinen linken Arm berührte und sich vorsichtig daran zu schaffen machte. Die Berührungen waren so qualvoll, dass er nur wimmern konnte. Die Schwester strich ihm sanft über die Haare und sagte leise, dass man ihm ein Medikament gebe, mit dem es ihm bald bessergehen werde. Während sie mit einer kleinen Feile eine Ampulle öffnete und das Morphium in der Spritze aufzog, vernahm er eine männliche Stimme und ein Arzt mittleren Alters meinte nachdenklich, dass er Glück im Unglück gehabt habe. Er wisse es vielleicht noch nicht, aber sein Vorgesetzter sei bei diesem Unfall ums Leben gekommen. Ernesto atmete schwer. Vor seinem inneren Auge sah er, wie die Feuerwalze auf Solano zuraste und sich dessen Körper in skurrilen Bewegungen wand. Der Arzt redete weiter, aber seine Worte drangen undeutlich und wie durch Watte zu Ernesto, der ganz von dem Bild des zuckenden Solano eingenommen war. Nur langsam löste sich alles in milde Farben auf und es durchflutete ihn eine angenehme Wärme, als sich das Medikament in seinen Adern ausbreitete und er in eine zeitlose Dunkelheit hinüberglitt.

Am dritten Tag erschienen zwei Beamte der Militärpolizei und stellten Ernesto mehrere Fragen zum Hergang des Unfalls. Obwohl der Arzt ihnen nur einige Minuten zugestanden hatte, insistierten sie über Gebühr. Ernesto hatte geahnt, dass man ihn befragen würde. Die Wahrheit zu sagen, wäre ihm eine große Erleichterung gewesen. Durch die Medikamente war er entspannt und fühlte sich nicht angreifbar. Doch die vergangenen Erlebnisse hatten sein Bewusstsein geschärft und er wusste, dass seine Aussage über sein Leben entscheiden würde. So erklärte er den Polizisten, dass ihnen ein Lastwagen mit hoher Geschwindigkeit entgegengekommen und in einer Biegung auf ihre Fahrbahn geraten sei. Er habe das Fahrzeug, um einen Zusammenstoß zu vermeiden, im letzten Moment auf die linke Seite gesteuert, aber kurz darauf sei der Fahrer des Lasters auf seine Fahrspur zurückgekehrt. Instinktiv habe er das Steuer nach rechts gerissen, sei ins Schleudern geraten und in einen Baum gekracht. Solano habe ihm noch geholfen, aus dem Wagen zu kriechen und sie hätten versucht, sich so weit wie möglich zu entfernen, weil sich das Benzin überall ausgebreitet habe. Dann könne er sich nur noch an eine Explosion und einen harten Schlag erinnern, der ihn traf, bevor er das Bewusstsein verlor. Die Beamten erkundigten sich nach weiteren Details zum Unfallhergang, machten sich Notizen, aber Ernesto blieb bei seiner Version und hütete sich unter dem Vorwand, sich an nichts mehr erinnern zu können, weitere Auskünfte zu geben. Der Arzt betrat das Zimmer und forderte die beiden Männer auf, morgen wiederzukommen, der Patient brauche nun Ruhe. Sie nickten und verabschiedeten sich, ohne noch etwas zu sagen. Ernesto war dem Arzt dankbar, denn er hätte nicht viel länger die Kraft gehabt, sich gegen insistierende Fragen zu wehren. Der Besuch hatte ihn aufgewühlt und gleichzeitig so angestrengt, dass er kurz darauf erschöpft einschlief.

Aber die Ruhe war nur von kurzer Dauer. Wenige Stunden später wurde er durch eine scharfe Ausdünstung und ein Räuspern geweckt. Instinktiv hatte Ernesto seine Anwesenheit bereits wahrgenommen, und als er die Augen öffnete, blickte er in das Gesicht von Carlos. Der grinste ihn an, und sein grobschlächtiger Kollege stand schweigend auf der anderen Seite des Bettes. Carlos wünschte Ernesto einen guten Tag und fragte, wie es ihm gehe, doch ohne eine Antwort abzuwarten, fuhr er fort, dass Solano nicht so viel Glück gehabt habe wie er. Carlos kam ohne Umschweife zur Sache und wollte wissen, ob Ernesto eine Ahnung habe, was Solano in der Gegend gesucht habe, in der der Unfall geschehen sei.

Ernesto merkte, wie ihm der Schweiß ausbrach. Er war sich sicher, dass der Küster Padre Javier verraten hatte und dieser womöglich schon verhaftet worden war. Zugleich hoffte er, dass Solano niemanden über ihren Besuch in der Kirche informiert hatte. War es möglich, dass Carlos und sein Kollege von nichts wussten? Auf keinen Fall durfte er etwas von der Kirche sagen. Ernesto entgegnete deshalb nur, dass ihn Solano nicht über sein Fahrziel orientiert habe. Der Kollege von Carlos fixierte ihn und schnaubte verächtlich. Ernesto zwang sich, seinem Blick standzuhalten. Das Schweigen war unerträglich, aber es gelang ihm, äußerlich ruhig zu erscheinen. Er spürte eine unsichtbare Schnur, die sich langsam von hinten zuzog. Atemnot blockierte seine Brust. Fieberhaft überlegte er sich eine Antwort auf die nächste Frage, aber der Sturm in seinem Kopf blockierte jeden Gedanken.

Carlos zuckte ärgerlich die Schultern und sagte zu seinem Begleiter, Solano habe immer auf eigene Faust gearbeitet und seine Informationen erst kurz vor Beginn einer Aktion in Aufträge umgemünzt. Sie hätten dann den Mist ausbaden müssen, so wie es dem Herrn Hauptmann gepasst habe. Ärgerlich murmelte er noch etwas von selbstherrlichem Gehabe. Der andere Mann schien auf etwas herumzukauen, denn er bewegte die Zunge schwerfällig hin und her und ließ sie über die Zähne gleiten. Seine Kinnlade malmte, er maß Ernesto mit ausdruckslosen Augen und glich einem dumpfen Wiederkäuer. Mit dicken Fingern fuhr er sich über die porige Nase. Carlos schüttelte den Kopf und wünschte Ernesto gute Besserung. Er drehte sich zum Gehen, aber sein Kollege blieb stehen.

Anstatt Carlos zu folgen, öffnete er den Mund und richtete zum ersten Mal das Wort an Ernesto. Seine grobe Stimme verlangte zu wissen, wo ihnen der Lastwagen entgegengekommen sei. Ernesto war über den Umstand, dass der Mann zu ihm sprach, so perplex, dass er ihn mit halb geöffnetem Mund anstarrte. Das Dröhnen des Herzens schien seine Worte zu übertönen, als er nach einem Augenblick des Zögerns den Unfallhergang beschrieb. Gereizt kehrte Carlos an das Bett zurück und fragte seinen Kollegen, was dies solle. Der schaute Ernesto immer noch feindselig an und ignorierte Carlos vollständig. In schneidendem Ton fragte er, ob der Lastwagen vor dem Zusammenprall gebremst habe, und nagelte Ernesto dabei mit seinem Blick fest. Ernesto merkte instinktiv, dass diese Frage von überragender Bedeutung war, aber er wusste nicht, wie er reagieren sollte. Er könne nicht sagen, ob der Lastwagen gebremst habe, er wisse nur noch, dass die Scheinwerfer auf sie zugeschossen seien und ihn geblendet hätten, meinte er schließlich. Dann habe er das Lenkrad herumgerissen, wodurch das Auto ins Schleudern geraten sei und er die Kontrolle verloren habe.

Ohne eine Miene zu verziehen, hatte der Mann ihm zugehört und entgegnete nun, dass Fahrzeuge, die aufeinander zurasten, normalerweise nicht nur auszuweichen, sondern auch zu bremsen versuchten. Er könne sich deshalb nicht erklären, weshalb nur der Wagen von Solano, nicht aber der Lastwagen Bremsspuren auf dem Asphalt hinterlassen habe. Der Mann wartete, so dass seine Worte im Raum stehenblieben. Dann fuhr er fort, es gebe nur zwei Möglichkeiten für die fehlenden Spuren: Entweder habe der Laster nie gebremst und sei bewusst auf ihren Wagen zugerast, so dass man von einer absichtlich herbeigeführten Kollision ausgehen müsse. Dies sei jedoch wenig wahrscheinlich, weil es andere Möglichkeiten gegeben hätte, einen Anschlag auf Solano auszuführen. Oder aber, es habe diesen verdammten Lastwagen gar nicht gegeben und die ganze Geschichte sei frei erfunden. Wäre dem so, müsste man sich folgerichtig die Frage stellen, weshalb der Wagen ungebremst in den einzigen Baum im Umkreis von achtzig Metern gerast sei und welche Rolle er, und dabei deutete er mit dem Zeigefinger auf Ernesto, bei dieser Sache gespielt habe.

Ernestos Hände verkrampften sich unter dem Leintuch und Schwindel stieg in ihm auf. Seine Glieder brannten, als ob jemand Salz in die offenen Wunden gestreut hätte. Carlos war sichtlich erbost und meinte zu seinem Kollegen, er solle mit diesem Unsinn endlich aufhören, die Unfallursache sei bereits abgeklärt worden. Er glaube doch selbst nicht, dass der Wagen absichtlich in den Baum gelenkt worden sei. So einen Schwachsinn habe er schon lange nicht mehr gehört, und der da, er zeigte auf Ernesto, sei ja auch fast krepiert. Er wolle nun gehen und nicht seine Zeit mit Bremsspuren und in der Luft aufgelösten Lastwagen vertrödeln. Dem anderen Mann schoss wütende Röte ins Gesicht. Er ignorierte hartnäckig Carlos' Einwände und forderte Ernesto auf, zu berichten, was genau vorgefallen sei. Aufs Neue erklärte Ernesto, dass ihm Hauptmann Solano aufgetragen habe, zum Bahnhof zu fahren. Auf dem Weg dorthin sei er schweigsam gewesen. Kurz vor dem Ziel habe der Hauptmann gesagt, dass er etwas vergessen habe und er ihn ins Hauptquartier fahren solle. Er habe ihn angewiesen, die Abkürzung zu nehmen, als ihnen der Lastwagen entgegengekommen und es dann beinahe zur Kollision gekommen sei.

Der Mann wandte sich an Carlos und verzog seine wulstigen Lippen zu einem Grinsen, wodurch seine ungepflegten Zähne zu sehen waren. Er fragte Carlos, wie er sich erkläre, dass Solanos Waffe neben dem Lenkrad gelegen habe. Er müsse doch stark in Zweifel ziehen, dass Solano die Waffe beim Unfall verloren habe. Es sei ja allgemein bekannt gewesen, dass er die Taurus immer in einer verschlossen Innentasche des Jacketts getragen habe, weil er Angst hatte, sie zu verlieren. Hätte er die Waffe bei sich getragen, dann wäre sie bei der Leiche gefunden worden, aber sie habe neben dem Lenkrad gelegen, was bedeute, dass Solano die Waffe vor dem Aufprall gezogen habe. Dies wiederum könne nur bedeuten, dass sich Solano wehren oder dass er jemanden in Schach halten wollte. Wenn man diesen Gedanken weiterspinne, stelle sich unweigerlich die Frage, welche Rolle dieser Typ, und dabei zeigte er wieder auf Ernesto, bei dem mysteriösen Unfall gespielt habe. Möglicherweise habe Solano einen Hinterhalt gefürchtet und die Waffe gezogen, oder aber der da habe nicht gespurt. Und wenn er es sich genau überlege, habe Solano mehr als einmal gesagt, dass die Zeit für diesen Weichling noch nicht reif sei, aber die Ernte bald eingefahren werde. Solano habe immer nach dem Leck gesucht, welches den beiden Terroristen die Flucht ermöglicht hatte. Zuerst sei er auf den Kompagnon von Ernesto verfallen, aber es habe sich bald herausgestellt, dass Alonso, selbst nach subtilster Behandlung in der Hacienda, keine Ahnung hatte. Wahrscheinlicher sei, dass Solano auf seiner letzten Fahrt den Verräter entlarvt habe. Carlos, ungehalten über die Verzögerung, wollte endlich gehen, aber Zweifel hatten sich inzwischen auch bei ihm eingenistet, denn die Argumente seines Kollegen schienen nicht an den Haaren herbeigezogen. Zugleich erinnerte er sich an Oberst Menéndez, der die Untersuchung bereits nach kurzer Zeit für abgeschlossen erklärt hatte. Missmutig drehte er den Kopf in Ernestos Richtung und meinte, dass es sicher noch einige offene Fragen gebe, die man zu einem späteren Zeitpunkt werde klären müssen. Er verabschiedete sich kurz von Ernesto und ging, gefolgt von seinem Kollegen, dessen ausdrucksloser Blick in Ernestos Seele haften blieb.

Als die Türe ins Schloss gefallen war, drehte sich Ernesto zur Seite. Eine kalte Angst hatte sich in seinen Gliedern festgesetzt und sein Mund war trocken. Minuten später erschien der Arzt und erkundigte sich, was die beiden von ihm gewollt hätten. Aschfahl erwiderte Ernesto, dass sie ihn zum Unfallhergang befragt hätten. Der Arzt schüttelte missbilligend den Kopf und meinte, dass diese ungeduldigen Leute offenbar nicht warten konnten, obwohl ihnen doch bekannt sein müsse, dass er in den nächsten Tagen in ein Militärkrankenhaus verlegt werde. Ernesto zuckte zusammen, aber der Arzt erklärte ihm, dass er sich keine Sorgen machen müsse; Armeeangehörige würden nur in Ausnahmefällen in zivilen Spitälern behandelt oder, wie in seinem Fall, vorübergehend als Notfälle aufgenommen.

24

Das Frühlicht erhellte den Saal und allmählich erwachte das Krankenhaus zum Leben. Obschon es Sonntag war, hallten die Schritte der Ordensschwestern durch die Gänge, die sich dem unerbittlichen Ritual des Waschens und der Pflege ihrer Schützlinge hingaben. Die Gehfähigen begaben sich in die Spitalkapelle zum Gottesdienst, der durch das Angelusläuten angekündigt wurde. Begleitet von einer Ordensschwester betrat ein korpulenter Priester in brauner Kutte den Raum und nahm sich bei jedem der bettlägerigen Patienten Zeit, um sich nach dessen Befinden zu erkundigen. Als er sich bei Ernesto als Prior Sebastiano vorgestellt hatte, fragte er auch ihn nach seinem Genesungsverlauf. Dann senkte er die Stimme und richtete ihm Grüße von Padre Javier aus. Ernesto war von der plötzlichen Wendung des Gesprächs so überrascht, dass er sich sofort im Zimmer umblickte, ob jemand sie belausche. Nachdem er sich gefasst hatte, fragte er, woher er Padre Javier kenne. Der Prior schüttelte den Kopf und meinte, dass dies nicht von Belang sei. Er könne ihm aber versichern, dass es Padre Javier gutgehe und er sich keine Sorgen machen müsse. Viel wichtiger sei, dass man ihn endlich aufgespürt habe und er am Leben sei. Padre Javier würde gerne mit ihm sprechen, aber der Zeitpunkt sei verfrüht, weil sich die Aufregung um Solanos Tod noch nicht gelegt habe.

Allmählich kam das Gespräch in Fluss und Ernesto fasste Vertrauen. Der Priester bat ihn eindringlich, bei Fragen über seinen Aufenthalt in der Kirche immer auf seine Beichte zu verweisen. Padre Javier habe er nur zufällig in der Kirche getroffen und er dürfe auf keinen Fall etwas von Alba und ihren Freunden erzählen. Als der Name Alba fiel, stockte Ernestos Atem und er sah sie wieder neben sich knien. Er gestand sich beschämt seine Ohnmacht ein, weil er ihr die Entscheidung nicht abgenommen hatte. Prior Sebastiano erahnte seine Gewissensbisse und hielt einen Augenblick inne, denn er wusste, wie behutsam mit seelischen Verletzungen umgegangen werden musste. Dann meinte er, dass es nichts bringe, wenn man sich von der Vergangenheit leiten lasse, das raube einem die dringend benötigten Kräfte für die Zukunft. Er beugte seinen Kopf zu Ernesto und erkundigte sich, ob die Polizei schon gekommen sei. Ernesto nickte und berichtete, dass auch die beiden Gehilfen von Solano ihn aufgesucht und Fragen gestellt hätten, aber er habe zu keinem Zeitpunkt seinen Besuch in der Kirche erwähnt, sondern eine Geschichte über eine Fahrt zum Bahnhof erfunden. Prior Sebastiano schien beruhigt. Anschließend erzählte Ernesto von seiner bevorstehenden Verlegung und wollte wissen, wie er mit Padre Javier in Kontakt treten könne. Prior Sebastiano entnahm einer abgeschabten schwarzen Tasche eine Bibel und zog ein Kärtchen mit dem Bild des Heiligen Franziskus heraus. Gut sichtbar stellte er es auf das Nachttischchen. Dieses Bild, erklärte er, werde ihm den Kontakt zu Padre Javier ermöglichen, sobald die Zeit gekommen sei. Er solle diese Karte mit seiner Adresse und einer symbolischen Spende in ein Couvert stecken und an Vicente García schicken; alles andere werde sich dann von selbst ergeben. Mehrmals nannte er Ernesto den Namen und die Anschrift des Klosters, damit er sie sich einprägen konnte. Aus Gründen der Sicherheit sei es jedoch geboten, sich erst in einigen Monaten zu melden, außer es handle sich um einen Notfall. Ernesto spürte, dass der Prior gehen wollte und flüsterte ihm zu, dass der Küster ein Verräter sei. Sebastiano nickte wissend und sagte, dass alle Bescheid wüssten und die nötigen Vorkehrungen getroffen seien. Dann faltete er seine Hände und betete mit Ernesto ein Vaterunser. Er erhob sich und redete noch einige Augenblicke für alle gut hörbar über Belangloses, bevor er sich mit guten Genesungswünschen verabschiedete. Mit dem Schließen der Türe sank Ernesto in das Kissen zurück, und erstmals wich die Beklemmung der letzten Tage von ihm, denn er fühlte sich nicht mehr alleine.

Zwei Tage später wurden Ernesto von Sanitätern abgeholt und ins Militärkrankenhaus überführt. Auf dem Weg dorthin konnte er aus den getönten Seitenfenstern der Armeeambulanz die vorbeieilenden Kulissen der Stadt erkennen. Obwohl ihm die Schwester noch ein Schmerzmittel verabreicht hatte, fuhr sein Körper bei jeder Unebenheit der Straße zusammen. Im Krankenhaus angelangt brachten ihn die Pfleger auf einer Trage in einen großen Schlafsaal, dessen Boden mit kalten Fliesen ausgelegt war und an dessen Seitenwänden der Länge nach jeweils sechs metallene Betten aufgereiht waren. Die hohen Fenster gingen auf einen Hof und das Sonnenlicht wurde von einer grauen Wand verschluckt. Dominant hing über dem Eingang ein wuchtiges Kruzifix, geschmückt mit einem verdorrten Olivenzweig.

Ernesto bekam ein Bett zwischen zwei Rekruten. Der eine war kürzlich am Blinddarm operiert worden, der andere hatte sich beim Sturz von einer Laderampe die Beine gebrochen. Die drei fanden schnell Kontakt zueinander und vertrieben sich bald schon die monotonen Tage mit Kartenspielen. Ernestos Genesung schritt nur langsam voran und da er von ständigem Husten geplagt war, verlief der Heilungsprozess der gebrochenen Rippen schmerzhaft. Die Brandwunden hatten tiefe Narben hinterlassen und sein Bein konnte er immer noch nicht voll belasten.

Eines Abends legte er sich nach seinen Gehübungen im Korridor erschöpft zu Bett. Sein Blick fiel auf das abgegriffene farbige Kärtchen mit dem Heiligen Franziskus, das ihm Prior Sebastiano gegeben hatte. Er hatte es beim Eintritt auf seine Ablage gestellt, ihm aber keine Aufmerksamkeit mehr geschenkt, womöglich weil er es jeden Tag vor Augen hatte. Er drehte es nach allen Seiten, als ob er eine geheime Botschaft darauf finden könnte. Als das Licht gelöscht wurde, legte er es sich auf die Brust und bedeckte es mit der Hand, denn es war sein einziger Zugang zur Außenwelt.

Feldwebel Rodríguez suchte ihn einige Tage später auf und berichtete, dass Solanos Tod lange Zeit das wichtigste Gesprächsthema in der Truppe gewesen sei. Seit der Hauptmann mit militärischen Ehren beigesetzt und für ihn eine Messe gelesen worden sei, herrsche jedoch wieder der alltägliche Kasernentrott. Den Fahrer des Lastwagens habe man trotz intensiver Suche bis heute nicht finden können. Man vermute, dass er betrunken gewesen sei und Fahrerflucht begangen habe. Die Untersuchungen seien noch nicht gänzlich abgeschlossen, auch wenn Oberst Menéndez darauf gedrängt habe. Es sei ja allen bekannt gewesen, dass sich Solano und Menéndez nie etwas geschenkt hätten. Er solle sich, fuhr Rodríguez beim Abschied fort, keine Sorgen mehr machen und in erster Linie an seine Genesung denken. Ernesto war die Erleichterung anzusehen, denn sein Feldwebel war stets gut informiert. Eine gewisse Ruhe überkam ihn, und die Angst, überführt zu werden, verblasste.

Ende des Monats, es war die Woche vor Ostern, wurde Ernesto zum Stationsarzt bestellt, der ihn knapp begrüßte und sogleich aufforderte, sich zu setzen. Dem Mann schien die Arbeit sichtlich keine Freude zu bereiten, und er war bekannt dafür, die Patienten schnell abzufertigen. Umständlich suchte er ein Röntgenbild aus einem Stapel Akten hervor, klemmte es auf einen weißen, beleuchteten Glaskasten an der Wand und klopfte mit einem Bleistift zuerst auf die obere linke und dann die obere rechte Seite. Dies seien die Lungen, erklärte er, und hier sehe etwas nicht gut aus. Mit dem Bleistift zog er einen imaginären Kreis und tippte mehrmals auf einen Schatten, der darin zu erkennen war. Ob er rauche, fragte er, und als Ernesto nickte, wollte er wissen, ob er oft huste und Auswurf habe. Ernesto nickte erneut, woraufhin der Arzt das Röntgenbild ruckartig aus der Halterung zog, es Ernesto entgegenhielt und bestimmt erklärte, dass mit dem Rauchen ab sofort Schluss sei. Werde er nicht augenblicklich aufhören, könne er sich jetzt schon einen Platz auf dem Friedhof reservieren lassen und die ganze Behandlung nach dem Unfall sei umsonst gewesen. Auf jeden Fall könne man ihn in der Armee nicht mehr brauchen, und er werde ihn in den nächsten Tagen als dienstuntauglich entlassen. Ernesto war wie vom Donner gerührt, hatte aber keine Zeit nachzudenken, denn der Arzt verabschiedete sich barsch und hieß ihn auf die Station zurückzukehren. Als Ernesto an den Krücken humpelnd den Raum verließ, studierte der Arzt bereits die Akte mit der nächsten Krankengeschichte, er hatte seinen Patienten vergessen, noch bevor die Türe ins Schloss fiel.

Anfang Mai verließ Ernesto das Krankenhaus und kehrte für einige wenige Tage in die Kaserne zurück, bevor er offiziell aus der Armee entlassen wurde. Rodríguez bestellte ihn am Vorabend zu sich und gab ihm in seiner direkten Art den Rat, über die Einsätze mit Solano weiterhin Stillschweigen zu bewahren, denn dessen Nachfolger hätten ein gutes Gedächtnis. Man wisse auch nie, ob sich die Zeiten änderten, und es sei darum besser, sich ruhig zu verhalten. Er solle einfach vergessen, was geschehen sei und sich auf seine Arbeit als Mechaniker konzentrieren, von der er ja etwas verstehe. Dann kramte Rodríguez umständlich in seiner Tasche. Er holte einige zerknitterte Geldscheine hervor und drückte sie Ernesto mit der Bemerkung in die Hand, dass er die Reparaturen an den zivilen Fahrzeugen immer gut ausgeführt habe. Verlegen drehte sich Rodríguez um und verließ die Garage, ohne noch etwas hinzuzufügen, den verdutzten Ernesto hinter sich lassend.

25

Ernestos Abschied aus der Armee fiel auf einen feuchtheißen Tag. Der Feldwebel händigte ihm am frühen Morgen in der Schreibstube seinen Sold aus und stempelte seine Papiere ab. Noch ehe er sich's versah und ein letztes Mal einen Vorgesetzten gegrüßt hatte, stand Ernesto in zivilen Kleidern vor der Kaserne, zu seinen Füßen ein kleiner Koffer und ein abgeschabter Rucksack. Ratlos blinzelte er in die Sonne. Er schien auf etwas Unbestimmtes zu warten, zündete sich eine Zigarette an und inhalierte mit geschlossenen Augen den Rauch. Er konnte kaum glauben, dass er als freier Mann die Kaserne verließ, empfand jedoch statt des erhofften Hochgefühls gähnende Leere. Unschlüssig, welche Richtung er einschlagen sollte, blieb er stehen, bis ihn ein Hupen aufschreckte und er automatisch Haltung annahm. Erst an den sonderbaren Blicken der Soldaten wurde ihm bewusst, dass er aus Gewohnheit salutiert hatte, obwohl er ja nun wieder Zivil trug.

Einen Augenblick lang spielte Ernesto mit dem Gedanken, seinen Vater aufzusuchen, aber er verwarf ihn sogleich wieder. Zu lange hatte zwischen ihnen Stillschweigen geherrscht. Seinen noch nicht ganz verheilten rechten Fuß leicht nachziehend, bog er um die Ecke und fand in einem klapprigen Collectivo Platz, der zum Busbahnhof fuhr. Erst dort wollte er entscheiden, wohin er ginge, denn es war ihm klar, dass er auf keinen Fall in dieser Stadt bleiben konnte, obgleich er hier aufgewachsen und mit allem vertraut war.

Am Busbahnhof empfingen ihn morgendliches Gedränge und lärmende Motoren. Gerüche aller Art hingen in der Luft, und je nachdem, wo man stand, roch es nach Essen oder nach Kanalisation. Straßenkehrer stützten sich auf ihre Besen, redeten miteinander und wischten gemächlich die gröbsten Abfälle zur Seite. Kinder, die sich ihren Lebensunterhalt als Lustrabotas verdienten, saßen vor Holzkisten und klopften ihre Bürsten aneinander, um auf sich aufmerksam zu machen und vielleicht die Schuhe von Geschäftsleuten polieren zu können. Verkäufer streckten schreiend ihre Zeitungen in die Höhe und priesen jede Schlagzeile als große Sensation an. Korpulente Frauen mit Bauchläden boten Seife, billige Parfums, Rasierklingen, Streichhölzer und Kugelschreiber feil. Andere führten Süßigkeiten und Kaugummis mit sich, dritte wiederum verkauften einzelne Zigaretten oder Zigarillos. Losverkäufer warben mit heiserer Stimme für den Gewinn des Lebens und armselig gekleidete Mädchen streckten den Vorbeieilenden Blumensträuße entgegen. Ein beinamputierter Bettler bat, gestützt auf seine Holzkrücken, mit ungeschickter Gebärde um Almosen. Verwahrloste Kinder mit ausdruckslosen Gesichtern, vor der Zeit gealtert, saßen in zerrissenen Kleidern auf plattgedrückten Kartonschachteln. Sie streckten den Passanten ihre kleinen Hände entgegen in der Hoffnung auf einige Münzen, immer Ausschau nach Polizisten haltend.

Ernesto bahnte sich seinen Weg durch eine Gruppe Schulkinder in ihren traditionellen Uniformen. Er überquerte die Straße, vorbei an Verkäufern, die ihre Ware auf quadratmetergroßen Tüchern vor sich ausgebreitet hatten, und fand in der Bar auf der gegenüberliegenden Straßenseite einen Fensterplatz, von dem aus er eine gute Sicht auf den belebten Platz hatte. Er bestellte schwarzen Kaffee und rauchte gemächlich mehrere Zigaretten, er hatte ja keine Eile. Die Überlandbusse lagen genau in seinem Blickfeld. Ernesto betrachtete die angeschriebenen Destinationen, einige kannte er, über andere, von denen er noch nie gehört hatte, wunderte er sich. Er konnte sich nicht entscheiden, zu gehen, bestellte nochmals einen Kaffee und zündete sich eine weitere Zigarette an. Erst als mehrere Soldaten die Bar betraten und sich an der Theke niederließen, legte er Geld auf den Tresen und verließ das Lokal. An einem Stand kaufte er Brot und ein Stück Trockenfleisch, füllte an einem Brunnen eine Flasche mit Wasser und stellte sich in eine der langen Schlangen vor den Fahrkartenschaltern des Busbahnhofes an. Frauen mit zusammengebundenen Hühnern in ihren Körben, mit farbigen Stoffballen und lärmenden Kindern, aber auch Männer mit großen umschnürten Paketen waren vor ihm, und Ernesto versuchte in Erfahrung zu bringen, für welche Destinationen die Reisenden Fahrscheine kauften. Noch immer war er unentschlossen, in welche Richtung er fahren sollte, doch musste er sich nun bald entscheiden, denn es wartete nur noch ein alter Bauer vor ihm, der mühselig einige Münzen aus seinem Taschentuch hervorklaubte und auf den Schalter legte. Unbeholfen fuhr er sich mit seinen schwieligen Händen über den Mund und schaute sich hilfesuchend um. Zu seinen Füßen lagen zwei schwere Leinensäcke und ein Bündel zusammengeschnürter Tücher. Es war ihm anzusehen, dass er das Reisen nicht gewohnt war, und sein sorgenvolles, runzliges Gesicht blickte ratlos in die Runde. Seine Augen blieben auf Ernesto haften und er fragte ihn, ob er in die gleiche Richtung fahre. Dabei wies er mit einer Kopfbewegung auf seine Gepäckstücke hin, die er nicht aus eigener Kraft in den Bus hieven konnte. Ernesto zögerte einen Moment, bejahte dann die Frage und legte Geld für das Billett in ein neun Stunden entferntes Provinzstädtchen im mittleren Norden auf den Schaltertisch. Mit einem Lächeln aus seinem zahnlosen Mund dankte ihm der Bauer.

Der Überlandbus war bis auf den letzten Platz besetzt. Auf dem Dach wurde unter lautem Gestikulieren das Gepäck festgebunden. Nachdem Ernesto dem Bauern geholfen hatte, die Säcke auf einer Ablage zu verstauen, fand er am Fenster neben zwei kleinen Kindern und deren schwangerer Mutter noch einen freien Sitzplatz und beobachtete, wie ihn ein pausbackiges Lockenköpfchen scheu von der Seite anblickte, während es sich an seine Mutter schmiegte. Ängstlich und doch neugierig lugte das Mädchen hinter dem Rockzipfel hervor.

Ratternd, eine schwarze Wolke Diesel ausstoßend, verließ der schwerbeladene Bus den Bahnhof und kämpfte sich hupend durch den dichten Stadtverkehr, bis sie auf eine Ausfallstraße gelangten. Es war, als weiche der Druck auch von den Passagieren und sie ließen einen Moloch aus Abgasen und Schmutz, eingeklemmt zwischen dem Pazifik und den Anden, hinter sich. Ernesto warf einen letzten Blick in Richtung des Ozeans, dessen blaue Weite einer Straße in die Ewigkeit glich. Seine Reise führte ihn in eine andere Welt, vor sich hatte er die schneebedeckten Gipfel der Anden und eine ungewisse Zukunft, im Rücken den bekannten Hafen und seine bewegte Vergangenheit. Unablässig rollte der Bus weiter. Die Schatten wanderten entlang der Bergkette von Westen nach Osten. Die Sonne verlor ihre Kraft und irgendwann zogen die letzten grünen Felder an ihnen vorbei. Mit jedem Kilometer wandelte sich die

Landschaft, ging von trockenem Grasland in eine Steppe über, in der nur noch Kakteen und Zwergsträucher gediehen. Parallel zur Straße verlief einige Kilometer lang die Bahnlinie, und der Bus überholte einen Güterzug, dessen Wagen in monotonem Gleichklang über die Geleise schwankten.

Der Tag neigte sich seinem Ende zu. Ein goldener Glanz umhüllte die Berge und ließ die enger werdenden Täler in rötlich-gelber Dämmerung versinken. Immer wieder hielten sie auf freier Strecke an, um Passagiere aussteigen zu lassen, und Ernesto fragte sich, was für ein Ziel die Leute mit ihren großen Gepäckstücken wohl haben mochten, denn es waren nur noch selten Dörfer und Behausungen zu sehen. Je weiter die Reise gen Norden führte, desto leerer wurde der Bus. Die schwangere Mutter mit den beiden Kindern verabschiedete sich in einem kleinen Dorf von ihm, und er reichte ihr durch das Fenster die Taschen nach draußen. Das scheue Mädchen drehte sich noch einmal nach ihm um. Als er ihm zuwinkte, errötete es und ein schüchternes Lächeln huschte über sein rundes Gesicht, bevor es mit wippenden Locken in der Ferne verschwand. Mit asthmatischem Schnaufen kämpfte sich der Bus durch die immer kurvigere Straße, kletterte den nicht enden wollenden Berg hinauf, um schließlich einen langgezogenen Pass, einen Ausläufer der Anden, zu überqueren. Tiefhängende weiße Wolken ballten sich am Himmel, zogen flüchtigen Geistern gleich über den Horizont, warfen für kurze Augenblicke riesige Schatten auf den Boden. Manchmal schienen sie der Erde so nahe, dass sie sie beinahe berührten. Nur selten kam ihnen ein Lastwagen entgegen, auf dessen Ladefläche sich Indios mit ihrer Habe drängten.

Endlich hielt der Busfahrer mit quietschenden Bremsen an einer Hütte mit einer Tanksäule, als wolle er Motor und Menschen schonen. Ernesto vertrat sich die Beine, streckte fröstelnd die von der Fahrt schmerzenden Glieder und aß eine wenig von seinem Brot und dem Trockenfleisch.

Nach einer Stunde setzten sie die Fahrt durch eine weite Ebene fort und überquerten auf kleinen Brücken ein ausgetrocknetes Bachbett nach dem anderen. Die Scheinwerfer des Busses tasteten gleich langen, hellen Fingern die Schotterstraße ab, denn mit der Stadt hatten sie auch den Asphalt hinter sich gelassen. Ein milchiger Halbmond, zeitweise von schattenhaften Wolken verdeckt, tauchte die Gegend in mattes Licht, und der Bus wand sich weiter über abschüssige und staubige Straßen den Berg hinauf. Das monotone Brummen des Motors wiegte die meisten Passagiere in Schlummer. Ernesto bettete den Kopf auf seinen Pullover gegen das Fenster und ließ die flüchtigen Schatten an sich vorbeiziehen. Sein Blick schweifte in die aufziehende Nacht, welche in ihrem Gefolge Tausende von Sternen mit sich zog und das letzte Tageslicht mit rötlichvioletten Farben verdrängte. Er wunderte sich über die willkürliche Anordnung der Gestirne, versuchte vergeblich, ein Bild darin zu erkennen und schon nach kurzer Zeit schweiften seine Gedanken wieder ab. Mit aller Kraft lenkte er seine Konzentration auf die unzähligen funkelnden Lichter am Firmament. Kurze Augenblicke gelang es ihm, sich dadurch zu entspannen, dass er die Augen schloss und sich ganz auf die Vibration des Motors konzentrierte, aber die Erinnerungen an seine Zeit beim Militär hafteten wie Blutegel an ihm. Die schauerlichen Bilder der Vergangenheit hatten sich in seiner Seele festgesetzt und ließen ihn nicht zur Ruhe kommen. Trotz bleierner Müdigkeit sehnte er den Tag herbei, weil das Dunkel der Nacht den Sorgen ein größeres Gewicht verlieh. Obwohl es stockfinster schien, konnte er bisweilen einen erloschenen Vulkan ausmachen oder Berge, die wie ruhende Körper vor ihm lagen. Vereinzelt sah er sogar kleine Gruppen von Alpakas, die wie unbewegliche Schatten in der Dunkelheit standen. Die kühle und klare Nachtluft drang durch die undichten Fenster in den Bus und er hüllte sich fester in seine Jacke. Nach einem weiteren Halt erreichten sie eine Hochebene. Der Fahrer beschleunigte auf der geraden Strecke, als müsse er verlorene Zeit wettmachen. Durch das regelmäßige Motorengeräusch nickte Ernesto schließlich ein, und der Bus durchquerte endlose Kilometer auf einsamer Straße. Ernesto erwachte erst wieder, als das Fahrzeug rumpelnd über einen kopfsteinbepflasterten Platz fuhr und mit zischenden Bremsen gegenüber einer Kirche mit rosafarbenen Mauern anhielt. Der Fahrer rief mehrmals den Namen der kleinen Provinzstadt aus, streckte sich gähnend und zündete sich eine Zigarette an.

26

Das Morgengrauen war dem warmen Gelb der aufsteigenden Sonne gewichen und tauchte den Platz in bronzenes Licht. Ernesto ließ seinen Blick über die abgeblätterten, leprösen Fassaden der spanischen Kolonialbauten schweifen, die von der vergangenen Pracht des Ortes kündeten. Einzelne feudale, längst in die Jahre gekommene Häuser gaben die Sicht auf Innenhöfe frei, die mit Blumen und blühenden Sträuchern bepflanzt waren. Verwitterte Markisen schirmten die Balkone vor dem grellen Licht ab, und arkadenartige Torbögen boten Durchlass in abzweigende Gassen, in denen allmählich das Leben erwachte. Das metallene Rattern eines Handkarrens drang an sein Ohr. Vereinzelt war die Melodie eines Radios zu hören, die vom Lärm vorbeifahrender Fahrzeuge verschluckt wurde. Schattenspendende Bäume umgaben die quadratische Grünfläche in der Mitte des Platzes, auf dem gusseiserne Bänke um einen plätschernden Springbrunnen standen. Eine India in traditioneller Tracht näherte sich dem Bus. Ernesto bemerkte spät ihren in farbiges Tuch eingewickelten Säugling, den sie auf dem Rücken trug. Lächelnd bot sie den Passagieren kleine Kekse und Früchte zum Kauf an. Zielstrebig eilte ein Vater mit seinem kleinen Jungen an der Hand auf einen Reisenden zu, während zwei schwarz gekleidete Frauen ihre Rosenkränze durch die Finger gleiten ließen und von der Freitreppe der Kirche herüberschauten. Vier Männer saßen vor einem Café und verfolgten gelangweilt die Szene, bevor sie ihr Kartenspiel wieder aufnahmen.

Ernesto war übernächtigt, es kostete ihn Mühe, sich zu orientieren. Erst als der alte Bauer, dem er diese Fahrt zu verdanken hatte, ihn anstieß, wurde ihm bewusst, dass er am Ende seiner Reise angelangt war. Der Fahrer kletterte über eine am Heck angebrachte Leiter auf das Dach des Busses und reichte die Gepäckstücke nach unten. Als einer der letzten Passagiere verließ Ernesto den Bus und fand sich mit seiner armseligen Habe in einer ihm unbekannten Welt wieder. Fröstelnd, obschon es nicht kalt war, stand er auf dem Platz und überlegte, wohin er gehen, wo er heute übernachten sollte. Er bot dem Fahrer eine Zigarette an und erkundigte sich nach einer günstigen Unterkunft. Der Mann schob die Mütze nach hinten, schnalzte mit der Zunge, so dass man seine gelben Zähne sehen konnte, und riet ihm, es im San Cristóbal zu versuchen, wo die Zimmer günstig seien.

Das Hotel befand sich in einer kleinen Seitenstraße gegenüber einer Ziegelbrennerei. Auch wenn es längst Tag war, blinkte noch eine rote Leuchtschrift, auf welcher der Name S – N CRISTÓ – AL zu erkennen war. Durch ein eisenbeschlagenes Portal gelangte man in die Eingangshalle, die durch eingelassene Oberlichter erhellt wurde. Ernesto drückte die Messingklingel am Empfang und nach einer Weile waren schlurfende Schritte zu hören, die einem alten Mann gehörten, der ihn ein Meldeformular ausfüllen ließ. Ernesto bezahlte das Zimmer für zwei Tage im Voraus. Er stellte sein Gepäck ungeöffnet in die Ecke und setzte sich auf einen ockerfarbenen Plüschsessel, dessen Bezug an mehreren Stellen eingerissen war. Mit geschlossenen Augen inhalierte er den Rauch einer Zigarette, aber die ihn stetig begleitende Unruhe ließ nicht von ihm ab, so dass er sich aufmachte, die Umgebung zu erkunden. Stundenlang wanderte er die Straßen systematisch ab, um sich ein Bild des Ortes zu machen, bevor er beim Springbrunnen eine Rast einlegte, um ein Brot und ein Stück kaltes Huhn zu verzehren. Gegen Abend machten sich die Anstrengungen der letzten Tage und die nächtliche Fahrt in seinen Gliedern bemerkbar und er kehrte in das Hotel zurück, wo er sich in seinem Zimmer aufs Bett fallen ließ.

Erst jetzt fühlte er seinen stark angeschwollenen Fuß. Rauchend versuchte er, seine Gedanken zu ordnen, während er die aufgemalten Rosenbilder an der abgeblätterten Tapete nach Unterschieden absuchte. Zugleich überkam ihn jene tiefe Niedergeschlagenheit, die Schlaflosen und Einsamen zu eigen ist. Das Fenster war geöffnet und doch ging von den Mauern und dem abgetretenen Teppich ein modriger Mief aus. Die eingerissenen, wohl einst hellblauen Vorhänge wurden von ausgefransten goldenen Kordeln zusammengehalten und passten zu dem abgenutzten Plüschsessel. Von den drei Glühbirnen eines verstaubten Lüsters erhellte nur eine notdürftig das Zimmer und warf ihren glanzlosen Schein auf den schräg hängenden, sichtlich beschlagenen Spiegel. Bei jeder Bewegung knirschte das Bett und Ernesto spürte durch die dünne Matratze den Metallrost. Stechende Schmerzen plagten seinen Rücken, wenn er – wie in letzter Zeit häufiger – husten musste. Er legte sich deshalb auf die Seite. Langsam wanderten seine Augen über die Zimmerdecke. Abgebröckelter Stuck und Risse in den Wänden ließen erahnen, dass das Hotel bessere Tage gesehen hatte. Das leise Tropfen des Wasserhahns weckte einen Augenblick seine Aufmerksamkeit, aber es störte ihn nicht sonderlich. Automatisch begann er die Tropfen zu zählen, wie sie mit einem dumpfen Plopp-plopp-plopp in die Waschschüssel fielen.

Nach einer Weile setzte er sich wieder auf, blickte nach draußen und horchte in die Stille, die er in der Kaserne so vermisst hatte. Das erste Mal in seinem Leben hatte er ein Zimmer alleine für sich. Nur einmal hörte er das summende Geräusch des Fahrstuhls und das klapprige Öffnen und Schließen des Gitters. Müde Schritte gingen an seinem Zimmer vorbei und verloren sich auf dem Flur. Von der Straße drangen vereinzelte Stimmen und das heisere Bellen eines Hundes herauf. Die Hotelleuchtschrift, die immer noch in unregelmäßigen Abständen blinkte, erhellte sein Gesicht und die Decke sporadisch mit ihrem grellen Rot. Ernesto fühlte sich wie auf einer zu dünnen Unterlage, fürchtete jeden Moment einzubrechen und ins Bodenlose zu stürzen. Bilder der letzten Wochen und Monate zogen in rascher Abfolge an ihm vorbei. Immer wieder kehrten seine Gedanken zu Alba zurück, deren Augen aus weiter Ferne zu ihm drangen und für einen Augenblick wie leuchtende Sternschnuppen an ihm hängenblieben. Obwohl sein Herz ganz klamm wurde, war diese Sehnsucht ein kostbares Lebenselixier, das seine Leere ausfüllte und ihm ein wenig Halt gab. Als die Glocke der nahen Kirche die volle Stunde schlug, holte sie ihn in die Gegenwart zurück. Er zog sich aus und legte sich mit angewinkelten Beinen auf die Seite. Das stille Licht des Nachttischlämpchens, dessen gelblicher Schirm von Zigarettenbrandlöchern beschädigt war, besänftigte seine unruhigen Gedanken, und nach einer Weile fielen ihm die Augen zu.

27

Der Tag war noch jung, als das Morgenlicht durch die Wolken schimmerte und ein erster Sonnenstrahl seine Wange streifte. Bevor ihn die wohlige Wärme und das Licht aus dem Reich der Schatten holten, verharrte Ernesto noch eine Weile im befreienden Zustand der Leere. Nachdem er sich gewaschen hatte, ging er erfrischt nach unten und trank einen Kaffee. Er wollte auf Arbeitssuche gehen und sich zuvor bei einem Friseur rasieren lassen, denn dies war die Drehscheibe aller wichtigen Informationen in einem Ort. Um vier Ecken wurde er fündig, und ehe er sich's versah, musste er, das Kinn immer noch voller Schaum, die Neugier des Barbiers und der anderen wartenden Kunden befriedigen. Er erzählte eine Geschichte, wie sie auf jeden jungen Mann gepasst hätte. Eine rege Diskussion entspann sich zwischen den Wartenden und dem Barbier über mögliche Arbeitsstellen, bis letzterer gestenreich verkündete, dass Señor Vargas vorübergehend eine Aushilfe suche, weil sein Mechaniker krankheitsbedingt ausgefallen sei. Ernesto ließ sich den Weg beschreiben und machte sich auf. Schon bald stach ihm das weißblaue Gebäude in die Augen, das an einer leichten Straßenbiegung an der Ausfahrt des Städtchens lag. Grelles Sonnenlicht blendete ihn, und um besser sehen zu können, hielt er die Hände vor die Augen. Auf einem großen, verwitterten Schild prangte in fetten schwarzen Lettern die Aufschrift GASOLINA, als ob es sich um den Namen einer wichtigen Bahnstation handele. An einer Seitenwand des Gebäudes war in Lebensgröße das Bild einer strahlenden Blondine mit grellroten Lippen aufgeklebt, die verführerisch und spärlich bekleidet an der Kühlerhaube einer Limousine lehnte und für eine bekannte Ölmarke warb. Zwei kleine Hunde ergänzten die idyllisch anmutende Szenerie; sie balgten sich mit einem Jungen, der ihnen nachlief, um sie zu fangen. Über die Reklame hinweg huschte ein Salamander und verschwand, ehe man sich versah, in einem Mauervorsprung.

Ernesto näherte sich einer Gruppe von Männern, die diskutierend neben einem Auto stand, und er fragte sich, wer wohl Señor Vargas sei. Er gab sich einen Ruck und wandte sich mit seiner Frage an einen der Anwesenden, der ihn stumm an den Gesuchten wies. Ernesto sprach Señor Vargas so höflich wie möglich an und erklärte, dass er Automechaniker sei. Als Beweis zog er seine Papiere aus der Jacke und hielt sie ihm hin. Señor Vargas musterte ihn mit durchdringenden Augen, überflog die Entlassungspapiere der Armee und bat ihn dann in das kleine Büro, in dem ein schwerfällig rotierender Deckenventilator die warme Luft nur wenig bewegte. Vargas stand vor dem Pult und ließ sich geräuschvoll in einen Drehsessel fallen, der, mit brüchigem Leder überzogen, bei jeder Bewegung ein quietschendes Geräusch von sich gab. Langsam nahm er eine runde Brille aus seinem Gilet und studierte aufmerksam die Unterlagen. Nebenbei langte er mit einer Hand in eine Holzschachtel und suchte, ohne seinen Blick von den Papieren zu wenden, nach einer Zigarre. Genüsslich biss er das Ende ab und spuckte es mit geübter Zielsicherheit in einen zum Papierkorb umfunktionierten Ölkanister. Hin und wieder schaute er Ernesto an, als wollte er das Gelesene mit seinem Erscheinen vergleichen. Schließlich reichte er ihm die Papiere und zündete sich die Zigarre an, woraufhin sein Gesicht hinter einer Rauchwolke verschwand. Vargas' Haut glänzte rosig und seine kleinen Augen wanderten ununterbrochen hin und her. Die Handrücken waren fettgepolstert wie die eines Säuglings, und am rechten kleinen Finger trug er einen großen Siegelring. Unablässig trommelte er auf die Sessellehne und jedes Mal, wenn er mit dem Ring den Rand berührte, klickte es metallisch. Einige seiner wenigen Haarsträhnen waren penibel von links nach rechts über den kahlen Kopf gekämmt. Rote Äderchen überzogen die Wangen, die auffällig mit seinem Doppelkinn verschmolzen. Nur Gürtel und Hosenträger schienen seinen wuchtigen Bauch vor dem Platzen zu bewahren.

Als Ernesto schon damit rechnete, abgewiesen zu werden, nickte ihm Vargas zu und meinte, er sei ein Geschenk des Himmels, er könne ihn im Augenblick gut gebrauchen. Die Anstellung sei jedoch befristet, bis der kranke Mitarbeiter wieder genesen sei. Er solle morgen früh beim Rathaus seine Papiere registrieren lassen, könne aber schon heute mit der Arbeit beginnen, es müsse dringend eine Kupplung repariert werden. Vargas erhob sich trotz seiner Leibesfülle behende und schüttelte Ernesto mit beiden Pranken überschwenglich die Hand. Nach einer gemeinsamen Besichtigung der Garage stieg Ernesto in ein Überkleid und so lag er wenige Stunden, nachdem er das Hotel verlassen hatte, schon unter einem aufgebockten Fahrzeug und ging seiner gelernten Tätigkeit nach. Nie hätte er gedacht, dass er derart schnell Arbeit finden würde. Wohl war sie auf kurze Zeit begrenzt, das hatte ihm Señor Vargas gesagt, aber es war allemal besser, etwas zu haben als herumzuhängen. Auch benötigte er dringend Geld.

Aus ein paar Tagen waren schnell drei Wochen geworden und der Angestellte war immer noch krank. Ernesto ertappte sich beim Gedanken, dass er dem anderen zwar nichts Schlechtes, aber doch auch keine Genesung wünschte, denn dessen Rückkehr hätte für ihn unweigerlich den Verlust der Stelle nach sich gezogen. Aber nichts geschah. Ernesto hatte alle Hände voll zu tun, weil viele Arbeiten liegengeblieben waren. Die Garage hatte als einzige im Umkreis von hundertzwanzig Kilometern eine Zapfsäule, und ein kleiner Kiosk bescherte Señor Vargas zusätzliches Einkommen. Es war ein stetes Kommen und Gehen, viele kauften bei Vargas auch ihre Zeitungen, Raucherwaren oder Getränke, und so war Ernesto den ganzen Tag beschäftigt. Sofort war ihm aufgefallen, dass die Menschen hier im Norden anders waren, verschlossener. Manchmal hatte man den Eindruck, sie seien absichtlich abweisend. Gespräche kamen nur schleppend in Gang, und erst nach einigen Begegnungen wurden mehr als Begrüßungsfloskeln ausgetauscht. Ernesto fühlte sich fremd, weil man zu ihm als Auswärtigem Distanz hielt, aber doch respektiert, weil man sein fachliches Können schätzte und ihm dies auch zeigte. Ganz besonders genoss er die Freiheit, ohne Uniform durch die Straßen zu gehen und von niemandem herumkommandiert zu werden.

Eines Morgens, er war gerade mit der Reparatur eines Volkswagens beschäftigt, rief ihn Señor Vargas zu sich ins Büro. Ernestos Herz begann wild zu klopfen, denn er glaubte zu wissen, was nun kommen würde. Er wischte sich seine Hände sauber, und ein Groll, den er nur schwer verhehlen konnte, überkam ihn. Nun würde die Suche wieder von neuem beginnen. Vargas thronte in seinem Drehsessel und blickte ihn längere Zeit geheimnisvoll an. Ernesto hoffte, dass er nicht lange um den heißen Brei herumreden würde. Vargas eröffnete das Gespräch und erkundigte sich, ob Ernesto gerne bei ihm arbeite. Ernesto, ob dieser Frage erstaunt, nickte nachdrücklich und sagte, dass er noch nie eine so gute Arbeitsstelle gehabt habe. Daraufhin erhob sich Vargas, was er nur selten tat, wenn er mit jemandem in seinem Büro sprach. Genüsslich wie ein Pfandleiher rieb er sich die Hände und fuhr sich, bevor er weitersprach, mit der Zunge über die Lippen. Zugleich streckte er seinen massigen Arm aus und schüttelte Ernesto feierlich die Hand. Dabei verkündete er ihm, dass er nun sein neuer Mechaniker sei, weil der andere nach wie vor nicht in der Lage sei, zu arbeiten. Er könne es sich nicht leisten, ewig zu warten und wünsche deshalb, dass Ernesto die Stelle definitiv übernehme, da er mit ihm sehr zufrieden sei. Ernesto war völlig überrumpelt und ließ sich von Vargas nochmals die Hand schütteln und brachte nur leise ein mehrmaliges Danke hervor. Vargas nickte gönnerhaft in der Gewissheit, Gutes getan zu haben, und drückte Ernesto einen Zettel mit der Adresse für eine definitive Unterkunft in die Hand. Ernesto blieb, immer noch ungläubig, zurück. Er empfand ein Hochgefühl und hätte Stricke zerreissen mögen. Die langen Präsenzzeiten in der Garage störten ihn nicht, denn er war sich Arbeit gewohnt und das Einkommen würde nun sogar ausreichen, um sich ein kleines, wenn auch altersschwaches Motorrad zu leisten, das er wieder in Schuss bringen konnte.

Am Abend begab er sich zu Señora Ortiz. Die Witwe, deren Adresse er Vargas' Zettel entnommen hatte, besserte sich ihre Rente mit der Vermietung eines Zimmers auf. Strahlend, als hätte sie den ganzen Tag auf ihn gewartet, nahm sie ihn in Empfang und zeigte ihm stolz seine neue Bleibe. Das Haus stand in einer wenig befahrenen Seitenstraße und hatte einen kleinen, umzäunten Hinterhof. Obwohl die Fassade teilweise abgeblättert war, machte das Gebäude keinen heruntergekommenen Eindruck. Von seinem Zimmer im ersten Stock konnte Ernesto auf die Straße und die vielen, vor die Fenster gespannten Wäscheleinen sehen, die fast immer mit bunten Kleidern bestückt waren. Vereinzelt zierten Antennen die Dächer, und ein Wirrwarr von elektrischen Leitungen führte die Dachrinnen entlang. Auf baufälligen Balkonen standen Töpfe mit Kräutern, und hinter einem der vergitterten Parterrefenster des Nachbarhauses sah man kleine Kinder spielen.

Señora Ortiz war eine füllige Frau mit schwerer Brust. Ihre Oberarme waren kräftig und die Hände von der Arbeit gezeichnet. Sie strahlte eine herzliche Freundlichkeit aus und war nie um ein aufmunterndes Wort verlegen. Ihr Gesicht glänzte bei der kleinsten Anstrengung und sie klagte ständig über Hitze, wobei sie verschämt lächelte und sich mit einem Taschentuch die Stirn abtupfte. Auf die Wangen trug sie dezent ein wenig Rouge auf, so dass man nicht bereits beim ersten Blick die senkrechte Falte bemerkte, die sich über ihre Nasenwurzel zog. Seit dem Tod ihres Mannes trug Señora Ortiz ein schwarzes Kleid und eine Schürze, die sie beim Sprechen unablässig glattstrich, als wollte sie den Stoff auf diese Weise bügeln. Sie redete in einem fort, erzählte die letzten Neuigkeiten von den Nachbarn und auch solche, die sie einem Frauenmagazin entnahm, das über das gesellschaftliche Leben in der Hauptstadt berichtete, oder dem Fernsehen, das sie allabendlich leidenschaftlich bis zum Sendeschluss verfolgte. Zweimal wöchentlich kamen ihre Freundinnen zum Kartenspiel, und sie ging regelmäßig zur Beichte und zur Messe. Manchmal wurde sie von ihrer Tochter und ihren beiden quirligen Enkeln besucht, die im Süden des Landes lebten. Nach deren Abreise drückte sie Ernesto jeweils ihre Dankbarkeit aus, dass sie in diesen schwierigen Zeiten einen Beschützer unter ihrem Dach wusste, der einer alleinstehenden Frau Schutz gewährte. Ihr Mann, erzählte sie dann jedes Mal, habe eine wichtige Funktion im Rathaus innegehabt und sei leider viel zu früh gestorben. Er habe ja auch nicht auf sie gehört und sich Tag und Nacht für das Wohlergehen der Stadt eingesetzt, bis sein schwaches Herz eines Morgens einfach aufgehört habe zu schlagen. An dieser Stelle ihrer Erzählung bekreuzigte sie sich regelmäßig und murmelte vor sich hin, der Herrgott möge ihrem geliebten Paolo gnädig sein.

Ernesto gewöhnte sich rasch an Señora Ortiz' einnehmende Art. Sie besorgte ihm die Wäsche und stellte jeden Morgen eine kleine Kanne mit heißem Kaffee und zwei Brötchen vor die Türe. Erstmals empfand Ernesto so etwas wie Geborgenheit, obgleich das Gefühl der Heimatlosigkeit nie ganz von ihm abfiel. Ein Tag verstrich wie der andere, aber Ernesto schätzte diese Gleichförmigkeit, weil seine Seele sich nach Ruhe sehnte. Auch kannte er keine Langeweile, da er sich stets zu beschäftigen wusste und mit seinen geschickten Händen alles Mögliche reparierte oder austüftelte. Nur ab und zu überkam ihn Wehmut, wenn er sich seines Alleinseins allzu bewusst wurde. Oft verspürte er, wenn er abends die flanierenden Pärchen im spärlichen Schein der Laternen sah, ein beklemmendes Gefühl. Vergeblich hoffte er, im Gedränge der freitäglichen Besuche des Lichtspieltheaters jemanden kennenzulernen, doch nie traf ihn der ersehnte Blick, und selbst wenn er den Zufall herauszufordern versuchte und entgegen seiner Art in der Mitte des vollbesetzten Saales Platz nahm, stand ihm seine Befangenheit im Weg. Im Dunst der Rauchschwaden verfolgte er den über die Leinwand flimmernden Hollywoodstreifen und verließ beim Abspann einsam seinen Platz.

Mittags aß Ernesto jeweils in einer kleinen Cantina, in der es für wenig Geld reichlich gute Kost gab. Kam er etwas später als gewöhnlich, so musste er im Stehen an der Theke essen, weil die Tische schon von Arbeitern der nahegelegenen Fabrik besetzt waren. Der stets laut eingeschaltete Fernseher stand in dauerndem Wettstreit mit den lärmigen Diskussionen der Männer. Nach der Mittagspause kehrte Ernesto in die Garage zurück und genoss die Ruhe dort. Manchmal hielt ein Fernfahrer vor der Zapfsäule und Ernesto bediente die Benzinpumpe. Da die Kundschaft für den Kiosk meist erst wieder nach vier Uhr erschien, setzte er sich, wenn er nicht zu viele Reparaturen hatte, auf ein altes Sofa und döste vor sich hin. Im Sommer war die Hitze unerträglich und es schien ihm nahezu unmöglich, um diese Stunde zu arbeiten, deshalb erledigte er die meisten Reparaturen schon am frühen Morgen. Nach Arbeitsschluss fuhr er zu Felipes Bar, aß einige belegte Brote und trank eine Flasche Bier, während er alleine in einer Ecke am Fenster saß und in abgegriffenen Zeitschriften blätterte. Im Gegensatz zu anderen Lokalen schepperte hier kein Radio und ein Fernseher war nicht vorhanden. Die wenigen Gäste spielten Karten oder saßen gelangweilt vor ihrem Glas, als würden sie auf etwas Bestimmtes warten, das dann doch nie eintraf.

Felipe war ein untersetzter Mann mit hellwachen Augen und pechschwarzem Haar. Obschon er die Sechzig überschritten haben musste, war er immer noch sehr kräftig. Auf seinen sehnigen Armen traten bläuliche Adern und verblassende Tätowierungen eines Ankers und einer prallen Seejungfrau hervor. Die glattrasierten Wangenknochen mündeten in ein spitzes Kinn. Seine direkte Art ließ das Gegenüber stets wissen, woran es war. Mit Worten und Gesten ging er sparsam um und doch wirkte er nicht abweisend. Erst zu später Stunde löste sich seine Verschlossenheit. Wenn Felipe die Stühle auf die Tische stellte, um den Boden zu wischen, gab er damit den Gästen zu verstehen, dass sie gehen sollten. Für Ernesto jedoch hieß dies, noch zu bleiben, denn dann setzte sich Felipe zu ihm an den Tisch. Schweigend rauchten die beiden ihre Zigaretten, deren Rauch sich im Leuchten einer farbigen Reklameschrift blau-gelb verfärbte, bevor er kräuselnd zur Decke stieg. Vereinzelt fuhren Autos über die schwach erhellte Straße und manchmal hörte man das Bellen eines Hundes. Ihr Schweigen beruhte auf einem Einverständnis, das Erklärungen überflüssig machte, weil jedes ungesprochene Wort der Fantasie freien Lauf ließ. Über der Theke hing eine Uhr, deren Zeiger sich über das abgeblätterte Zifferblatt bewegten und die mit ihrem metallischen Klicken die Zeit dehnte, als imitierte sie deren Herzschlag. Manchmal schenkte Felipe aus einer Flasche ohne Etikett Pisco ein. Nach mehreren Gläsern röteten sich seine Wangen und dann löste sich auch seine Zunge.

Bevor er die Bar von seinem Cousin übernommen hatte, war Felipe einige Jahre auf einem Frachter zur See gefahren, und die Faszination des Lebens auf dem Meer hatte ihn nie verlassen. Mit sehnsüchtigem Verlangen hörte Ernesto seinen Reiseberichten zu und tauchte mit ihm in eine Welt der Abenteuer ein. Mit jedem weiteren Glas belebte Felipe seine verblassten Jugenderinnerungen, überzeichnete sie in immer grelleren Farben und spann sein blumig ausgeschmücktes Seemannsgarn. Wenig nur fehlte und man hätte das Rauschen des Meeres und das Kreischen der Möwen gehört. Träumerisch lehnte sich Felipe vor, putzte sorgsam seine Brillengläser und war von seinen eigenen Schilderungen sichtlich ergriffen. Er schwelgte in der Vergangenheit, bis er mit einem Mal die Schultern hochzog und zur Theke zurückkehrte. Schweigend nahm er dann einen kleinen Eimer mit einem Pinsel und wischte fein säuberlich die Aschenbecher aus. Mit einem feuchten Lappen fuhr er konzentriert über die Tische, spülte geräuschvoll die letzten Gläser und faltete die Zeitungen zusammen. Gleichsam als freundliche Aufforderung zum Gehen wünschte er Ernesto eine gute Nacht.

28

Seit der Entlassung aus der Armee konnte Ernesto in den Nächten keine Ruhe mehr finden. Der Schlaf wurde zu einem unsichtbaren Feind, einem Schatten, den er nicht zu bekämpfen vermochte. Nicht einmal der Alkohol ließ ihn vorübergehende Erleichterung finden, denn jede Nacht wartete ein unheimlicher Höllenritt auf ihn. Sobald er einschlief, erwarteten ihn die Träume gleich einer Mörderbande, die ihrem Opfer in einer dunklen Gasse auflauert. So versuchte Ernesto, die Augen offenzuhalten, um den Schlaf abzuwenden oder mindestens hinauszuschieben, auch wenn er ihn so dringend benötigte. Er malte sich Landschaften, Begegnungen und schöne Geschichten aus in der Hoffnung, von diesen zu träumen. Mit allen Mitteln versuchte er, seine Fantasie zu beeinflussen, seine Träume zu überlisten oder mit Versprechungen zu bestechen, damit er nicht immer in den gleichen Abgrund stürzte. Aber der Schlaf entpuppte sich immer wieder als Bruder des Teufels, der mit dem Traum einen Pakt des Nichtvergessens geschlossen hatte. Immer wieder sah er die gleichen Bilder und wurde nach der Vorstellung wie bittere Galle an die Erdoberfläche ausgespuckt:

Ernesto stand vor einem steinernen Torbogen, der den Blick freigab in einen umfriedeten Hof und auf ein rückwärtig liegendes Tor, das in einen weiteren Hof führte. Dahinter machte sich eine weite, baumlose Ebene breit. Die Luft flimmerte und das Atmen fiel ihm schwer. In der nachmittäglichen Hitze verdorrten die Felder und eine gnadenlose Sonne brannte unbarmherzig auf alles nieder. Salziger Schweiß lief ihm über die Stirne und reizte die geröteten Augen. Seine Haare klebten am Kopf und die Kleider waren durchgeschwitzt. Geplagt von einem übermäßigen Durst setzte er sich die Feldflasche an den Mund, aber statt Wasser floss langsam eine rote, dicklich-süße Flüssigkeit über seine Lippen. Entsetzt warf er die Flasche von sich, denn seine Hände waren ebenso wie die Uniform, die er trug, von roten Spritzern besudelt. Sofort setzten sich Fliegen auf die klebrige Flüssigkeit, ihr penetrantes Summen wurde nur vom spitzen Zirpen der Grillen übertönt. Ein übles Gefühl kroch in ihm empor und nistete sich in seinen Eingeweiden ein. Plötzlich spürte er Hände, die ihn von hinten umklammerten, aber es gelang ihm nicht, sich umzudrehen oder zu befreien, denn die dickliche Flüssigkeit, die sich überall verbreitet zu haben schien, hielt ihn wie schwerer Morast im Erdreich fest. Mit aller Kraft versuchte er, seine Füße zu lösen, konnte dabei aber nur hilflos seinen eigenen verzögerten Bewegungen zusehen. Dunkle Gestalten kamen auf ihn zu und folgten ihm, als er endlich vorankam, durch den Torbogen. Nur ihr Schlurfen war auf dem staubigen Grund zu hören. Schwerfällig überquerte Ernesto den Hof, schritt durch das zweite Tor und befand sich schließlich vor einem Treppenabsatz. Zögernd und doch wie von einer unsichtbaren Kraft angezogen, stieg er die Stufen hinab und gelangte in einen Raum, der von einer einzigen nackten Glühbirne erleuchtet war und an dessen kahlen Wänden mehrere Holzschemel standen. Modriger Geruch schlug ihm entgegen, kalte Schauer krochen seinen Rücken hoch. Auf einem der Stühle hockte lauernd eine mächtige Harpyie, jener unheimliche Vogel aus der griechischen Mythologie, der den Wind verkörperte. Ihre halb ausgebreiteten Flügel und die spitzen Krallen waren zum Absprung bereit und sie mochte sich jeden Augenblick auf Ernesto stürzen. Ihre verengten Pupillen fixierten ihn, während sie lächelnd den rotgefärbten Mund öffnete und ihm leise verführerische Worte zuflüsterte. In der Mitte des Raumes befand sich ein leuchtender Stuhl, dessen Helligkeit unaufhörlich wechselte. Ernestos Atem ging schneller. Sein Herz raste und er versuchte vergeblich, von der Harpyie lauernd beobachtet, das Oberlicht zu öffnen. Plötzlich erschienen schemenhaft Gestalten, die mit ihren konturlosen Leibern und schreckverzerrten Fratzen Dämonen glichen. Sie kamen ihm so nahe, dass er ihren fauligen Atem riechen konnte. Panisch bemühte er sich, sie wegzustoßen, aber ihre rauhen Hände machten sich an seinem Körper zu schaffen. Wächserne Finger mit schwarzen Nägeln umschlossen seinen Hals. Gelbe Punkte begannen vor seinem inneren Auge zu tanzen und sein Kopf drohte zu platzen. Als letztes, bevor es allmählich schwarz um ihn wurde, hörte er ein unerträgliches Kreischen, begleitet von dem ansteigenden Rauschen schlagender Flügel, und er spürte nur noch, wie sich die Krallen der Harpyie brennend in seinen Rücken schlugen.

Mit einem stummen Schrei und rasendem Herzen erwachte er. Wie erschlagen lag er da und starrte an die Decke. Schweiß brannte in seinen Augen, seine Hände zitterten. Der Mund war trocken und er verspürte einen galligen Geschmack. Sein Atem ging flach und schnell. Seine Sinne brauchten Zeit, bis sie die unsichtbare Trennlinie zwischen Traum und Wirklichkeit wieder überschritten hatten und in dem einfachen Zimmer der Witwe Ortiz angelangten. Doch auch dann blieb er von einer namenlosen Furcht ergriffen. Die Angst, wieder in den Traum zurückzufallen, war so groß, dass er sich trotz seiner Erschöpfung erhob und ans offene Fenster trat. Mit zitternden Händen nahm er eine Zigarette aus der Packung und riss ein Streichholz ab. In tiefen Zügen zog er den Rauch ein und nach einiger Zeit wurde sein Atem ruhiger und sein Denken klarer. Eine trügerische Ruhe, wie nach dem Abflauen eines heftigen Sturmes, umhüllte ihn. Ernesto versuchte, sich auf die nächtliche Stille zu konzentrieren, er zählte die Glockenschläge der Kirchturmuhr, die unerbittlich jede Viertelstunde ankündigte. Irgendwann legte er sich wieder hin und erst kurz bevor er aufstehen musste, fiel er in einen tiefen Schlaf, der dann durch das Klopfen von Señora Ortiz unterbrochen wurde, die ihm wie jeden Morgen das Tablett mit dem Frühstück vor die Türe stellte. Eine Weile blieb Ernesto benommen auf dem Bettrand sitzen und wartete, bis das tiefe und heisere Husten aufhörte, das begleitet war von einem immer stärkeren grünlichen Auswurf. Er zog sein durchschwitztes Hemd aus, stellte sich auf den neben dem Klosett behelfsmäßig installierten Waschplatz und goss sich aus einer weißen Emailkanne kaltes Wasser über den Kopf. Vor dem Rasieren schaute er in den Spiegel, aus dem ihm ein fremder, erschöpfter Mann mit schwarzumrandeten Augen entgegenblickte. Nachdem er mit seiner Morgentoilette fertig war, holte er das Tablett, stellte es auf den kleinen Tisch und setzte sich auf einen Stuhl. Konzentriert trank er den schwarzen Kaffee und aß ein Brötchen. Nachdem er noch sein Bett ordentlich gerichtet hatte, stieg er die Stufen hinunter, die leise unter seinen Schritten ächzten.

Beim Verlassen des Hauses grüßte er mit einem Lächeln Señora Ortiz, die wie jeden Morgen mit Schrubber und Eimer versehen bereits den kleinen Vorplatz säuberte. Der herbe Geruch von flüssiger Seife, die sich auf den Steinfliesen breitmachte, erfüllte das ganze Haus. Mit hoher Stimme sprach Señora Ortiz auf ihren Kanarienvogel ein, brach ab, sobald sie Ernesto sah und ermahnte diesen, nicht so viel zu arbeiten, denn man sehe ihm die Übermüdung immer mehr an. Jeden Abend, fuhr sie fort, höre sie sein starkes Husten. Er dürfe seine Gesundheit nicht so strapazieren, und sie wäre beruhigt, wenn er einmal Dr. Contalba aufsuchte. Er sei, wenn auch schon betagt, ein guter Arzt und wisse bestimmt, was zu tun sei. Zudem verlange er für seine Behandlungen nicht viel, ja er erlasse den Bedürftigen oft sogar die Kosten. Ernesto versuchte, sie zu beruhigen und erklärte, dass er schon auf sich aufpassen werde, er sei ja kein kleiner Junge mehr. Sie schenkte ihm einen zweifelnden Blick und sah ihm nach, wie er auf seinem ratternden Motorrad davonfuhr.

29

Ernesto fuhr an den beiden gedrungen Türmen von San Antonio vorbei und an den weißgetünchten Kolonialgebäuden, deren Messingverzierungen auf den dunklen Holzbalkonen die frühen Sonnenstrahlen reflektierten. Wie jeden Morgen hielt er auf den Markplatz zu, wo Indios aus dem Hochland ihre Waren auf kleinen Tischen oder Tüchern feilboten. Die Frauen trugen mehrere Unter- und Überröcke, Spitzenblusen und farbige Pullover. Ihre schwarzen Haare waren zu langen Zöpfen geflochten, und auf ihren Köpfen thronten Filzhüte und Wollmützen. Ein eilfertiger Hahn ließ sein Krähen hören, begleitet vom Schreien eines Esels, der an einem Telegrafenmast angebunden war. Straßenverkäufer boten heißen Matetee an. Aufgetürmte Berge von Früchten und Gemüse erwarteten die Käufer. Eine Bäuerin saß zwischen zwei großen geöffneten Kartonschachteln, in denen sich zur Rechten Dutzende piepsender Küken drängten und zur Linken ihr Kind gepolstert in einer Decke schlief. An einem klapprigen Tisch saß bereits ein Schreiber, der für ein kleines Entgelt beim Ausfüllen von Formularen und amtlichen Erledigungen behilflich war. Er lauschte aufmerksam einem Mann, der ihm in der frühen Stunde bereits gestenreich sein Anliegen darlegte, das zu Papier gebracht werden musste.

Obwohl Ernesto schon gefrühstückt hatte, konnte er dem köstlichen Duft der mit Rosinen, Zwiebeln, Oliven und Chilihackfleisch gefüllten Empanadas meist nicht widerstehen, die im heißen Öl schwammen. Er hielt an, ließ sich ein paar davon in Zeitungspapier einwickeln und fuhr damit zufrieden zur Arbeit. Bei der Tankstelle angekommen zog er sein Übergewand an und drehte das leicht vergilbte Schild in der Vitrine auf «Abierto». Dann setzte er Kaffee auf, holte das wenige Kleingeld aus dem offenen Tresor und legte es in einen kleinen Holzbehälter neben der Zapfsäule. Mit einem Lappen wischte er eine Weile lang Staub von den Regalen und machte sich anschließend an einem zur Reparatur abgestellten Auto zu schaffen, bis er die ersten Kunden an der Zapfsäule bedienen musste.

Señor Vargas, der gleich unten an der Straße wohnte, kam erst gegen neun gemächlichen Schrittes wie ein Großgrundbesitzer zur Garage, stellte seine Taschenuhr nach dem Glockenschlag der Kirche und wünschte Ernesto einen guten Morgen. In einer kleinen Tasche brachte er das Notengeld mit, das er über Nacht nach Hause nahm, weil es ihm dort besser aufgehoben schien. Jeweils am Abend packte er es wieder ein und ließ den Tresor für alle gut sichtbar offenstehen, damit Landstreicher und Diebe die Aussichtslosigkeit eines Einbruchs erkennen konnten. Vargas goss sich seine morgendliche Tasse Kaffee ein und tauschte mit Ernesto Belangloses aus, fragte nach diesem oder jenem und vertiefte sich dann, vor der Tankstelle in einem alten Sessel sitzend, in die Zeitung. Stundenlang döste er vor sich hin, trank ab und zu einen Kaffee, unterhielt sich mit Kunden und begab sich nach einem üppigen Mittagessen bei Hernández zur Siesta nach Hause. Wie jeden Tag, außer sonntags, suchte er am späteren Nachmittag den Direktor der einzigen Druckerei in der Stadt auf, um mit ihm in einem Hinterzimmer bei Zigarre und Pisco die letzten Neuigkeiten auszutauschen. Gegen achtzehn Uhr erschien er nochmals in der Garage, um sich über die neuesten Aufträge zu erkundigen und dann zufrieden mit sich selbst und der Welt nach Hause zurückzukehren.

Ein Tag glich dem anderen im Wechselspiel der Jahreszeiten. Ernesto empfand diesen Gleichgang nicht als Belastung, da seine stete innere Unruhe nach einem geregelten und ereignislosen Tagesablauf verlangte. Er hatte sich über die Jahre hinweg an die Einheimischen gewöhnt, und diese wiederum mochten seine zurückhaltende Art. Seine Fertigkeiten waren anerkannt und sein Chef vergaß bei keiner Gelegenheit zu betonen, wie stolz er sei, einen richtigen Mechaniker, der erst noch in einer Transporteinheit gedient hatte, zu beschäftigen. Er ließ ihm freie Hand und kümmerte sich nur um das Finanzielle. Wäre er morgens nicht träge in seinem Sessel vor der Garage gesessen, hätte man glauben können, Ernesto sei der Eigentümer.

Wann immer möglich fuhr Ernesto nach der Arbeit auf seinem Motorrad über die von Dornstrauchsteppen gesäumte Landstraße. Die Drähte der Telegrafenmasten linker Hand begleiteten ihn so lange, bis sie in einem Dorf abrupt endeten, als wären sie abgeschnitten worden. Vorbei an versprengten Weilern und alten Schmugglerpfaden lenkte er seine Maschine über Schotterwege und unzählige Serpentinen hinauf zu einer Passhöhe, von wo aus er auf ein Hochplateau gelangte. Schroff abfallende Bergflanken verschmolzen mit sanften Hügelketten, die in die weiten Täler abfielen. Die klare Luft ließ ihn angenehm frösteln, wenn er innehielt und den Blick über das ganzjährig von Schnee bedeckte Gebirge gleiten ließ. Das ockerfarbene Licht der versinkenden Sonne umhüllte ihn schützend und gab ihm ein unbeschreibliches Gefühl der Leichtigkeit. Hier oben fiel seine Gehetztheit von ihm ab und er fühlte sich frei. Über ihm in schwindelerregender Höhe schwebte ein Kondor mit ausgebreiteten Flügeln und ging allmählich in den Weiten der Anden verloren. Die Rückfahrt führte Ernesto vorbei an Schafherden und Hirtenhunden zu einer Talsperre, die als Trinkwasserreservoir für die Provinzstadt diente. Hier gönnte Ernesto dem heißgelaufenen Motor zumeist eine Rast und vertrieb sich die Wartezeit, indem er mit flachen Steinen auf die Wasseroberfläche zielte, so dass sich bei deren Aufschlagen in rascher Folge möglichst viele konzentrische Kreise bildeten.

Als Ernesto eines kühlen Abends von einer dieser Ausfahrten zurückkehrte, fiel ihm bei der Tankstelle schon von weitem ein Fahrzeug auf, das ihm fremd war, denn mittlerweile kannte er die meisten Kunden und deren Gefährt. Zwei Männer entstiegen dem Auto und folgten Señor Vargas in sein Büro. Das Bild machte Ernesto stutzig, denn Vargas hatte den Kopf devot nach vorne gebeugt, eine Haltung, die er nicht von ihm kannte. Ernesto stellte das Motorrad auf der gegenüberliegenden Seite der Werkstatt ab, so dass sein Kommen nicht bemerkt wurde. Flink glitt er durch das offene Tor, vorbei an einem abgestellten Wagen, und beobachtete die beiden Männer, die ihm den Rücken zuwandten und sich mit seinem Chef unterhielten. Mit einem Male wurde Ernestos Gesicht kreideweiß, denn er glaubte in einem der Männer Carlos zu erkennen, war sich dessen aber nicht sicher. War er schon so dünnhäutig, dass ihm seine Sinne einen Streich spielten? Bei dem zweiten Mann handelte es sich um einen schwarzhaarigen muskulösen Burschen, der sich jedoch nicht am Gespräch beteiligte. Angestrengt versuchte Ernesto zu verstehen, was gesprochen wurde, aber die Distanz zu dem verglasten Büro war zu groß. Es drangen lediglich einzelne Wortfetzen zu ihm durch, aus denen er sich keinen Reim machen konnte. Das schrecklich vertraute Gefühl von Angst erfasste ihn. Sollte es sich wirklich um Carlos handeln, dann waren sie auf der Suche nach ihm. Aber da er den Mann im Halbschatten nur von hinten sehen konnte und die Sicht durch die Hebebühne teilweise verdeckt war, blieben ihm Zweifel.

Mit geschlossenen Augen lehnte sich Ernesto einen Moment an die Wand. Er schalt sich einen Tor, der in allem etwas Verdächtiges vermute. Wer sollte ihn nach all den Jahren suchen? Es musste einen anderen Grund geben, dass sich Carlos, so er es denn war, in diese Gegend verirrt hatte. Unbemerkt verließ Ernesto die Werkstatt und bestieg das Motorrad. Dann besann er sich eines Besseren und stieß die Maschine geräuschlos bis zur nächsten Straßenecke. Erst dort startete er den Motor. Aufgewühlt kehrte er nach Hause zurück, setzte sich ans offene Fenster und rauchte nervös eine Zigarette. Konnte es wirklich sein, dass der Küster doch noch einen Weg gefunden hatte, Padre Javier und ihn zu verraten? Mit wachsender Panik erinnerte sich Ernesto an die letzte Begegnung mit Carlos und dessen Kollegen im Spital, als wäre es gestern gewesen. Bohrend hatten sie ihm Fragen zum Unfallhergang gestellt und ihm klar zu verstehen gegeben, dass sie ihm nicht glaubten. Hatte Carlos damals nicht, bevor er das Krankenzimmer verlassen hatte, erklärt, dass es sicher noch einige offene Fragen gebe, die man zu einem späteren Zeitpunkt werde klären müssen? Ernesto konnte keine ruhigen Gedanken fassen und zündete sich die nächste Zigarette an. Seine gelblichen Finger zitterten, als er den Rauch inhalierte. Langsam fraß sich die Ungewissheit in sein Denken. Einmal nahm die Vorstellung überhand, dass es sich gar nicht um Carlos handeln konnte, denn in ihm lediglich einen dummen Jungen gesehen hatte und ihm keinen Verrat zutraute. Dann wieder sah er die Verachtung in den Augen von Carlos' Begleiter, der seine Aussagen als Lüge abgestraft hatte.

Ernestos Schultern waren angespannt. Er presste seine Fingerspitzen gegen die Schläfen, um den in letzter Zeit immer häufiger auftretenden Druck zu lindern. Er nippte an einem Glas Wasser, aber er verspürte keine Erleichterung. Mit einem Ruck erhob er sich, lachte kurz auf und sagte mit lauter Stimme, als müsse er sich selbst überzeugen, dass er einem Hirngespinst aufgesessen sei. Erleichtert erinnerte er sich an Rodríguez' Worte, dass Menéndez kein Interesse an weiteren Ermittlungen bekundet hatte und der Fall zu den Akten gelegt worden sei. Aber die Erleichterung hielt nicht lange an. Er spielte mit dem Gedanken, Señor Vargas zu fragen, was die Männer gewollt hätten, wusste aber, dass er sich damit verraten würde. Sein ganzer Körper war von kalter Furcht erfasst und er fragte sich, wann Carlos an seine Türe klopfen würde.

30

Schwüle Hitze lag auf der Stadt, drohend zogen Wolken über das Land. Mauersegler schossen in waghalsigen Flügen über die Dächer. Plötzlich machte sich jedoch eine lähmende Stille breit und das Singen der Vögel verstummte. Der Horizont, eben noch von der Sonne in rötliches Licht getaucht, verfinsterte sich unvermittelt. Nur noch vereinzelte Sonnenstrahlen beschienen die verschneite Bergkette. In der Ferne leuchteten Blitze auf, aber der Donner war noch nicht zu hören. Kein Lüftchen regte sich und eine elektrisierende Spannung brachte alles Leben zum Erliegen. Die Wolken hingen wie festgeklebt am Himmel, verharrten in unheimlicher Lage und drohten jeden Augenblick zu bersten. Wie von unsichtbarer Hand gezogen näherte sich von Westen her ein heftiger Regenvorhang und tauchte die Stadt in dunkelgraue Finsternis. Die Bäume rauschten wie die aufgewühlte See. Ernesto zuckte heftig zusammen, als ein greller Blitz, gefolgt von mächtigem Donner, die Mauern erzittern ließ. Das Haus bebte. Er hielt den Atem an. Zuerst fielen einige große Tropfen klatschend auf die Dächer und die Straße, dann öffneten sich die Schleusen des Himmels und sintflutartig, von heftigen Winden gepeitscht, prasselte der Regen nieder und spülte den Staub von den Straßen. Am gegenüberliegenden Haus klirrte eine Fensterscheibe, die vom Wind zergeschlagen wurde. Mehrere quer über den Horizont laufende Blitze ließen die Fassaden der Häuser und die Wände seines Zimmers gespenstisch aufleuchten, als sich ihre Spannung krachend über der Stadt entlud. Ernesto roch den eigentümlichen Duft von Regen auf warmem Asphalt und schloss das Fenster, als die ersten Tropfen quer in das Zimmer fielen. Er setzte sich auf das Bett. Erinnerungen an Solano drängten sich ihm auf, vor allem aber das verzerrte Antlitz des Mannes auf dem Stuhl. Mit zitternder Hand zündete er sich eine Zigarette an und beim Trommeln des Regens füllte eine um die andere Kippe den Aschenbecher. Auf der Seite liegend schaute er nach draußen und folgte mit den Augen den vorbeieilenden Wolken. Irgendwann riss der Himmel auf und war plötzlich blau wie das Wasser des Meeres. Mit einigen letzten Blitzen und fernem Donnergrollen verzog sich das Gewitter.

Allmählich setzte der Gesang der Vögel wieder ein und die Wassertropfen auf den Dächern glitzerten wie Diamanten in der Sonne. Langsam glitt Ernesto in einen unruhigen Dämmerzustand hinüber, bis ihn ein unruhiger Schlaf überwältigte und in eine Traumwelt hineinstieß. In wirren Bildern sah er einen dreieckigen, schaufelförmigen Kopf mit senkrecht geschlitzten Pupillen auf sich zukommen. Bevor ihm die Schlange ihre giftigen Zähne in die Haut schlagen konnte, verschwammen ihre Konturen wieder, und stückweise entsprang aus dem zerfließenden Gesicht das zynische Grinsen Solanos. Er sah noch, wie Alba ihre Hände nach ihm ausstreckte, doch als er sie ergreifen wollte, löste sich ihr Gesicht in hellen Farben auf und er erwachte schweißgebadet. Atemnot zwang ihn, sich aufzusetzen. Er musste sich mit seinen Händen abstützen, weil die Heftigkeit des Hustens seinen verspannten Körper durchschüttelte. Er wischte sich mit einem Taschentuch über den Mund, hielt danach aber abrupt inne und starrte verwundert auf das Tuch, das sich rot gefärbt hatte. Zuerst begutachtete er seine Hände, ob eine noch nicht verheilte Verletzung, wie er sie sich manchmal in der Werkstatt zuzog, die Ursache war, aber während er noch darüber nachdachte, verspürte er einen süßlichen Geschmack in seinem Rachen. Langsam erhob er sich, knipste die Glühbirne über dem Spiegel beim Waschbecken an und blickte in sein fahles Gesicht. Erneutes Husten überfiel ihn und er hielt sich mit beiden Händen am Becken fest. Der Schaum, der aus seinem Mund kam, war rot und er starrte fassungslos auf seinen blutigen Speichel. Der Puls dröhnte in seinen Schläfen, erfüllte den ganzen Kopf. Mit jedem Pochen wuchs seine Angst. Ernestos Augen blieben im Spiegel haften, wo der schwache Schein der Glühbirne auf seinen ausgemergelten Körper fiel. Erstmals bemerkte er, dass seine Rippen sich unter der eingefallenen Brust abzeichneten.

Er begab sich zum Fenster, zwang sich, konzentriert die feuchte Luft einzuatmen und seine Lungen zu füllen. Mit zittrigen Händen, den Blick auf ein unbestimmtes Ziel gerichtet, zündete er sich eine Zigarette an und ließ das Streichholz erschreckt fallen, als die Flammen drohten, seine Fingerkuppen zu verbrennen. Er setzte sich auf das Bett und die Asche der verglimmenden Glut fiel zu Boden. Sein Blick blieb auf dem Sekundenzeiger seiner Uhr haften, der mit schleichender Langsamkeit über die Ziffern glitt. Mit Daumen und Zeigefinger drückte er sorgfältig die Zigarettenkippe aus und schloss die Augen. Selbst die Sterne schienen des Wartens müde und ersehnten den Sonnenaufgang, welcher den nächtlichen Spuk beenden sollte.

31

Am nächsten Morgen bat er Señora Ortiz um die Adresse von Dr. Contalba, und sie nickte erleichtert, weil er endlich ihren Ratschlag beherzigte. Ernesto suchte Dr. Contalbas Praxis am späten Nachmittag auf. Er hatte einen Teil seines Ersparten eingesteckt, weil er nicht wusste, was die Behandlung kosten würde. Im Wartezimmer nahm er neben einer alten Bäuerin Platz, die einem kleinen Mädchen mit einer Augenbinde zusah, wie es seine Puppe mit einem Holzlöffelchen fütterte. Ein vorwitziger Junge rutschte auf einem Schemel hin und her und wurde von seiner Mutter wiederholt ermahnt, ruhig zu sitzen. In einer Ecke saß ein magerer Alter mit auffallend großen Ohren, die sein Gesicht wie ein Bild umrahmten. Seine gelblichen Wangen gaben ihm ein ungesundes Aussehen. Der Alte beobachtete das spielende Mädchen, wandte sich dann aber an Ernesto und fragte, weshalb er den Arzt aufsuche. Doch noch bevor Ernesto antworten konnte, berichtete der Mann ausführlich, dass er selbst seit Jahren an Rheuma leide und sein Leben dadurch sehr beschwerlich sei. Mit erwartungsvollen Augen blickte er am Ende seiner langen Rede Ernesto an, um nun etwas über dessen Krankheit zu erfahren. Aber Ernesto meinte nur beiläufig, dass ihn seit einiger Zeit ein unangenehmer Husten plage. Offenbar zufrieden mit der Auskunft bemerkte der Alte lediglich, dass man sich bei diesem Wetter so schnell erkälten könne, verstummte dann und richtete seine Aufmerksamkeit wieder auf die Kinder. Es dauerte aber nicht lange, bis er sich an die Bäuerin wandte und ihr von seinen Leiden erzählte. So verging die Zeit und die Gespräche der Patienten lullten Ernesto immer mehr ein.

Nach anderthalb Stunden wurde Ernesto von einer Schwester aufgerufen und ins Behandlungszimmer geführt. Dort saß ein freundlicher Mann hinter einem aufgetürmten Stapel von Aktenbündeln, unter dem der Schreibtisch zu verschwinden drohte. Nur ein schmaler Pfad ermöglichte den Zugang zu seinem Sessel, da Berge von Büchern den Weg verstellten. Dr. Contalba war hager und beugte beim Sprechen seinen langen Oberkörper leicht nach vorne, um auf gleicher Höhe mit seinem Gegenüber zu sein. Braune Augen lugten über einer Halbbrille hervor, die von einem dünnen goldenen Gestell gerahmt wurde, und die ergrauten gepflegten Haare ließen eher einen Gelehrten denn einen Landarzt vermuten. Lächelnd streckte er Ernesto seine Hand entgegen und bat ihn, sich zu setzen. Dabei wies er auf einen alten Stuhl, dessen Polster durch unzählige Patienten abgenutzt war. An den Wänden hingen verblichene Diplome sowie gerahmte Fotografien von einer Frau und vier Kindern. Eine große Deckenleuchte, die eher in das Esszimmer eines Herrschaftshauses gepasst hätte, erhellte den Raum so stark, dass die ausgetretenen Stellen auf dem Teppich deutlich zu sehen waren. Alles strahlte eine sachliche Nüchternheit aus, die jedoch im Kontrast stand zu den vielen Nippsachen und Holzfigürchen, die auf einer Fensterablage zu sehen waren und eine familiäre Stimmung verbreiteten.

Bevor Dr. Contalba Ernesto fragte, was ihm fehle, meinte er anerkennend, dass er von Señora Ortiz schon viel Gutes über ihn gehört habe. Verlegen blickte Ernesto auf seine Hände und sagte, dass sie ihn wie eine Mutter umsorge und er froh sei, bei ihr wohnen zu können. Dr. Contalba musterte ihn aufmerksam und fragte ihn dann beiläufig, seit wann er Probleme beim Atmen habe. Ernesto erwiderte, dass er sich nicht mehr genau erinnern könne, aber es müsse schon einige Jahre so sein. Der Arzt forderte ihn auf, das Hemd auszuziehen und sich auf eine alte Liege zu setzen, deren ursprüngliche Farbe einmal weiß gewesen sein mochte, die jetzt aber gräulich anmutete. Lange hörte Dr. Contalba mit dem Stethoskop seinen Rücken und seine Brust ab. Ernesto wurde bei dem tiefen Ein- und Ausatmen, das Dr. Contalba ihm abverlangte, wiederholt von einem so heftigen und trockenen Husten geschüttelt, dass der Arzt seine Untersuchung zeitweise unterbrechen musste. Der Mediziner tastete dann noch den Nacken und die Schultern ab, wobei Ernesto instinktiv zurückwich, weil ihm der Druck Schmerzen verursachte. Dr. Contalba verharrte mit seinen Fingern einen Augenblick in seiner Achselhöhle, wo er etwas zu ertasten schien. Sorgsam fuhr er Ernesto über die Halsgefäße und untersuchte eingehend den Brustraum und die Bauchwand. Anschließend bat er ihn, sich auf eine Waage zu stellen, und fragte, ob er in letzter Zeit an Gewicht verloren habe, aber Ernesto wusste keine Antwort darauf und meinte nur, dass er schon immer schlank gewesen sei. Als er sich wieder angezogen hatte, fragte ihn der Arzt, ob er nachts schwitze und ob er Auswurf habe. Akribisch notierte er sich Ernestos Antworten auf einer Karteikarte. Bevor er sich nach früheren Krankheiten erkundigte, wollte er von ihm wissen, ob er an besonderer Schwäche oder erhöhter Temperatur leide. Als Ernesto zustimmend nickte, legte der Arzt seine Brille ab und meinte mit ausdrucksloser Miene, dass man seinen Thorax röntgen müsse. Als er merkte, dass Ernesto ihn nicht verstand, zeigte er auf dessen Lungen. Ohne eine

Antwort auf die Frage, ob er rauche, abzuwarten, erklärte der Arzt in einer Art und Weise, die keinen Widerspruch duldete, dass er damit sofort aufhören müsse. Er überreichte Ernesto ein Formular mit dem Auftrag, sich morgen im Krankenhaus einzufinden, wo man ihn röntgen und seinen Speichel untersuchen werde. Übermorgen solle er zur gleichen Zeit wieder vorbeikommen. Dann holte Dr. Contalba eine metallene Dose aus einem Glasschrank, schüttete einige Tabletten in einen Umschlag und hieß ihn, jeweils zwei davon zu nehmen, falls er an Beengung leiden sollte. Ernesto wagte sich nicht zu erkundigen, was es mit seiner Lunge auf sich hatte, und wie zu sich selbst meinte er, dass es wohl nichts Besonderes sei. Der Arzt reichte ihm die Hand zum Abschied und meinte zuversichtlich, dass sie bald mehr wissen würden.

In sich gekehrt blieb Ernesto einen Moment vor dem Haus stehen und entfernte sich erst, als ein Paar die Praxis betreten wollte. Bevor er sein Motorrad startete, griff er instinktiv nach einer Zigarette, aber er erinnerte sich an Dr. Contalbas Worte und steckte sie trotz großem Verlangen wieder zurück.

Ernesto fuhr zu Felipes Bar, setzte sich in seine vertraute Ecke und wartete, bis Felipe ihm das Bier brachte. Gierig trank er die Flasche in einem Zug leer, so dass Felipe anerkennend die Lippen nach vorn schob. Als er ein zweites verlangte, nickte Felipe verständnisvoll und meinte, dass heute wahrlich ein heißer Tag sei. Gemächlich lenkte er seine Schritte zur Theke, brachte das Getränk und bot Ernesto eine Zigarette an, der danach greifen wollte, es dann aber bleiben ließ. Felipe wunderte sich über Ernestos Verhalten und setzte sich deshalb zu ihm, wobei er sich schelmisch erkundigte, ob er verliebt sei oder Ärger habe. Ernesto winkte ab und berichtete von seinem Arztbesuch und der morgigen Untersuchung im Spital. Felipe zog mit einer verächtlichen Geste die Stirne kraus und bezeichnete die Quacksalber allesamt als Schwarzmaler. Er habe die Erfahrung gemacht, dass es sich nicht lohne, sich Sorgen um seine Gesundheit zu machen, weil die Ärzte in den meisten Fällen selbst keine Ahnung hätten. Er erinnere sich noch an einen Schiffsarzt, der nicht in der Lage gewesen sei, auch nur eine richtige Diagnose zu stellen, und der einem Matrosen den Blinddarm herausoperiert habe, obwohl dieser nur an Blähungen litt. Lachend fuhr er fort, Ernesto werde schon sehen, dass alles halb so schlimm sei. Dann kehrte er hinter die Theke zurück, bediente die anderen Gäste und überließ Ernesto seinen Gedanken.

Ungewohnt früh kehrte Ernesto nach Hause zurück. Er legte sich aufs Bett und fiel alsbald in einen tiefen Dämmerzustand, der nicht einmal ansatzweise von einem Alptraum überlagert wurde. Am übernächsten Tag fand er sich wieder in der Praxis von Dr. Contalba ein. Er hatte der Schwester einen großen verschlossenen Papierumschlag übergeben, den ihm eine Angestellte im Krankenhaus in die Hand gedrückt hatte. Als er das Behandlungszimmer betrat, stand Dr. Contalba vor einem hell erleuchteten Glasschrank, an dem sich zwei Röntgenbilder befanden. Er forderte Ernesto auf, näherzukommen. Mit einem Bleistift zeigte er auf verschiedene Punkte, zog einen Kreis um einen größeren Schatten und beschrieb Ernesto, was zu sehen war. Zuerst verstand Ernesto die Erklärungen nicht. Erst als er sich gesetzt hatte und Dr. Contalba einen Augenblick schwieg, drang die Bedeutung der Worte in sein Bewusstsein. Eine sonderbare Hitze stieg in ihm auf. Das Innere seiner Handflächen war feucht geworden. Der

Raum schien an Größe gewonnen zu haben und das helle Licht des Leuchters begann ihn zu stören. Seine Kehle war trocken, er spürte eine unangenehme Kälte in den Füßen. Er versuchte, dem Arzt zuzuhören, nahm aber dessen Worte nur bruchstückhaft auf, weil seine ganze Aufmerksamkeit auf den einen Ausdruck fixiert war, den Dr. Contalba mit vielen Erläuterungen umschrieben hatte. Es entstand eine Pause, in der nur noch das ferne Gemurmel aus dem Wartezimmer zu ihnen drang. Ernesto war sich sicher, dass sich Dr. Contalba getäuscht haben musste. Wenn er nur noch ein bisschen wartete, würde er sicher seine Meinung ändern, denn er war ja schon alt und hatte ihn möglicherweise mit einem anderen Patienten verwechselt. Aber der Blick des Arztes machte seine Hoffnung zunichte und das beredte Schweigen unterstrich die Ernsthaftigkeit der Situation. Ernesto räusperte sich und fragte, ob es nicht sein könne, dass die Röntgenbilder verwechselt worden seien. Kaum hatte er die Frage ausgesprochen, wurde er sich der Widersinnigkeit seiner Worte bewusst. Er sah Dr. Contalba zu, wie er sich einige Notizen machte, und hörte ihn dann sagen, dass er am nächsten Montag wiederkommen solle. Mit den Pillen werde sich sein Husten beruhigen. Falls er sich unwohl fühle, würde er mit diesem Rezept – Dr. Contalba reichte es ihm über den Tisch – in der Apotheke ein wirkungsvolles Medikament erhalten. Dann stand der Arzt auf und begleitete ihn zur Türe; er drückte Ernesto schweigend die Hand und ließ ihn gehen. Nach ein paar Schritten rief er ihn nochmals zurück und erklärte ihm, er sei jederzeit für ihn da, wenn etwas sei.

Ernesto fuhr mit dem Motorrad nach Hause. Er fühlte sich schwindlig, wollte sich nur noch hinlegen. Señora Ortiz begrüßte ihn erwartungsvoll und fragte, was Dr. Contalba gesagt habe. Die Frage erreichte ihn wie durch dichten Nebel, aber er brachte ein Lächeln zustande und meinte, dass er sich einfach ein bisschen schonen müsse. Mit erhobenem Finger erwiderte sie, dass er nicht mehr so viel rauchen dürfe, aber er hörte sie schon nicht mehr, sondern war auf dem Weg in sein Zimmer, zog die Türe ins Schloss und legte sich aufs Bett.

Seine Augen waren auf die Decke gerichtet. Eine ungekannte Angst bemächtigte sich seiner, die alsbald in Panik umschlug. Er setzte sich auf, versuchte, sich zu beruhigen, aber es tat sich ein Abgrund vor ihm auf. Die rasselnden Atemgeräusche dröhnten bedrohlich in seinen Ohren. Beinahe unmerklich begannen seine Hände zu zittern, was er nur verhindern konnte, indem er sie zu Fäusten ballte. Ein heftiger Hustenanfall krümmte seine Schultern nach vorn, begleitet von einem stechenden Schmerz im Rücken. Peinlich berührt merkte er, dass eine warme Flüssigkeit an seinem Bein herunterlief. Hastig stand er auf, riss sich die nasse Hose vom Leib und warf sie unter das Lavabo. Mit nacktem Unterkörper stand er vor dem Spiegel und starrte in sein leeres Gesicht. Sein Atem ging hart, Übelkeit stieg in ihm hoch. Der Drang, sich zu übergeben, ging mit heftigem Husten einher und er beugte sein Gesicht über das Waschbecken. Immer und immer wieder hörte er die Stimme von Dr. Contalba, der ihm auf eine fast geheimnisvolle Art die Diagnose eröffnet hatte, als gäbe es etwas zu verbergen. Je länger er darüber nachdachte, desto mehr wurde ihm klar, dass Dr. Contalba sich getäuscht haben musste. Felipe hatte ja auch gesagt, dass die Mediziner Schwarzmaler seien, und plötzlich fasste Ernesto den Entschluss, einen anderen Arzt aufzusuchen, der die Diagnose korrigieren würde. Einen kurzen Augenblick stieg Erleichterung in ihm hoch, wie wenn ein schlingerndes Boot in ruhigere Gewässer gleitet, aber die Hoffnung brach rasch in sich zusammen. Dr. Contalba hatte mit großer Bestimmtheit gesagt, dass es für eine Behandlung zu spät sei. Gleich Paukenschlägen hämmerten die Worte auf ihn nieder und als hätte es noch eines Beweises bedurft, spuckte er beim nächsten Hustenanfall dunkel gefärbten Speichel aus. Ein zersetzender Schmerz, den er zuvor nie verspürt hatte, bohrte sich tief in seinen Brustkorb. Mühsam schleppte er sich zurück zum Bett und kniete auf die Matratze. Er presste das Gesicht ins Kopfkissen. Nur erstickte Laute und ein fremdartiges Schluchzen waren zu hören. Die Vorstellung, dass er nicht mehr lange zu leben hatte, traf ihn mit voller Wucht, denn sein Denken und Fühlen war nie auf die Vergänglichkeit, sondern immer auf das rastlose Weitergehen ausgerichtet gewesen. Zorn erfasste ihn, der sich zu einem blinden Hass auf alles Lebendige steigerte. Panisch suchte er nach Möglichkeiten, Dr. Contalbas Worte umzudeuten, eine versteckte Botschaft aus ihnen zu lesen, eine Bedeutung herauszufiltern, die er bis dahin nicht verstanden hatte. Eine rasende Gier nach Leben packte ihn. Als wäre er von einem Wahn befallen, begann er Pläne zu schmieden, nahm sich vor, schon morgen in die Hauptstadt zu fahren und einen Spezialisten aufzusuchen. Er wollte Señor Vargas bitten, die nächsten Wochen weniger arbeiten zu dürfen, bis er sich wieder erholt haben würde. Er plante, Señora Ortiz' Küche neu zu streichen, und ihr auch sonst mehr zur Hand zu gehen.

Die Stunden krochen vorbei. Ernesto drehte sich zur Seite, hatte die Knie an seinen Bauch gezogen und die Arme unter den Kopf gelegt. Spuren salziger Tränen zeichneten sich auf seinen Wangen ab. Sechs Monate maximal, hatte ihm Dr. Contalba auf seine Frage hin geantwortet, aber er war jetzt zu erschöpft, um sich dagegen aufzubäumen. Welch bittere Ironie des Schicksals holt mich ein, dachte Ernesto. Wie oft hatte er früher die Sehnsucht nach einer anderen Welt zu spüren vermeint, sich in Gedanken in das Nichts geflüchtet, weil er nicht in der Lage gewesen war, seine Seele vor Verletzungen zu schützen. Und jetzt, wo er wieder Fuß gefasst und sich eine Existenz erarbeitet hatte, ging diese Sehnsucht wie ein überkommener Fluch in Erfüllung.

Bleierner Schlaf fiel über ihn wie eine schwere Decke. Das erste Mal seit Jahren träumte er von seiner Mutter, die ihm die ausgebreiteten Arme entgegenstreckte. Als er erwachte, war es längst dunkel geworden und er verspürte großen Hunger. Noch immer müde, denn Schrecken erschöpft die Seele mehr als alles andere, kleidete er sich an. Trotz der späten Stunde fuhr er mit seinem Motorrad zu Felipe, der gerade im Begriff war, die Stühle auf die Tische zu stellen und die Bar zu schließen. Bevor Felipe, verwundert über sein spätes Kommen, reagieren konnte, verlangte Ernesto etwas zu essen und ein Bier. Felipe stellte ihm einen Stuhl hin und eine Flasche auf den Tisch, die Ernesto in einem Zug leerte. Obwohl es in der Bar kleine belegte Brote zu essen gab, ging Felipe, nichts Gutes ahnend, in die Küche und bereitete eine Tortilla zu, auf die sich Ernesto wie ein seit Tagen Hungernder stürzte. Nur sein heiseres Räuspern und das leise Klappern des Bestecks waren zu hören.

Felipe setzte sich zu ihm, öffnete eine weitere Flasche Bier und schaute Ernesto schweigend zu, wie er gierig das Essen verschlang und die Flasche mit geschlossenen Augen trank. Er wischte sich den Schaum vom Mund, und als er ein weiteres Bier bestellte, schüttelte Felipe den Kopf und fragte, was los sei. Ernesto lachte bitter auf und riss geräuschvoll ein Streichholz an, um sich eine Zigarette anzuzünden. Mit zitternder Hand hielt er die Zigarette zwischen Daumen und Zeigefinger, bis die Asche auf sein Hemd fiel. Erwartungsvoll blickte er Felipe an, der aber keine Anstalten machte, ein weiteres Bier zu holen, bis Ernesto ihn fragte, ob er ihm als Gast nicht gut genug sei. Felipes Pupillen verengten sich gefährlich. Als Ernesto aufstehen wollte, packte Felipe sein Handgelenk und drückte es mit ungeahnter Kraft auf den Tisch. Ein seltsamer Ausdruck in Felipes Augen zwang Ernesto, sich wieder zu setzen. Jeder fixierte den anderen, als würde er sich gleich auf ihn stürzen. Doch dann bat Ernesto seinen Freund mit verzerrtem Lächeln, er solle ihm doch noch ein Bier bringen, denn er werde ihn nicht mehr lange bedienen müssen.

32

Mit seinen großen Händen schob Ernesto einen gefalteten Geldschein, das Kärtchen mit dem Bild des Heiligen Franziskus sowie ein Papier mit seiner Anschrift in einen Umschlag. Er befeuchtete den süßlichen Klebstoff mit der Zunge und verschloss den Umschlag sorgfältig, als ob es sich um einen wertvollen Schatz handele. In ungelenken Buchstaben notierte er den Namen von Vicente García sowie die Anschrift des Klosters. Man konnte unschwer erkennen, dass er das regelmäßige Schreiben nicht gewohnt war. Auf dem Weg zur Arbeit hielt er bei der Post an und gab seinen Brief auf.

Seit neun Jahren war er in der Garage tätig und noch nie war er der Arbeit ferngeblieben. Es fiel ihm deshalb schwer, seinen Chef zu bitten, ihn einige Tage freizustellen. Aber Dr. Contalba hatte ihm erklärt, dass er sich unbedingt Ruhe gönnen müsse, und ihm sogar angeboten, mit Señor Vargas zu sprechen, was Ernesto jedoch abgelehnt hatte.

Señor Vargas kam wie gewohnt gegen neun Uhr; er keuchte bei der geringsten Anstrengung hörbar und Gesicht und Glatze glänzten vor Schweiß. Mit einem weißen Tuch fuhr er sich über den schlecht rasierten Hals. Er setzte sich erschöpft in seinen quietschenden Sessel, spannte mit den Händen die Hosenträger und lächelte gequält. Das seit Jahren übermäßige Essen und Trinken hatten ihm schwer zugesetzt, seine kurzen Beine mussten die Last von beinahe zwei Menschen tragen. Geplagt von saurem Aufstoßen schluckte er Medikamente, die seinen Magen beruhigen sollten. Bleiern hatte sich die Trägheit auch auf seinen Charakter gelegt. Vargas erkundigte sich formelhaft nach Ernestos Wohlbefinden und bat ihn dann, ohne eine Antwort abzuwarten, die Liste der anstehenden Arbeiten zu bringen. Ernesto zögerte einen Augenblick, aber er hatte nicht den Mut, Señor Vargas anzusprechen, und tat wie geheißen. Erst als er einen heftigen Hustenanfall hatte, schaute ihn Vargas wieder an und meinte, dass er weniger rauchen solle. Dann erhob sich der Patron schwerfällig. Er begab sich zur Wand, wo der Telefonapparat hing, und wählte mit seinen wulstigen Fingern eine Nummer. Ernesto verfolgte das Gespräch, das sich um den Verkauf eines Fahrzeuges drehte und nahm sich vor, anschließend mit Vargas zu reden. Der langgezogene Summton signalisierte das Ende des Gesprächs und Ernesto setzte zum Sprechen an, aber Vargas lächelte ihm verschmitzt zu, weil er offenbar gerade ein lukratives Geschäft abgeschlossen hatte. Mit sich selbst und der Welt zufrieden kehrte er zu seinem Pult zurück, klopfte Ernesto im Vorbeigehen komplizenhaft auf den Arm und wünschte ihm einen guten Tag.

Noch nie hatte sich Ernesto auf den Sessel seines Chefs gesetzt, aber er fühlte sich so müde, dass er sich jetzt bedenkenlos in dessen Stuhl fallen ließ und eine Zigarette anzündete. Andächtig inhalierte er den Rauch, aber schon nach den ersten Zügen wurde er von einem würgenden Husten geschüttelt, so dass er die Zigarette fallen ließ. Schwerfällig trat er sie aus, stand auf und griff sich an die Brust, wo ihn ein stechender Schmerz umklammert hielt. Sein Körper zitterte vor Anstrengung und Schweiß drang aus allen Poren. Er schaffte es noch, zwei Fahrzeuge zu betanken. Dann entschied er sich mit zitternden Knien, zu gehen. Auf einem Papier hinterließ er Vargas die Mitteilung, dass er nach Hause zurückgekehrt sei, da er sich nicht wohl fühle. Dann drehte er das Schild an der Innenseite der Tür um, so dass die Aufschrift «Cerrado» zu lesen war, und schloss die Werkstatt ab. Bevor er sich auf sein Motorrad setzte, ließ er den Blick über die Garage schweifen, als wolle er sich alles für einen späteren Zeitpunkt einprägen.

33

Zwei Monate zogen ins Land und die Krankheit hatte Ernesto beinahe gänzlich ausgehöhlt. Mit leisen Schritten kroch ihn die Kälte des Todes an. Dr. Contalba plante die Einweisung ins Spital, aber Señora Ortiz wollte Ernesto so lange wie möglich zu Hause pflegen.

Jeden Morgen erwachte Ernesto mit drückendem Kopfweh und dem Gefühl, erbrechen zu müssen, obwohl der Magen leer war. Er scheute jede Bewegung, weil die dünne Haut die Nerven nicht mehr schützte. Seine eingefallenen Wangen ließen die Augen größer erscheinen und der rasselnde Atem zwang ihn, den Mund offen zu halten, damit er genügend Luft bekam. Wie eine flatternde Fahne hing das Nachthemd an seinem ausgezehrten Körper, obwohl ihm Señora Ortiz täglich ausreichend Essen brachte. Das Bett war ihm zu einem Gefängnis geworden, das er nicht mehr verlassen konnte.

Bei offenem Fenster döste Ernesto die Vormittage vor sich hin, bis ihm Señora Ortiz einen Teller Suppe brachte und ihn löffelweise wie ein krankes Kind fütterte. Sie schirmte ihn von allen äußeren Einflüssen ab, was dazu führte, dass sich Felipe erst nach einem lautstarken Streit mit ihr im Treppenhaus Zutritt zu Ernesto verschaffen konnte. Als Ernesto ihr hinterher erklärte, dass er diese Besuche schätze, willigte sie, wenn auch zögernd, ein und Felipe kam des Öfteren vorbei und hielt ihn über die Ereignisse in der Stadt auf dem Laufenden.

Señor Vargas habe ihm durch einen Laufburschen gute Besserung wünschen und zugleich fragen lassen, wann er wieder arbeiten könne, berichtete Señora Ortiz eines Tages. Als sie Ernesto davon erzählte, war ihre Empörung immer noch derart groß, dass ihre Stimme zitterte und die Brust sich heftig hob. Sie bekreuzigte sich, als sie Vargas einen fetten Geldsack nannte und ihm wünschte, eines Tages an seiner Gier zu ersticken. Sie habe Vargas ausrichten lassen, fuhr sie angewidert fort, dass er schwer krank sei und nicht mehr werde arbeiten können. Ernesto fuhr zusammen, denn Señora Ortiz hielt ihm mit ihrer wohlmeinenden Fürsorglichkeit eine Realität vor Augen, die er immer noch zu verdrängen suchte. Entrüstung über das Verhalten von Vargas und Stolz über ihren Mut, Ernesto beschützt zu haben, zeichneten sich in den Augen der Witwe ab. Freudig kündigte sie ihm dann einen Besucher an. Ernesto dachte an Felipe oder Dr. Contalba, die täglich vorbeikamen, aber sie meinte ehrfurchtsvoll, dass ein älterer Priester unten warte. Langsam hob er den Kopf und Señora Ortiz nutzte die Gelegenheit, ihm das Kissen zurechtzurücken. Seine Sinne waren von den Schmerzen und den Medikamenten getrübt, aber dennoch wollte er wissen, wie der Mann heiße. Sie sagte, dass der Priester sich als Padre Javier vorgestellt habe. Als sie das Leuchten in seinen Augen sah, strahlte sie über das ganze Gesicht und meinte mit ringenden Händen, dass er nun sicher bald gesund werde, denn der Besuch des Geistlichen kam ihr vor wie ein schon lang ersehntes und wirksames Heilmittel.

Schritte kamen näher und kurz darauf erschien die vom Alter gebeugte Gestalt Padre Javiers in der Türe. Er musste schon über achtzig Jahre alt sein, sein Antlitz war von tiefen Falten durchfurcht und sein mit Altersflecken gesprenkelter Kopf praktisch kahl. Der Hemdkragen war zu weit für den faltigen Hals und eine braune Kutte umschloss den hageren Körper. Auf seinen Armen zeichneten sich dunkelblaue Adern ab, die sich in den kräftigen Fingern verloren. Er wirkte verletzlich und entschlossen zugleich.

Mit einem Lächeln kam er auf Ernesto zu, setzte sich an dessen Bett und nahm die Hände des Kranken mit einer Vertrautheit in die seinen, als ob sie sich täglich träfen. Lange schauten sie sich an, bevor Ernesto sich unbeholfen erkundigte, ob sein Kärtchen angekommen sei. Beide wussten, dass solche Fragen nur gestellt werden, wenn die Verlegenheit oder Freude besonders groß sind. Padre Javiers Blick fiel auf die vergilbte Fotografie eines Paares und er fragte nun seinerseits, ob dies Ernestos Eltern seien. Ernesto nickte und erwiderte, dass er dieses Bild in einem Koffer gefunden habe und es ihn seither überall hin begleite. Padre Javier erkundigte sich weiter nach seinen Eltern und Ernesto meinte nach einem Augenblick des Zögerns, dass er seit elf Jahren nichts mehr von seinem Vater gehört habe. Seine Mutter sei schon lange gestorben. Er suchte nach Worten, und als ob Padre Javier seine Gedanken hätte lesen können, begann er an Ernestos Stelle zu sprechen und berichtete, was er von Señora Ortiz erfahren hatte.

Ernestos Stimme stockte, aber als er die Augen von Padre Javier sah, löste sich die Beklemmung in seinem Herzen. Er schilderte dem Pater, dass Dr. Contalba ihm nur noch wenig Zeit gebe, dass es aber nicht glauben könne, dass es so schlecht um ihn bestellt sei. Ernesto suchte in Padre Javiers Augen nach einer Bestätigung, aber dessen Blick gab ihm lediglich zu verstehen, dass er weitersprechen solle. Ernesto spürte, dass es nichts mehr zu verbergen gab und redete daher weiter. Padre Javier hielt ihm ein Glas Wasser an die Lippen und Ernesto trank mit kleinen Schlucken, bevor er sich erschöpft hinlegte. Beide ließen Minuten des Schweigens verstreichen und eine seltsame Melancholie umgab sie. Schließlich räusperte sich Padre Javier, zog seine braune Kutte zurecht und übersprang mit einem Satz all die vergangenen Jahre. Er berichtete, Alejandro sei dank ihm gerettet worden. Ernesto horchte auf und erinnerte sich wieder an Albas Bitte, den Priester wegen der beiden Männer zu kontaktieren. Pablo habe zu fliehen versucht, fuhr Padre Javier fort, man habe ihn bei einer Razzia auf der Flucht erschossen. Als Padre Javier dann weiter von Alba sprach, schloss Ernesto die Augen und legte sich müde zur Seite.

34

Das fast waagrecht einfallende Sonnenlicht tauchte die Häuser in goldene Farbe, bevor es seine letzten Strahlen über die Dächer gleiten ließ. Padre Javier saß noch immer am Bett und beobachtete Ernesto, der in einen unruhigen Schlaf gesunken war. Als er sich leise zu erheben versuchte, ließen schon seine ersten vorsichtigen Schritte die Holzdielen so knarren, dass Ernesto benommen erwachte. Padre Javier drehte sich um, fragte, ob er morgen wiederkommen dürfe; als er Ernestos Gesicht sah, lächelte er ihm zu und verabschiedete sich mit einem Kopfnicken.

Erstmals seit langem schlief Ernesto einige traumfreie Stunden und fühlte sich am nächsten Morgen zwar schwach, aber nicht mutlos. Dr. Contalba kam gegen zehn Uhr, hörte seine Lungen ab und fühlte seinen Puls. Er schüttete aus einem kleinen Fläschchen einige Pillen in den dafür vorgesehenen Becher und berichtete, dass Padre Javier schon bei Señora Ortiz warte. Er wolle ihm jedoch vorher noch ein Medikament spritzen, das ihm den Druck von der Brust nehme. Der Arzt versorgte die Instrumente in seiner brüchigen Ledertasche und legte Ernesto zum Abschied sachte die Hand auf die Schulter. Leise schloss er die Türe hinter sich.

Eine wohlige Wärme breitete sich in Ernestos Körper aus und der Druck in seiner Brust ließ nach. Sein Atem wurde schwer. Er verlor jegliches Zeitgefühl, spürte, dass Beklemmung und Angst von ihm wichen. Wie vorbeiziehende Nebelschwaden lösten sich die

Schmerzen langsam auf und seine Glieder schienen leicht wie Federn. Intensive Farben durchfluteten seine Sinne, und er wusste nicht, wo er sich befand. Mit einem Male schien er der Betrachter seiner selbst zu sein, sah seinen von durchsichtiger Haut umhüllten Leib und fragte sich, ob er schlafe. Als blicke er durch ein umgekehrtes Fernglas, sah er seine Glieder in großer Entfernung ausgestreckt auf dem Laken, als gehörten sie nicht zu ihm.

Ein störendes Geräusch holte ihn aus diesem Schwebezustand. Widerstrebend drehte er sich zur Seite und öffnete mühsam die Augen. Sein verschwommener Blick fiel auf eine schemenhafte Gestalt, die die Türe hinter sich schloss und vorsichtig näherkam. Er erkannte Padre Javier, und ein Strahlen machte sich auf seinem Gesicht breit. Der Priester legte ihm die Hand auf den Arm und zog ihm sorgsam das heruntergerutschte Leintuch über die Brust.

Ohne ihn zu begrüßen, als sei dies angesichts ihrer Vertrautheit überflüssig, fragte Ernesto, ob das Sterben schmerzvoll sei und was einem nach dem Tod erwarte. Padre Javier, der eine solche Frage erwartet hatte, blickte ihm in die Augen, deren Pupillen auf zwei kleine schwarze Punkte zusammengeschrumpft waren, und meinte, dass Leben und Sterben wohl am ehesten mit der Vorstellung in einem riesigen Theater zu vergleichen seien, in dem gleichzeitig unzählige Stücke gespielt würden. Jedem werde bei seiner Geburt ein Platz in der hintersten Reihe zugewiesen. Der Blick auf die Bühne sei zuerst eingeschränkt, fuhr Padre Javier fort, aber mit jedem neuen Lebenstag rücke man ein wenig vor. Einige übersprängen ganze Sektoren, um schon bald nach der Geburt auf den vordersten Plätzen zu sitzen, andere drängelten und würden mit allen Mitteln versuchen, die Logen oder das Parkett zu erreichen, damit sie die Darsteller und die Kulissen besser sehen könnten. Aber letztlich werde jeder eines Tages in der vordersten Reihe sitzen und feststellen, dass die Vorstellung zu Ende sei. Am Schluss verbeugten sich die Hauptdarsteller ein letztes Mal und diejenigen in der ersten Reihe hörten den verklingenden Applaus. Sie warteten darauf, dass die Beleuchtung wieder eingeschaltet werde, nähmen aber nur das Schieben der Kulissen hinter der Bühne wahr. Unentschlossen blieben sie im Saal sitzen, den Blick auf den geschlossenen Vorhang gerichtet, in der Hoffnung auf einen nächsten Akt. Nach einer Weile werde ihnen bewusst, dass keine Fortsetzung folge. Von einer unsichtbaren Hand gezogen, beträten sie daher über eine kleine Treppe die Bühne, um plötzlich selbst im Rampenlicht zu stehen. Staunend stellten sie fest, dass ihre alten Plätze bereits von nachrückenden Zuschauern besetzt worden sind.

Den Zeitpunkt des Todes, erklärte Padre Javier, dächten sich die meisten in weiter Ferne, dabei sei er allgegenwärtig und präge unser Denken und Handeln jeden Tag. Doch der eigene Tod liege jenseits unserer Vorstellungskraft und sei das mächtigste Geheimnis des Lebens. Wie oft habe er versucht, sich diesem Mysterium zu nähern. Manchmal sei es ihm durch konzentriertes Innehalten gelungen, einen Hauch von Zeitlosigkeit zu erhaschen und in ein Universum funkelnder Sterne einzutauchen. Nächtelang habe er vergeblich nach Antworten in der Bibel gesucht, aber nichts habe ihn wirklich überzeugen können, weil sich alle Aussagen auf unüberprüfbare Quellen stützten. In aufreibenden Gesprächen mit seinen Fratres sei ihm bewusst geworden, dass der Glaube fehlendes Wissen ersetze und er habe sich deshalb während Jahren in wissenschaftlichen Texten vergraben. Mit welcher Erleichterung sei er eines Morgens aufgestanden, als er entdeckt habe, dass allem eine physikalische Ordnung zugrunde liegen müsse, dass alles Leben ursprünglich aus Bakterien entstanden sei und wir eines fernen Tages wieder als Staub in der unermesslichen Weite des Weltalls versinken würden.

Als Padre Javier merkte, wie Ernesto seine ganze Aufmerksamkeit auf ihn richtete, beugte er sich nach vorn und setzte neu an. Der Mensch, fuhr er leise und eindringlich fort, werfe im Tod all seine Illusionen ab wie ein Kleid und erkenne erst dann, wie alles wirklich sei, nämlich leer und erfüllt zugleich. Ernestos Augen hefteten sich an Padre Javiers Lippen, sogen seine Worte wie ein Dürstender ein und flehten ihn stumm an, fortzufahren, diesen Vorhang zu lüften, damit er nicht in seiner Angst verlorenging. Padre Javier schaute gebannt auf seine Hände, als er Ernesto erklärte, dass man nach dem Tod wohl weder von einem Gott noch von einem Teufel erwartet werde, weil diese ja nur in unseren Vorstellungen existierten. Stattdessen sei es gut möglich, dass man mit denjenigen Seelen in irgendeiner Form zusammentreffe, die in unserem Leben, sei es im Guten oder im Schlechten, eine Rolle gespielt hätten. Padre Javier hob seinen Arm und meinte mit einem Lächeln, dass diese Seelen uns bei der Hand nähmen und durch ein großes Haus voller Spiegel führten. Jeder Raum habe einen Lebensabschnitt zum Thema und reflektiere unser Handeln und Lassen, unsere Liebe und Sehnsucht, den Verlust und die Großherzigkeit, aber auch die von Hass begleitete Gier oder den Geiz. Er glaube, dass diese Spiegel auch Hölle und Himmel wiedergäben, wie wir sie zu Lebzeiten selbst geschaffen hätten.

Ernesto lauschte gebannt. Er brauchte Zeit, um die Worte zu verstehen, die sein Herz ganz unmittelbar, seinen Verstand aber erst allmählich erreichten. Er könne, sagte Ernesto schwach, kaum glauben, dass man von Seelen erwartet werde, denn die Menschen, zu denen sie gehörten, seien ja gestorben. Padre Javier antwortete, dass es mit den Verstorbenen sei wie mit den Sternen, deren Licht man noch sehen könne, obwohl die Quelle schon lange erloschen sei.

Ernesto räusperte sich heiser, seinen Husten unterdrückend, und fragte Padre Javier unsicher, ob er nun beichten solle. Padre Javier blickte ihn gütig an und legte ihm die Hand auf den Arm. Die Beichte sei, sagte er, eine Möglichkeit, sich das Herz zu erleichtern. Die innere Auseinandersetzung mit der Vergangenheit hingegen, so wie Ernesto sie durchlebt habe, zeige erst die wahre Größe eines Menschen und sei wirklicher Balsam für die Seele. Das Ziel sei dann erreicht, wenn man mit sich selbst ins Reine komme. Er glaube, mehr als die Beichte seien Wiedergutmachung und Fürbitte hilfreich, aber beides sei mit großer Anstrengung verbunden. Die Fürbitte, erklärte Padre Javier, der spürte, dass Ernesto ihn fragend ansah, sei für ihn wie ein gebündelter Lichtstrahl, dessen Kraft auf das Gegenüber einwirke. Dadurch entstehe Klarheit für die Sache selbst, aber auch Verständnis für falsches Verhalten. Letztlich sei die Fürbitte ein Akt des Trostes, nicht nur für denjenigen, der sie ausspreche, sondern auch für diejenigen, welche in diese Bitte mit eingeschlossen würden.

Nach einer Weile fragte Ernesto, ob er wegen seiner Sünden so früh sterben müsse. Padre Javier antwortete mit einer Gegenfrage und wollte von ihm wissen, warum es Menschen gebe, deren Leben von Boshaftigkeit geprägt sei und die trotzdem sehr alt würden. Er wisse nicht, nach welchen Kriterien uns die Lebenszeit bemessen sei. Es sei wohl wie die Liebe, deren Kommen man nicht planen könne. Er stelle sich aber vor, dass jeder eine unsichtbare Sanduhr mit sich herumtrage, deren Körner mal fein und mal grob seien. Je nach Lebenssituation würden sie langsamer oder schneller rinnen, bis eben die obere Hälfte des Glases leer sei. Das Leben sei eine Parabel, es gleiche dem kurzen Leuchten der am Horizont vorbeiziehenden Sonne. Mit allen Sinnen versuche der Mensch, dieses Licht zu erhaschen, aber im Augenblick des Festhaltens versinke es in der Unermesslichkeit des Ozeans. Ernestos Augen ruhten auf Padre Javier, schienen aber zugleich in die Ferne gerichtet zu sein, als suche er die Weite des Meeres. Er hörte nicht mehr, wie Padre Javier leise das Zimmer verließ, denn der Schlaf hatte seine Lider berührt.

35

Der Wind bauscht den Vorhang, als ich das Zimmer betrete. Der Schattenwurf des Mondes, welcher durch sein letztes Viertel gehen muss, gibt einen kalkweißen Schein ab und lässt die Konturen im Raum verschwimmen. Er breitet einen zeitlosen Schleier über alle Lebewesen, ohne eines zu bevorzugen.

Ernesto liegt, durch Kissen leicht erhöht, auf der Seite und seine einst lebhaften Augen gleichen gläsernen Kugeln auf dunklem Asphalt. Wie in Zeitlupe scheint der nach innen gekehrte Blick aus einer tiefen Ohnmacht zurückzukehren, als er meine Anwesenheit spürt. Belastet durch einen Körper, der schwer an ihm hängt und jede Bewegung zu einer großen Anstrengung werden lässt, wendet er sich in meine Richtung. Er versuchte, den Kopf zu drehen, doch sein Körper ist am Ende seiner Kräfte angelangt. Die immer länger währenden Dämmerzustände lassen ihn öfter und öfter in eine andere Welt hinübergleiten, nur noch unterbrochen von kurzen Phasen des Bewusstseins.

Ernestos Brust hebt sich schwer, ehe er mir zunickt und mit großer Konzentration zu reden beginnt, als wären seine Atemzüge genau abgezählt. Das Wissen um den nahenden Tod habe ihn fast in den Wahnsinn gestürzt, sagt Ernesto leise. Es sei dies wohl der Preis dafür, dass er damals nicht mutig gewesen sei, als er es hätte sein sollen. Er bereue, fährt Ernesto fort, dass die Versöhnung mit seinem Vater nicht zustande gekommen sei, aber eine Mauer der Verletztheit habe zwischen ihnen gestanden und eine Annäherung unmöglich gemacht.

Ernesto schließt die Augen wieder, das Rasseln des Atems verflacht und die Minuten verstreichen. Oft, fährt er dann fort, habe er an Alba gedacht und sich ihr Antlitz vorgestellt. Sie hätten alles voneinander gewusst, obgleich sich ihre Leben nur für wenige Tage gekreuzt hätten. All die vergangenen Jahre hindurch sei er mit ihr in Zwiesprache gestanden, und bisweilen erfülle ihn die Gewissheit, dass sie in greifbarer Nähe sei und ihn mit ihrem warmen Lächeln umhülle. Ihr Bild habe sich ihm in den endlosen Nächten eingeprägt, in denen er zwischen Wachen und Träumen hin- und hergependelt sei. Nun enge ihn nichts mehr ein. Er habe keine Furcht mehr, weil er um dieses Lächeln wisse, das von befreiender Leichtigkeit sei.

Kalter Schweiß liegt auf Ernestos Schläfen. Seine marmorierten Hände sind blass und kühl, der schwache Puls schlägt nurmehr unregelmäßig. Sein Mund formt den Namen von Padre Javier und ein glücklicher Zug breitet sich auf seinem Gesicht aus. Jedes Ausatmen dauert länger und mit letzter Anstrengung flüstert er, der Schlaf sei ihm nicht mehr feindlich gesinnt, sondern ziehe ihn in seine gütigen Arme.

Obwohl Ernesto weitersprechen möchte, gehen die Silben in der Stille verloren. Er öffnet nochmals die Augen, über die sich ein Schleier gelegt hat und sieht mich fragend an. Ein flaches Röcheln plagt seinen Körper. Lautlos bewegt er seine Lippen, die dünn wie Papier sind, aber er hat keine Kraft mehr, sich verständlich zu machen. Der Körper hat eine Klarheit erreicht, die alles durchdringt. Seine Gesichtszüge beginnen sich zu verändern und die kantigen Konturen treten scharf hervor. Noch eine Stunde lang hebt sich sein Brustkorb in immer schwächer werdenden Krämpfen, bis Ernesto nach einem letzten Atemzug wie eine Kerze erlischt. Das Morgenlicht, das sich aus dem Grau der Nacht löst, schleicht in das Zimmer.

Weitere Titel im Verlag Johannes Petri

Niklaus Schubert

Licht über verkrüppelten Palmen

Roman

2011. 300 Seiten. Gebunden.

ISBN 978-3-03784-010-8

Mit beklemmender Präzision beschreibt Niklaus Schuberts erfahrungsgesättigter Roman, wie zunächst unerklärliche Stürze einen jungen Medizinstudenten mit der Diagnose Multiple Sklerose konfrontieren. Basel, New Orleans und Kuba sind die Stationen seines jugendlichen Aufbegehrens, das zur Gratwanderung wird zwischen dem beständigen Sich-fügen-Müssen in das Unausweichliche und einem mutigen Trotzdem.

Niklaus Schubert, geboren 1961 in Basel, war von 1988 bis 1994 Pfarrer in S-chanf. Seit er den Beruf aufgrund seiner MS-Erkrankung aufgeben musste, lebt er als Schriftsteller in Davos.

Weitere Titel im Verlag Johannes Petri

Clemens Frey

Zwiegespräche

Gebete
2012. 114 Seiten. Gebunden.
ISBN 978-3-03784-017-7

«Ein Buch, das bis zum Zerlesen gelesen werden sollte», schreibt Werner Reiser in seinem Vorwort zu dieser Sammlung von Gemeindegebeten aus 25 Jahren, die in ihrer einnehmend offenen und zugleich herausfordernden Sprache auch den Lesenden zum Mitbetenden machen. Clemens Frey selbst wählte für seine Zusammenstellung den Titel Zwiegespräche – Zwiegespräche des Pfarrers im Beten mit den Gemeindegliedern, Zwiegespräche eines kritisch Betenden mit sich selbst und mit Gott.

Clemens Frey, 1956–2012, hat in Basel, Neuchâtel und Edinburgh Theologie studiert und war 12 Jahre Pfarrer in Ardez und Ftan im Engadin. Gleichzeitig hat er über Albert Schweitzer und Dietrich Bonhoeffer promoviert. Er war verheiratet und Vater von drei Kindern. Von 1998 bis zu seinem Tod im Januar 2012 war er Pfarrer in der Titus-Gemeinde in Basel.

Der Verlag Johannes Petri ist ein Imprint des Druck- und Verlagshauses Schwabe, dessen Geschichte bis in die Anfänge der Buchdruckerkunst zurückreicht. Im Jahre 1488 gründete Johannes Petri, der das Druckerhandwerk in Mainz zur Zeit Gutenbergs erlernt hatte, in Basel ein eigenes Unternehmen, aus dem das heutige Medienhaus Schwabe hervorgegangen ist. Mit der ausdrücklichen Bezugnahme auf unseren Firmengründer knüpft der Verlag Johannes Petri an die lange Tradition des Mutterhauses an und bürgt für die von Generation zu Generation weitergegebene Erfahrung im Büchermachen.